1781

Helga Hirsch

Ich habe keine Schuhe nicht

Geschichten von Menschen zwischen
Oder und Weichsel

Eine herzliche
Widmung für meinen
Arzt und Freund Dr. med.
Joachim Zeitz. –

Teodor Müller.

Bad Homburg
10.06.2002.

Hoffmann und Campe

Die Autorin dankt dem Beauftragten der Bundesregierung für Angelegenheiten der Kultur und der Medien sowie dem Deutschen Kulturforum östliches Europa für die Förderung des Projektes.

1. Auflage 2002

www.hoffmann-und-campe.de
Schutzumschlaggestaltung: Andreas Heilmann
Foto: Dorit Gätjen
Satz: Dörlemann Satz, Lemförde
Druck und Bindung: Ebner & Spiegel, Ulm
Printed in Germany
ISBN 3-455-09360-4

Inhalt

Einleitung

Wie weit sind wir geformt und festgelegt durch Eltern, Familie, Nation? Und wie weit sind wir frei, zusätzlich oder gar stattdessen, uns anders und neu zu definieren? Wie weit sind wir im Alten verhaftet, und wie weit übernehmen wir nach Emigration oder Wechsel der Nationalität und Religion die neue Identität?

»Ich habe keine Schuhe nicht« – an diesen Satz aus seiner Kindheit erinnert sich Jerzy Hauptmann in der gleichnamigen Geschichte.

So sprachen Deutsche im Lodz der Vorkriegszeit. Sie mischten die deutsche Muttersprache mit polnischen Wörtern und sogar – wie hier mit der doppelten Verneinung – mit polnischer Syntax. Denn selbst wenn der deutsche Handwerksmeister eine deutsche Protestantin heiratete, wenn er dem deutschen Männergesangverein beitrat, im deutschen Sportverein spielte und eine deutsche Zeitung las, schlichen sich nach zwei, drei Generationen im Lodzer Vielvölkergemisch doch unvermeidlich Versatzstücke der anderen Sprache ein.

Vielen seiner damaligen Bewohner erscheint das multi-ethnische Lodz heute als »gelobtes Land«, als sehnsuchtsvolle Erinnerung, als verlorenes Paradies, obwohl es sicher nicht frei von Spannungen war. Manche erträumen es sogar als Vorbild für eine multikulturelle Welt der Zukunft. Bei Ausbruch des Ersten Weltkriegs war jeder Zweite ein Pole, jeder Dritte ein Jude, und die Deutschen, obwohl prozentual gegenüber der Mitte des 19. Jahrhunderts bereits stark abgefallen, bildeten immerhin noch knapp ein Viertel der städtischen Bevölkerung. Lodz galt als vitaler, vielseitiger Schmelztiegel verschiedener Ethnien, verschiedener Religionen, verschiedener Sprachen. So hat es sich im Gedächtnis zahlreicher ehemaliger Einwohner eingeprägt.

Dieses Zusammenleben wurde vom Einzelnen jedoch nicht nur als bereichernd empfunden. Manchmal erschien es auch bedrohlich, weil es die eigene Identität gefährdete. Man achtete deshalb auch auf Abstand, und so wurde die multi-ethnische Gemeinschaft vor allem durch ein Nebeneinander und nicht durch ein Miteinander geprägt.

Es war verpönt, der eigenen Nationalität und Religion den Rücken zu kehren, den Glauben zu wechseln und als Deutscher eine Polin oder als Jüdin einen Polen zu heiraten. Ein Goj in einer jüdischen Familie? Eine Katholikin im evangelischen Milieu? Das galt lange als Verrat an der Herkunftsfamilie und der eigenen Minderheit. Nur unter den reichen Fabrikantenfamilien waren Mischehen keine Seltenheit. So wählte der deutsche Industrielle Leon Grohman die polnische Schauspielerin Alicja Dębicka zu seiner Ehefrau, und Robert Geyer, obwohl aus einer der ersten und erfolgreichsten deutschen Fabrikantendynastien, die den Ruf von Lodz als »polnischem Manchester« begründeten, verstand sich mehr als Pole denn als Deutscher und engagierte sich entsprechend in Unternehmerkreisen des 1918 wieder erstandenen Polen. Wahrscheinlich wurde er deswegen kurz nach der Besetzung der Stadt im Dezember 1939 von den Deutschen erschossen: Wer nicht für die deutsche Besatzungsmacht war, musste gegen sie sein. Eine Ambivalenz des Zugehörigkeitsgefühls wurde nicht mehr geduldet.

Das friedliche Nebeneinander war bereits seit Ende des 19. Jahrhunderts zunehmend in Gefahr geraten, denn der polnische Wunsch nach Unabhängigkeit hatte sich immer stärker an der Germanisierungspolitik der preußisch-deutschen Teilungsmacht gerieben: an Bismarcks Kulturkampf, der die Polen im preußischen Teilungsgebiet zu loyalen, deutsch sprechenden preußischen Staatsbürgern machen sollte. Vom deutschen »Drang nach Osten« war in der polnischen Literatur und Publizistik immer öfter und radikaler zu lesen, von einer »deutschen Sintflut« und dem »deutschen Erbfeind«. Und nach der Wiederentstehung des polnischen Staates 1918/19 sollte der Einfluss der deutschen Minderheit möglichst begrenzt werden, denn ein grundsätzliches Misstrauen hatte sich verfestigt: Inwieweit war ihrer Loyalität gegenüber dem polnischen Staat zu trauen?

Als Hitler 1933 die Macht ergriff, drangen Polen am »Schwarzen Palmsonntag« in deutsche Einrichtungen in Lodz ein und demolierten das deutsche Gymnasium, einen deutschsprachigen Verlag und die Redaktion der Tageszeitung *Freie Presse*. Vor dem Hintergrund von Hitlers Gebietsansprüchen und der wachsenden Kriegsgefahr gerieten tendenziell alle Deutschen bei ihren polnischen Nachbarn in den Verdacht, »hitlerowcy« zu sein: eine fünfte Kolonne, die im Land des Feindes mit den Nationalsozialisten kollaboriere. Folgerichtig ließ die polnische Regierung die Elite der deutschen Minderheit kurz vor Ausbruch des Zweiten Weltkriegs verhaften und internieren. Objektiv betrachtet eine ungerechte Überreaktion angesichts der vielen Tausend Deutschen, die sich loyal gegenüber dem polnischen Staat verhielten und sogar als Soldaten des polnischen Militärs gegen die deutsche Wehrmacht in den Krieg zogen. Subjektiv inzwischen vielleicht nachvollziehbar, da wir nach dem Anschlag auf das World Trade Center selbst spürten, wie schnell sich die Angst vor den islamistischen Terroristen als Unbehagen und Misstrauen gegenüber *jedem* Araber äußern kann.

Dass das friedliche Zusammenleben zwischen verschiedenen Nationalitäten sorgfältig ausbalanciert sein will und die friedliche Koexistenz auch im Europa des ausgehenden 20. Jahrhunderts keine Selbstverständlichkeit ist, wissen wir spätestens seit den Kriegen im zerfallenden Jugoslawien. Auch heute erwarten Nationalstaaten in Krisenzeiten eine unbedingte Zugehörigkeit und nationale Loyalität, die dem Selbstverständnis des Individuums zuwider laufen können. Auch heute dämonisieren sie den Gegner, wenn sie sich bedroht fühlen, angegriffen werden oder sich in einer Phase starker politischer Verunsicherung befinden. Dann erklären sie den Anderen, den Fremden, den Angehörigen der anderen Nationalität oder Religion generell zur Inkarnation des Bedrohlichen und Bösen. Ist erst ein bestimmter Grad von Zuspitzung erreicht – das zeigte Jugoslawien –, versagen fast alle Möglichkeiten politisch-rationaler Einflussnahme. Dann werden, angeheizt von nationalistischen Demagogen, nur noch tief verwurzelte Ängste ausagiert, die eine Differenzierung, eine Prüfung des Einzelfalls nicht mehr zulassen. Dann gibt es nur noch den Antagonismus der Serben gegen die Kroaten und Albaner, der Albaner und Kroaten gegen die Serben, der »Wir-Gruppe« gegen die »Sie-Gruppe«.

Der Journalist Gojko Berić hat diese Haltung, die die unbedingte Loyalität zur nationalen Herkunftsgruppe unterstellt beziehungsweise erwartet, aufgrund eigener Erfahrung anschaulich beschrieben. Berić stammt aus einer serbischen Familie, verbrachte aber sein ganzes Leben unter Kroaten und Bosniern und fühlte sich nach eigenen Angaben als Kosmopolit. Solange in Jugoslawien die verschiedenen Nationalitäten friedlich zusammenlebten, gab es bei ihm zwischen Selbst- und Fremdwahrnehmung keine erkennbaren Widersprüche. Nach der serbischen Aggression gegenüber Kroatien aber änderte sich dies fundamental. Berić konnte sich nicht mehr außerhalb der ethnischen Gruppen ansiedeln. Den Freunden im kroatischen Dubrovnik galt er ebenso wie seinen bosnischen Nachbarn aus dem Wohnblock in Sarajevo nur noch als »der Serbe«. Die Serben hingegen verurteilten ihn, da er sich in Artikeln gegen die Bombardierung von Dubrovnik und später von Sarajevo aussprach, als Verräter, der dem eigenen Volk in den Rücken falle. Es gab, urteilt Berić, nur noch die nationalistische Leitlinie: »Lieber mit meinem Volk auf der falschen Seite als auf der richtigen Seite gegen mein Volk.«

Mit großem Erschrecken haben wir auf dieses unerwartete Wiederaufleben nationalistischer Denk- und Verhaltensweisen im Europa des ausgehenden 20. Jahrhunderts reagiert. Manche Publizisten suchten ihre innere Verunsicherung zu überwinden, indem sie das Ganze zu atavistischen Stammesfehden erklärten – eben zu Verhaltensweisen eines noch nicht aufgeklärten Balkan. Doch die Ursache dürfte weniger in mangelnder Aufklärung als in der menschlichen Psyche liegen.

Das Individuum sucht Sicherheit durch die Zugehörigkeit zu einer Gruppe. Und bis jetzt haben sich trotz Globalisierung und zunehmender internationaler Vernetzung ethnische, religiöse und nationale Zugehörigkeiten als tragende Bindeglieder zwischen den Mitgliedern von Großgruppen erwiesen. Das eine scheint das andere sogar in gewissem Maß zu bedingen. Während internationale Organisationen und wirtschaftliche Kontakte rund um den Globus an Gewicht zunehmen, versichern sich die Bürger weiter der kulturellen, religiösen und mentalen Geborgenheit in ihren ethnischen und religiösen Gruppen – in Großgruppen, in denen sich das Individuum – so sagt es der Psychoanalytiker Vamik Volkan – durch ein »dauerndes Gefühl des Gleichseins« mit den anderen verbunden fühlen kann.

Bestimmte Symbole, Rituale, Geschichten, Sitten, die eine jeweilige ethnische Gruppe von anderen unterscheiden, schlagen Wurzeln im Inneren des Einzelnen und bedingen sein Gefühl der Zugehörigkeit. So wird ein Pole, der schon als kleines Kind an Allerheiligen mit auf den Warschauer Powązki-Friedhof genommen wird, um sich an den Gräbern von Gefallenen über ihren heldenhaften Kampf bei der Verteidigung der Altstadt gegen die übermächtigen Deutschen im Herbst 1944 erzählen zu lassen, ein völlig anderes Verhältnis zu Patriotismus und bewaffnetem Widerstand entwickeln als ein Deutscher, der in der Schule und in den Medien mit der Schuld der Deutschen für die Verbrechen des Dritten Reiches konfrontiert wird.

Nach Meinung von Vamik Volkan verschmilzt die kollektive Identität bereits sehr früh mit der individuellen Psyche des Kindes zu seiner Kern-Identität. Was dem Kind zunächst nur in seinen Außenkontakten begegnet, wird nach einer gewissen Zeit ein Teil seiner selbst: So erfährt der polnische Schüler über die angeblich angeborene Bösartigkeit der Deutschen über die Pflichtlektüre von Henryk Sienkiewicz' »Die Kreuzritter« oder aus den Erzählungen des Großvaters über die Erfahrungen im Zweiten Weltkrieg; später ist die tiefe Skepsis und das Misstrauen gegenüber dem Nachbarn ein Teil seiner individuellen Wahrnehmung geworden. Vergleichbar hört das jüdische Kind zunächst aus den Berichten vieler Überlebender auch von den Denunzianten und Antisemiten unter den polnischen Nachbarn; später sind die antipolnischen Vorbehalte in seinen eigenen Gefühlshaushalt eingegangen.

Weil Gruppenidentität und Kernidentität des Individuums so stark miteinander verschmelzen, fühlen sich in Zeiten, in denen die Großgruppenidentität gefährdet ist, auch ihre einzelnen Mitglieder existenziell verunsichert. Dann rückt die jeweilige Gruppe zusammen, aktiviert Symbole, die ihren Zusammenhalt stärken, und verdächtigt jedes Mitglied der anderen Gruppe als Träger des Bösen. Es gibt nur noch das alternative Entweder-oder, dem aufgrund des Drucks oder der Zuordnung von außen selbst jene unterliegen, die sich nicht auf eindeutige Zugehörigkeiten festlegen lassen wollen. Diese Einschätzung fand ich durch die vorliegenden acht Lebensläufe von Polen, Deutschen und Juden, die sich zwischen verschiedenen Nationalitäten bewegten, bestätigt.

Als ich auf Halina Jaszczenko stieß, die sich bei mir meldete, nachdem sie mein Buch über die Internierung der deutschen Zivilisten in Polen nach 1945 (»Die Rache der Opfer«) gelesen hatte, glaubte ich noch an einen Einzelfall. Zu außergewöhnlich erschien mir die Geschichte einer Deutschen, die ihren polnischen Aufseher heiratet. Doch nachdem mein Blick für Grenzüberschreitungen geschärft war und ich mit Freunden und Fremden über die Problematik zu reden begann, begegnete ich ihnen plötzlich überall – Personen, die sich »dazwischen« fühlten, aber in ihrer Ambivalenz nicht von der Umwelt geduldet wurden. Stanisław Lagun erzählte darüber öffentlich auf einer Veranstaltung in Stettin, über Teodor Müller drehte das polnische Fernsehen einen kurzen Dokumentarfilm, von Romuald Weksler-Waszkinel erfuhr ich über den Kreis der Überlebenden beim Jüdischen Historischen Institut in Warschau, Adam Kostrzewa war der Bekannte eines Bekannten, und von Jerzy Hauptmann erzählte mir ein ehemaliger Schulkollege.

Nur im letzten Fall ist einem Protagonisten der Wechsel geglückt: Obwohl in einer deutschen Familie geboren, bekannte sich Jerzy Hauptmann später zur polnischen Nationalität. Heute lebt er in Amerika. Vielleicht kann er deswegen die verschiedenen Aspekte seiner Identität leben, ohne von seiner Umwelt zur Eindeutigkeit gezwungen zu werden. Alle übrigen Protagonisten hingegen, die polnische Jüdin Zoja Perelmuter ebenso wie der deutsche Pole Teodor Müller, stießen auf Widerstände, wenn sie die manchmal unausgesprochene, manchmal bewusst gezogene Grenze zur anderen Nationalität nicht respektierten, denn bis heute sieht die nationale Minderheit, aus der sie stammten, in den Abtrünnigen Verräter; und diejenigen, zu denen sie sich hingezogen fühlen, verdächtigen sie – bis heute –, fünfte Kolonne zu sein. Feinde in den eigenen Reihen.

Augenblicklich erleben wir zwei Tendenzen. Da sind einerseits die ethnischen Grenzgänger. Sie leben im Schnittpunkt verschiedener Zugehörigkeiten, sind von ihrer ethnischen Herkunft geprägt, schöpfen aber auch aus den Möglichkeiten anderer Nationalitäten und Kulturen. Aus der Sicherheit ihrer Verankerung im Herkunftskollektiv gewinnen sie die Freiheit zur Wahl von Zusätzlichem, Bereicherndem. Sie haben, wie es der Journalist G. Pascal Zachary einmal formulierte, »Wurzeln und Flügel«. Oft entwickeln diese Menschen eine besondere Kreativität. Wir erleben dunkelhäutige Moderatoren in den Programmen deutscher Fernsehstationen, Schwarze und Araber in europäischen Fußballmannschaften, chinesische Wissenschaftler in amerikanischen Forschungsinstituten, neuerdings auch russische Models auf den Titelseiten westlicher Glanzdruck-Zeitschriften. Doch im Wesentlichen ist dies die Welt der Erfolgreichen und die Welt der Amerikaner.

Die Vereinigten Staaten hatten von Anfang an einen anderen Identitätsmythos als die Europäer. Während sich die Nationalstaaten in Europa möglichst entlang geschlossener ethnischer Gebiete bildeten, basierte Amerika von Anfang an auf der Multi-Ethnizität. Amerika strebte und strebt nach Konsens auf der Grundlage von Menschenrechten und Brüderlichkeit, um *verschiedene* Ethnien, Sprachen, Kulturen seiner Staatsbürger zusammenzuhalten; in Europa erfolgte die Bildung von Nationalstaaten hingegen auf der Grundlage dominanter Kulturen, Religionen und Geschichtsbilder, die noch in den neunziger Jahren des 20. Jahrhunderts – wie im ehemaligen Jugoslawien und Sowjetreich – durch Abspaltung, Abgrenzung und ethnische »Säuberungen« durchgesetzt wurden.

Und so steht die zweite Tendenz der ersten fundamental entgegen. Die Serben versuchten, einen Nationalstaat mit Gebieten zu realisieren, aus denen die Kroaten, Muslime und Albaner erst vertrieben werden sollten. Die Esten hofften, sich ihrer starken russischen Minderheit entledigen zu können, wenn sie estnische Sprachkenntnisse zur Voraussetzung für die Staatsbürgerschaft erklärten. Und Westeuropa, das sich auf eine supra-nationale Gemeinschaft vorbereitet, sah sich nicht nur mit weiter schwelenden Autonomieforderungen von Korsen oder Basken und gewaltsamen Auseinandersetzungen zwischen protestantischen und katholischen Iren, sondern mit neuen ethnischen Konflikten konfrontiert, die es lange ignoriert hatte.

Das Nachkriegsdeutschland hat sich gegenüber dem Problem des Nationalbewusstseins lange Zeit ignorant verhalten und hätte die Nation als Ebene kollektiver Identität am liebsten übersprungen. Viele haben auf die Frage nach dem »Wer bist du?« mit der Feststellung geantwortet: »Ein Berliner und Europäer.« Sich als Deutscher zu fühlen, galt und gilt linksliberalen Milieus immer noch als anstößig, als tendenziell nationalistisch. In dieser Geringschätzung oder Verachtung des Nationalen kommt jedoch nicht seine Überwindung zum Ausdruck, sondern – als typisch deutsche Reaktion – eine Bindung an ihn, die noch in der Abstoßung besteht.

Es ist illusorisch, von einem schnellen Absterben des Nationalstaates auszugehen, und es wäre illusorisch und fahrlässig zugleich, wenn wir das »Gleichsein mit den anderen« nicht als tief verankerten Wunsch des Individuums nach Zugehörigkeit respektierten. Insofern wird das Nebeneinander verschiedener Nationalitäten, Kulturen und Religionen uns noch lange gegenseitigen Respekt und Toleranz abverlangen. Gleichzeitig aber wird die Zahl der Grenzgänger zunehmen, die, verwurzelt in ihrer Herkunftsgruppe, nach Neuem, Bereicherndem, nach besseren Lebensbedingungen und sozialem Aufstieg im Fremden streben. Denn beides wird in uns bleiben: das Bedürfnis nach Sicherheit im Bekannten und die Sehnsucht nach der Erweiterung durch das Fremde. Und beides hängt auf scheinbar paradoxe Weise zusammen. Denn je sicherer wir uns fühlen, desto bereitwilliger öffnen wir uns dem Unbekannten.

Die Menschen, die uns in diesem Buch begegnen, stellen

einen Mikrokosmos dar, der vielen Lesern sehr fremd erscheinen mag. Lässt man sich aber auf ihre Ängste, ihre Prägungen, ihre Suche nach der eigenen Identität ein, wird man in den Geschichten aus der Vergangenheit gleichzeitig auf die ungelösten Probleme unserer Zukunft gestoßen.

Romuald Jakub Weksler-Waszkinel

Er wollte sein wie alle anderen

Als Kind hatte er Alpträume. Ein Unbekannter trachtete ihm nach dem Leben, wollte ihn totschlagen, erschießen, ermorden. Nur weil er schrie und sein eigener Schrei ihn weckte, entrann er dem Tod. Als Kind stotterte er. Oft genug brachte er in der Schule kein Wort heraus und wäre vor Scham am liebsten im Erdboden versunken. Als Kind zählte er zu den Bettnässern. Manchmal – selten – konnte er sogar in der Klasse den Stuhl nicht halten. Dann stürzte er aus dem Raum und lief, damit niemand ihn sehe, durch Gärten und Felder nach Hause. Er weinte und litt. Aber die Angst in seinem Innern konnte Romuald nicht abschütteln. Immer wieder überflutete sie ihn.

Sobald ein Flugzeug über die Arbeitersiedlung in Pasłęk, ehemals Preußisch Holland, flog, warf er sich auf den Boden. »Sie schießen nicht mehr«, beruhigte ihn die Mutter, »sie werfen keine Bomben mehr. Du brauchst keine Angst zu haben.« Aber er fürchtete sich trotzdem. Vor Truthähnen, Hunden, Gänsen, vor Ratten und Mäusen. Er hing an Mamas Rockzipfel wie an einem rettenden Anker und kroch noch in die Wärme ihres Schoßes, als es sich eigentlich nicht mehr ziemte und seine Beine ungelenk bis auf den Boden baumelten. Er war verletzlich, übersensibel, gefangen in einem tiefen Misstrauen gegenüber der Welt. Warum hat er nur immer so traurige Augen, fragten die Mütter seiner Schulkameraden, wenn er ihnen auf Veranstaltungen fröhliche Weisen aufspielte.

Das Elternhaus umgab ihn mit viel Liebe und Wärme. Mochten Emilia und Piotr Waszkinel auch arm sein, gleich nach dem Krieg umgesiedelt aus Święciany, der verlorenen polnischen Gegend um Wilna, in die »wiedergewonnenen« Gebiete des ehemals deutschen Ostpreußen, mochten sie auch kein Abitur haben, von der Hände Arbeit leben und sich oft von Kartoffeln, Brot und Brennnesselsuppe ernähren, so umsorgten sie ihn doch mit einer seltenen Hingabe. Die Mutter saß nachts bei ihm, wenn ihn die Alpträume drückten. Der Vater kaufte dem musikalisch begabten Jungen ein Akkordeon, obwohl er dafür eine Kuh verkaufen musste. Er fuhr mit dem ständig Kränkelnden sogar vom kleinen Preußisch-Holland ins große Danzig zu einem Spezialisten. Aber der Arzt konnte kein Leiden feststellen. Romuald litt, ohne krank zu sein. Romuald war anfällig, obwohl er robuste Eltern hatte.

Er fürchtete die unberechenbare, verletzende, zerstörerische Welt. Als der vier oder fünf Jahre alte Romuald eines Tages im Sommer 1947 oder 1948 nach Hause zurückkehrte und zwei Betrunkene ihn von der gegenüber liegenden Straßenseite verhöhnten: »Jude, kleiner Jude, jüdischer Findling!«, da konnte er vor Aufregung das Gartentor nicht schließen. Er wusste weder, was ein Findling, noch, was ein Jude ist. Aber er spürte die Häme, die Ablehnung, die Verachtung. Was ist das, ein Jude? Die Antwort der Mutter sog er ein, auch wenn es keine Antwort auf seine Frage war. »Gute und kluge Menschen«, sagte sie, »werden niemals so hinter dir her schreien. Und auf die Dummen soll man nicht hören – ihnen geht man aus dem Weg.« Romuald machte die Antwort zu seinem Gebot und ging den Dummen aus dem Weg. Doch ungefragt und ungebeten stellten sie sich ihm in die Quere, und oft genug verletzten ihn selbst die, die es angeblich gut mit ihm meinten.

Als man in der Schule den Film »Verbotene Lieder« über das Warschau unter deutscher Okkupation zeigte, riefen die Klassenkameraden plötzlich »Dawidek« hinter ihm her. Die gleichnamige Figur des Films wurde von einem äußerst sympathischen und hübschen Jungen gespielt, Romuald jedoch empfand den Spitznamen als Beleidigung. Er wollte keinem Juden ähnlich sein. Er wollte wie die Übrigen in der Klasse sein. Und die waren polnisch.

Ja, wem sieht der Junge denn ähnlich, fragten sich teils naiv, teils heuchlerisch die Mütter seiner Schulkameraden. Ja, wem sah er ähnlich? Sein Vater hatte eine starke, füllige Figur, ein rundes Gesicht und helles Haar. Romuald hingegen war von zarter Statur, das Gesicht länglich, die Haare schwarz. Was nur hatte er von den Eltern geerbt? Er beobachtete den Vater beim Sägen, betrachtete sorgfältig die linke Hand, die den Holzstamm hielt, und wendete dann heimlich die eigene Linke hin und her: Warum erinnerte sie so gar nicht an den groben Handrücken des Vaters? Er holte die Familienalben hervor, prüfte die Haltung der Eltern auf den Fotos – auch keine Ähnlichkeit. Beim Kämmen vor dem Spiegel drehte er schließlich den Kopf so lange, bis er eine Verwandtschaft in den Gesichtszügen entdeckt zu haben glaubte. »Mama«, schrie er, »Mama, ich bin Papa ähnlich!« Als sie schwieg, wollte er eine Bestätigung ertrotzen: »Wenn ich ein Jude bin, dann werdet ihr schon erleben, was ich mir antue!«

Auf geheimnisvolle Weise hatte sich der Jude in ihm eingenistet. In den Sommerferien 1956, nach Beendigung der Grundschule, nahm ihn der Vater mit auf eine Reise in seine alte Heimat im ehemaligen Ostpolen. Sie besuchten nicht nur Verwandte in einem inzwischen weißrussischen Dorf, sondern auch die Kleinstadt nahe Wilna, wo sein Vater beim Militär gedient hatte. Die Kasernen standen noch, doch wo einst Pferde untergebracht waren, wohnten nun Menschen. Sein Vater war gerade damit beschäftigt, einige Einwohner zu den Veränderungen zu befragen, als sich plötzlich ein älterer Mann auf Polnisch in das Gespräch einmischte: »Wo haben Sie denn diesen Juden aufgetrieben?«, höhnte er und zeigte mit dem Finger auf Romuald. Zwar beschimpfte der Vater den Mann gleich unflätig auf Russisch und wandte sich abrupt ab, doch der Dreizehnjährige zitterte und war tief verstört. Wie ein kleines Kind klammerte er sich an den Erwachsenen, der selbst so aufgewühlt war, dass er eine Zigarette nach der anderen rauchte. Sie hatten noch weiterfahren wollen, nach Wilna und in die alte Heimat Święciany. Doch sie kehrten zurück, und als hätten sie sich insgeheim verabredet, kam keiner mehr auf das Erlebnis zu sprechen. Als hätte es, wenn es nicht besprochen wurde, auch nicht existiert.

Ein Jude zu sein – das war schrecklich. Denn die Juden hatten den Herrn Jesus umgebracht. Um nichts in der Welt wollte er zu den Nachfahren jener Mörder zählen. Ging er doch, solange er denken konnte, regelmäßig mit den Eltern in die Messe. Hatte er doch seit frühesten Kindertagen gern und überzeugt als Ministrant gedient. Er fühlte sich geborgen im Gotteshaus, wo er gemeinsam mit den Eltern kniete, betete, sang. Romuald wollte auf jeden Fall das polnische Kind polnischer Eltern in einer polnischen Umgebung bleiben. Er wollte nicht anders sein als die anderen – nur besser.

So spielte er im Schultheater und rezitierte Gedichte. Mit dem rhythmischen Sprechen verschwand sogar das Stottern. Er spielte Akkordeon und Gitarre auf Schulfesten und auf privaten Veranstaltungen – und alle wunderten sich, warum der Junge ohne Musikunterricht zwei Instrumente beherrschte. Er fiel auch wie die übrigen Klassenkameraden über Marysia her, die einzige deutsche Mitschülerin, freute sich, wenn einige frech »Geh doch zu Hitler« hinter ihr her schrien, sie an den langen schwarzen Zöpfen zogen und mit Kreide ein Hakenkreuz auf den Ranzen oder den Stuhl malten, so dass es sich beim Aufstehen auf der Kleidung abdrückte.

»Das ist doch eine Deutsche!«, rechtfertigte er sich empört, als der Vater ihn am Abend kritisierte.

»Hat sie dir denn etwas Schlechtes getan?«

»Sie nicht, aber die Deutschen!«

»Es gibt nicht die Deutschen, die Russen, die Polen«, wies ihn der Vater zurecht. »Es gibt nur gute und schlechte Menschen. Meinst du etwa, alle Polen wären im Krieg so wunderbar gewesen?«

Am nächsten Tag verteidigte Romuald das Mädchen tatsächlich in der Klasse, obwohl er nicht einmal mit der Billigung aller Lehrer rechnen konnte. Denn als Deutsche war Marysia ausgegrenzt von allen schulischen Veranstaltungen. Nie durfte sie im Schultheater spielen, nie im Chor mitsingen, nie in der Folkloregruppe Mazurka tanzen. Wenn die Klingel das Ende des Unterrichts verkündete, stürzte sie aus der Klasse und eilte allein nach Hause. Keine Mitschülerin wollte mit ihr gehen. Nur Romuald hat sie schließlich respektiert und damit eine Freundschaft für den Rest des Lebens begründet.

Später auf der Oberschule fühlte Romuald sich ohne Unterschied angenommen. Er interessierte sich für Mädchen und irdische Dinge, entfernte sich vom Gemeindeleben, vom Glauben und hörte auf, sich mit Grübeleien über die letzten Dinge zu quälen. Wozu brauchte er noch einen Gott als Schöpfer, wenn ihm der sowjetische Biologe Aleksandr Ivanovitsch Oparin den Ursprung des Lebens materialistisch erklärte? Das Leben schien voller überraschender neuer Möglichkeiten. Einerseits. Andererseits hörte sich Romuald zu seiner eigenen Überraschung eines Tages nach dem Religionsunterricht, den das sozialistische Polen gerade einmal wieder zugelassen hatte, zum Priester sagen: »Wenn ich das Abitur schaffe, werde ich Geistlicher.«

Wer in ihm sprach damals? Der Pole und Katholik, der den Juden in sich endgültig zu verbannen wünschte? Der Verunsicherte, der für das weitere Leben endlich Eindeutigkeit erzwingen wollte? Der Ängstliche, der sich von der Kirche die Geborgenheit erhoffte, die ihm bisher das Elternhaus geschenkt hatte? Griff er nach dem Priesterberuf wie nach einer Notbremse, um dem Aufbrechen des Zwiespalts in ihm, den er als unerträglich, ja zerstörerisch fürchtete, zuvorzukommen?

Das öffentlich geäußerte Versprechen beruhigte ihn nicht nur, es erschreckte ihn auch. Aber da es einmal ausgesprochen war, wollte er zu ihm stehen. Noch am selben Abend teilte er es den Eltern mit und hoffte, sein Vater würde sich freuen. Stattdessen verhöhnte er ihn: »Und was machst du dann mit den Mädchen?«, und drohte ihm: »Du eignest dich nicht zum Priesterberuf.« Je hartnäckiger der Vater die Eignung bezweifelte, desto trotziger bestand Romuald auf seinem Entschluss. Am 15. September 1960 zog er ins Priesterseminar nach Allenstein – am 20. Oktober war der Vater tot. Auf der Treppe zum Haus hatte der Zweiundfünfzigjährige einen Herzinfarkt erlitten und war mit dem Hinterkopf auf den Bürgersteig geprallt. Romuald fühlte sich schuldig.

Er wolle ihn unbedingt sehen, hatte der Vater in Briefen nach Allenstein zuvor mehrfach gefordert. Doch als der Sohn einem Treffen schließlich zustimmte, kam es zu keiner Aussprache. Vielmehr fiel der Vater in der Kapelle vor dem Bild der Matka Boska Ostrobramska, der Gottesmutter aus Wilna, auf die Knie und weinte so haltlos, dass der Sohn sich für den erwachsenen Mann schämte. Nach dem Tod machte sich Romuald Vorwürfe: Sein Vater, meinte er, sei an dem Konflikt zerbrochen. Aber warum er sich seiner Priesterwahl so hartnäckig widersetzt hatte, danach wagte er die Mutter nicht zu fragen.

Nach einem Monat voller Selbstzweifel, Krankheit und Depression sah Romuald nur einen Ausweg: Wenn der Vater daran gezweifelt hatte, dass der Sohn dem Priesteramt gewachsen sein würde, galt es ihm jetzt zu beweisen, dass aus ihm ein besonders guter Priester würde. Er lernte fleißig, erhielt nur gute Zensuren und stand unmittelbar vor der Priesterweihe. Schon glaubte er,

Beruf und Berufung tatsächlich in Einklang bringen zu können, als ihn der Rektor zu einem Gespräch rufen ließ. Es gebe Gerüchte aus seinem Heimatort, teilte er ihm in dürren Worten mit, dass er gar nicht getauft sei. Ohne Taufe aber könne er keine Priesterweihe erhalten. Romuald zuckte zusammen. Da war er wieder – der Verdacht. Denn nur ein Jude konnte nicht getauft sein. Zwar konnte er die Gerüchte überzeugend entkräften, indem er die Taufurkunde beibrachte und eine Taufpatin benannte, die in Stettin wohnte. Aber es beunruhigte ihn, dass der Jude sich nicht abschütteln ließ. Er saß in ihm, auch als er am 19. Juni 1966 in der Kathedrale von Frauenburg zum Priester geweiht wurde. Allerdings, stellte Romuald mit großer Erleichterung fest, hatte die Denunziation der Dummen im Unterschied zur Kindheit keine Panik mehr in ihm ausgelöst, denn im Seminar hatte er Jesus als Juden entdeckt.

Als jüdischer Priester, so überlegte er, sei er dem Juden Jesus sogar besonders nah. Es musste doch kein Widerspruch sein, als Jude an den Gott der Christen zu glauben. Gab es nicht auch Edith Stein und Kardinal Lustiger, die zum Katholizismus übergetreten waren? Hatte nicht Isaak Bashevis Singer in einer seiner Geschichten einen Juden beschrieben, der trunken war von diesem Gott? Er begann, den Juden als Möglichkeit in sich zu akzeptieren: Dem stereotypen Vorwurf, die Juden hätten Jesus nicht als Sohn Gottes erkannt, begegnete er jetzt mit der Gegenthese: Alle zwölf Apostel und zweiundsiebzig weitere Schüler, die Jesus auserwählt hatte, seien ausschließlich Juden gewesen. Eben Juden hätten den Heiden die Lehre Jesu gebracht, auch wenn sie damit ein tiefes Umdenken hätten vornehmen und sich vom Judaismus trennen müssen. Als ihm in seiner ersten Gemeinde in Marienwerder einmal zugetragen wurde, dass man auch hier den Juden in ihm vermutete, zuckte er deswegen schon nicht mehr zusammen, sondern antwortete ganz ruhig: Wissen Sie nicht, dass auch Jesus ein Jude war?

Noch ein weiteres Jahrzehnt musste allerdings vergehen, bevor Romuald genügend innere Kraft für die Wahrheit fand. Er lehrte bereits Philosophie an der Katholischen Universität von Lublin, hatte dort 1968, als eine antisemitische Kampagne viele Studenten aus jüdischen Familien von den staatlichen Universitäten vertrieb, erstmals mit Juden zu tun und las zunehmend Texte über den Holocaust. Als die Mutter schwer krank im Krankenhaus gelegen hatte und ihr Ende nahe schien, fasste er den Mut, sich endlich Gewissheit zu verschaffen. »Mama«, fragte er sie eines Abends im Februar 1978, ohne sich durch ihr Weinen beirren zu lassen. »Mama, hast du Juden gekannt?« An jenem Abend erzählte sie ihm in der Küche seiner Zweizimmerwohnung in Lublin das erste Mal von seinen Eltern.

Romuald wurde wahrscheinlich im Februar 1943 im Getto von Święciany im Gebiet des heutigen Litauen geboren. Da sein Vater Schneider war, hatten ihn die Deutschen nicht wie die meisten anderen Juden des Ortes sofort 1941 erschossen, sondern zur Arbeit eingesetzt, bis das Getto im Sommer 1943 liquidiert wurde. Beide Eltern kamen ins Getto von Wilna, lebten dort in der Wohnung von Alexander Bogen, einem Freund von Chagall, und wurden dann getrennt: Der Vater endete wahrscheinlich in Estland, die Mutter mit seinem Bruder wahrscheinlich in Majdanek. Sie mag in jenen Massengräbern liegen, die man die Juden im November 1944 ausheben ließ, als keine Zeit mehr blieb, sie zu verbrennen. Das war für Romuald besonders schmerzlich zu erfahren, dass er schon jahrelang nur wenige Kilometer neben dem Ort wohnte, an dem seine leibliche Mutter wahrscheinlich umgebracht wurde.

Verzweifelt hatte sie im Frühjahr 1943 nach arischen Eltern für ihren zweiten Sohn gesucht. Den ältesten Sohn Samuel hatte sie zwar zeitweilig bei einer litauischen Familie unterbringen können, doch nachdem sie kein Geld mehr hatte, um deren Forderungen zu erfüllen, war er in die Familie zurückgekehrt.

Nichts als ein Samowar und eine Waage waren der jüdischen Mutter noch geblieben. Dieser Samowar war Romuald später, als er seine polnische Mutter aus der Arbeitersiedlung im ostpreußischen Pasłęk nach Lublin holte, wegen seiner Größe lästig. Eine Verwandte hatte sogar empfohlen, ihn zu verkaufen. Aber die polnische Mutter hatte ihn als einzige Erinnerung an Święciany unbeirrt verteidigt – und heute ist Romuald ihr dankbar. Seit zwanzig Jahren stehen Samowar und Waage oben auf der langen Schrankwand in seinem Wohnzimmer als einzige Erbstücke von den leiblichen Eltern.

Die junge Polin Emilia Waszkinel hatte sich sehr ein Kind gewünscht. Aber sie fürchtete sich, den jüdischen Säugling zu nehmen. Sie war neu in Święciany, geflüchtet aus einem Nachbarort, in dem ihr Mann wegen illegaler Branntweinbrennerei denunziert worden war. »Hau ab«, hatte ihm ein deutscher Offizier geraten, dem er manchmal das Auto reparierte. »Hau ab, bevor sie dich holen!« Nun wohnte sie mit ihrem Mann auf engstem Raum in nur einem Zimmer. Wie sollte sie den Nachbarn ein Kind ohne Schwangerschaft erklären? Sie war lebenserfahren genug, um zu wissen, dass sich überall Missgünstige, Spitzel und Kollaborateure finden. Und sie hatte Angst: In keinem anderen Land Europas wurde Hilfe für Juden wie in Polen mit dem Tod bestraft. Emilia Waszkinel befand sich in einem tiefen Gewissenskonflikt. Sie sind doch eine gläubige Christin, hatte die Jüdin sie angefleht. Sie glauben doch an Jesus – und auch Jesus war ein Jude. Retten Sie das jüdische Kind im Namen von Jesus, und sie werden sehen: Wenn der Kleine groß wird, dann wird er Priester. Sie werden es erleben – er wird Priester.

Dass sich erfüllt hat, was der polnische Vater ursprünglich für eine taktische Raffinesse der Jüdin hielt, hat ihn kurz vor seinem Tod fast an den Rand des religiösen Wahns getrieben. Seine Frau fürchtete, er werde verrückt. Er glaubte sich auserwählt für ein Wunder, dem er sich nicht gewachsen sah. Vielleicht fühlte er sich auch schuldig, weil er den Sohn seinen Weg hatte einschlagen lassen, ohne ihn über den Ursprung seiner Biographie aufgeklärt zu haben. Vielleicht spürte er die Zerreißprobe, die auf ihn zukommen würde, falls er im späten Alter die Wahrheit erführe. Denn im Unterschied zu Edith Stein oder Kardinal Lustiger hatte Romuald sich nicht im Bewusstsein seiner jüdischen Herkunft für den Katholizismus entschieden. Er hatte weder den Glauben gewechselt, noch war er vom Atheismus zum Glauben gekommen. Vielmehr war sein Berufswunsch mit dem Wunsch verbunden gewesen, seiner Biographie eine eindeutige Interpretation zu unterlegen.

Marysia, das deutsche Mädchen aus seiner Klasse, sagt heute: »Romuald hätte längst wissen können, dass er Jude ist, wenn er es hätte wissen wollen.« Denn sie selbst hat es noch vor ihrer Ausreise aus Polen 1957 erfahren. Die Gärten von Romualds polnischen Eltern und Marysias deutscher Großmutter stießen aneinander, die beiden Frauen waren befreundet. Die Großmutter wusste Bescheid. Marysia wusste Bescheid. Wahrscheinlich wussten viele Eltern aus der Klasse Bescheid – nur Romuald nicht.

»Natürlich gingen Gerüchte um«, widerspricht Romuald entschieden. »Aber Gerüchte sind nicht die Wahrheit. Wenn es so gewesen wäre, wie Marysia sagt, dass alle es gewusst haben, warum hat man mir dann im Priesterseminar von Allenstein nicht gleich zu Anfang gesagt: Du bist ein Jude! Warum tauchte das Problem meines Taufscheins erst am Ende meiner Studien auf und auch nur als Gerücht? Warum hat mich während meiner Tätigkeit an der Katholischen Universität auch nicht ein Einziger daraufhin angesprochen? Hätte man gewusst, dass ich Jude bin, hätte man mich sicher nicht beschäftigt. Ich habe es ihnen als Erster mitgeteilt, und alle waren völlig überrascht. Also – niemand hat etwas gewusst!«

»Aber kann man nicht auch wissen, ohne zu wissen?«, hält Marysia dagegen. »Kann man nicht auch spüren, was in der Luft liegt, aber nicht zu beweisen ist? Hatte nicht Romuald selbst aufgrund unerklärlicher Reaktionen seiner Eltern längst einen Verdacht geschöpft?«

»Ich bin meiner Mutter dankbar, dass sie es mir nicht früher gesagt hat«, meint Romuald noch heute, »denn ich hätte es früher nicht ausgehalten.« Er fürchtete, der Wahrheit nicht gewachsen zu sein. Und so hatte ihr Zögern, es ihm zu sagen, seine Entsprechung in seinem Zögern, es wissen zu wollen. Erst mit fünfunddreißig Jahren fühlte er sich stark genug, die schmerzliche Wahrheit zu ertragen. Doch bevor er darüber öffentlich Zeugnis ablegte, vergingen noch einmal fünfzehn Jahre.

An jenem Februarabend 1978 hatte ihm die polnische Mutter zwar seine jüdische Abstammung bestätigt, aber sie konnte ihm seinen Namen nicht nennen. Sie hatte ihn 1943 gar nicht in Erfahrung bringen wollen, damit sie nicht in Versuchung käme, ihn zu verraten. So war er nun ein namenloser Jude, der in seinem Innern ein Wissen mit sich trug, das er vor anderen verheimlichte. Es war eine schmerzliche Zeit. Denn als er Kollegen und Bekannte prüfte, was sie über Juden dachten, fand er Vorurteile und Antisemitismus selbst bei denen, die er bis dahin geachtet hatte. Sie glaubten entsprechend den »Protokollen der Weisen von Zion«, einer Erfindung der russischen Geheimpolizei »Ochrana«, an eine jüdische Weltverschwörung und sahen selbst Polen unterwandert, obwohl von den 3 Millionen Juden, die es vor dem Krieg gab, nicht mehr als 15 000 übrig geblieben sind. Romuald fühlte sich zunehmend einsam in seiner Kirche und hin- und hergerissen zwischen den beiden Seiten seiner Existenz.

Der Durchbruch kam erst nach der Wende 1989, als es möglich wurde, nach Israel zu reisen. Da fuhr Schwester Klara aus dem Kloster Laski bei Warschau im Frühjahr 1992 ins Gelobte

Land – Schwester Klara, der er als Einziger seine Geschichte gestanden hatte, weil sie im Krieg Jüdinnen gerettet hatte. Es sei einfach gewesen, berichtete sie nach der Rückkehr, sehr einfach, die Identität seiner wahren Eltern im Kreis der überlebenden Juden von Święciany festzustellen. Wer war Schneider und hatte einen Sohn namens Samuel? Das konnte nur Jankel Weksler sein. Und seine Frau hieß Batia und leitete den örtlichen Verband der Zionisten. Es fand sich nicht nur ein Foto, das die Mutter in jungen Jahren mit ebenjenen traurigen Augen zeigt, nach denen Romuald bei seinen polnischen Eltern immer vergeblich gesucht hatte. Es fand sich auch ein Verwandter: Der Bruder des Vaters lebte noch. Gleich im Sommer 1992 saß Romuald im Flugzeug nach Israel. Auf dem Flughafen von Tel Aviv kam sein Onkel, der ihn nie zuvor gesehen hatte, direkt auf ihn zu. Endlich war er jemandem ähnlich.

Doch zu Hause fühlte er sich nicht. »Wie kannst du nur in einem Land leben, das die Juden zweitausend Jahre verfolgt hat?«, lauteten die Begrüßungsworte des orthodoxen Onkels für den abtrünnigen Neffen. Wie nur könne er in Polen leben, Polnisch sprechen und katholisch sein? Im Onkel war nichts als Bitterkeit gegenüber Polen geblieben. Denn als er, der zionistische Funktionär, bei Kriegsausbruch in die Sowjetunion geflohen war, hatte er seine Frau und zwei Töchter gegen Bezahlung in die Obhut eines Polen gegeben. Die Frau wurde missbraucht, die beiden Töchter, als das Geld verbraucht war, umgebracht. »Nur ich habe überlebt – dank Stalin«, behauptete der Onkel voller Erregung, weil er als angeblicher zionistischer Spion nur sieben Jahre im sibirischen Lager saß. Er sei nicht als Rauch aus dem Kamin der deutschen Konzentrationslager gekommen und nicht von Polen erschlagen worden, weil er sie für das Versteck nicht mehr bezahlen konnte. Da vermochte Romuald ihm nur mit den Worten seines polnischen Vaters zu antworten: »Es gibt nicht *die* Deutschen, *die* Russen, *die* Polen.

Es gibt nur gute und schlechte Menschen.« Aber der Onkel weigerte sich, Polnisch zu sprechen, obwohl er es verstand, und so fragte der eine in Russisch, und der andere antwortete auf Polnisch, denn Romuald spricht kein Hebräisch.

Gleich nach der Rückkehr aus Israel fuhr Romuald zum Nuntius nach Warschau und zu seinem Bischof nach Allenstein, um endlich offen zu bekennen: Ich bin Jude. Dem christlichen Taufnamen fügte er den Vornamen seines jüdischen Vaters hinzu, den Namen der polnischen Eltern ergänzte er um den Nachnamen der jüdischen. Seitdem weist ihn sein Personalausweis als Romuald Jakub Weksler-Waszkinel aus. Sich öffentlich als jüdischer Pole zu bekennen, empfindet er seitdem als eine moralische und religiöse Pflicht wie Herr Cogito, dem der polnische Dichter Zbigniew Herbert die Worte in den Mund legte: »Du bist nicht davongekommen / um zu leben / Du hast wenig Zeit / Du musst Zeugnis ablegen.« Zeugnis vom Wirken Gottes in seinem Leben.

Aus Dankbarkeit wollte Romuald Jakub seine aufopferungsbereiten polnischen Eltern in Yad Vashem als Gerechte unter den Völkern ehren lassen. Aufgrund der formalen Voraussetzungen erwies sich sein Vorhaben jedoch als unerwartet schwierig. Solange seine polnische Mutter und sein polnischer Vater als Eltern im Personalausweis eingetragen seien, so erklärte ihm der israelische Botschafter in Warschau, könnten sie keine Medaille erhalten – es sei nicht möglich, die eigenen Eltern zu ehren. Nach fünfzig Jahren die Namen im Personalausweis ändern zu lassen, beschied das polnische Gericht über seinen Antrag, sei nicht möglich, da der Verdacht auf Betrug oder Manipulation bestehe. Erst nachdem die zweite Instanz den Präzedenzfall an den Obersten Gerichtshof weitergeleitet hatte, erhielt Romuald Jakub die Erlaubnis zum Austausch der Namen. Statt Emilia heißt seine Mutter nun auch gerichtsnotorisch Batia; der Vater statt Piotr Jakub.

Doch mit der Korrektur im Personalausweis waren immer noch nicht alle Hürden beseitigt. Das polnische Ehepaar Waszkinel, so lautete der nächste Einwand, habe gar keinen Juden, sondern einen Katholiken gerettet. Erst nach Romualds Einspruch, man dürfe die polnische Mutter nicht dafür bestrafen, dass sie den Jungen in ihrem Kulturkreis aufgezogen habe, und nach seiner Klarstellung, die Entscheidung für den Priesterberuf falle in seine Verantwortung, war den formalen Bedingungen Genüge getan. Nun ist an der Ehrenwand in Yad Vashem eine weitere Tafel mit dem Namen zweier Gerechter aus dem Herkunftsland »Poland« angebracht. »Das«, sagte Romuald Jakub, »war mir sehr wichtig.«

Marysia, in den letzten Jahren seine wohl einzige Vertraute, sagt: »Romuald Jakub ist ein sehr einsamer Mensch. Für die Juden kein Jude und für die Katholiken kein richtiger Priester.« Romuald Jakub hingegen sagt: »Ich fühle mich nicht zerrissen, sondern ganz tief als Jude und als Christ. Die Religion hilft mir, nicht völlig in Depression abzugleiten und die Traurigkeit nicht übermächtig werden zu lassen.«

Es gibt allerdings Tage, da hüllt er sich in eine Decke und verkriecht sich in eine Zimmerecke. Im Sommer dringen dann nur die Flüche der Betrunkenen von den Parkbänken zu ihm herauf und im Winter das Gekreisch der Krähen von den kahlen Ästen. Dann bedrängen ihn die immer gleichen Träume. Mal nimmt er an einer Prozession teil, läuft durch eine belebte Straße und zieht dann langsam mit dem Zug in den Tunnel. Unten aber verschwinden sie alle: die Monstranz, die Messdiener, die Priester, die Gläubigen – allein Romuald Jakub bleibt orientierungslos zurück im Dunkel. Kein Laut verrät, wohin die anderen gelaufen sind; kein Licht zeigt an, wo er den Ausweg finden könnte. Oder er läuft mit Bekannten durch eine unterirdische Passage, und auf einmal sind wieder alle verschwunden. Nur er bleibt zurück – in beängstigender Leere, weil selbst sein Gepäck verloren ging. Wieder ist es still, dunkel und hoffnungslos. Und nur weil er schreit und sein eigener Schrei ihn weckt, bringt er sich gewaltsam ans Licht, das der Traum ihm verweigert.

P.S.
Je länger ich über die Geschichte von Romuald Jakub Weksler-Waszkinel nachdachte, umso mehr fragte ich mich, warum er, der scheu und misstrauisch ist, der sich kaum öffnet und alles mit sich allein abklärt, schon über viele Jahre den Kontakt zu Marysia hält, auch wenn sie in Deutschland wohnt. Und warum sie, die lange verheiratet ist und schon erwachsene Kinder hat, dem unzugänglichen und manchmal auch abweisenden Freund mit großer Geduld und Einfühlsamkeit begegnet, keinen Dank für die Hilfe erwartete, die sie, solange die medizinische Versorgung im Kommunismus unzureichend war, im Westen für ihn organisierte, und ihm bei ihren Besuchen in Polen wie eine mütterliche Schwester den Haushalt führt. Welche geheimnisvolle Beziehung verband die beiden? Erst als ich mich zu Marysia aufmachte, erfuhr ich, dass auch sie, die sich Marianne nennt, seitdem sie in Deutschland wohnt, selbst von Depressionen bedrängt wird. Auch Marianne hat Probleme mit ihrer Identität.

Bis zu ihrem neunten Lebensjahr wollte sie glauben, dass ihre Großeltern ihre Eltern seien. Die Großmutter nannte sie Mama, den Großvater rief sie Papa. Nach ihnen trug sie den Nachnamen Montowski, und die nur wenige Jahre älteren Tanten hielt sie für ihre Schwestern. Diese heile Welt zerbrach, als Marysia mit neun Jahren plötzlich einen neuen Nachnamen erhielt: Ihre Mutter hatte geheiratet, und ihr Ehemann hatte das Stiefkind adoptiert. Seit jenem Rechtsanspruch, den die unbekannten Eltern mit der Namensgebung anmeldeten, verlor Marysia das Gefühl, bei der Großmutter geborgen zu sein. Und als der fremde Stiefvater im Jahre 1956 ihre Übersiedlung beantragte, weil sein Arbeitgeber argwöhnte, dass jenes Kind, für das er seit Jahren Kindergeld kassierte, gar nicht existiere, da blieb der noch Minderjährigen tatsächlich kein anderer Ausweg: Sie reiste nach Deutschland aus. Für Marysia war es die Vertreibung aus dem Paradies.

Kaum hatten die Eltern ihre Tochter im Flüchtlingslager Friedland abgeholt, da warf die Mutter den alten, schäbigen Koffer aus Pasłęk auch schon von einer Autobahnbrücke in die Elbe: Die Nachbarn sollten nicht sehen, aus welcher Armut Marianne kam. Und kaum hatte Marianne die Schwelle der blank geputzten, neuen Wohnung überschritten, da zückte die Mutter auch schon eine Schere und schnitt ihre langen, dicken schwarzen Zöpfe ab: Sie wollte sich mit einer altmodischen Tochter aus Polen im Wirtschaftswunder-Deutschland nicht lächerlich machen.

Marianne floh aus dem Haus und hatte nun niemanden mehr. Die Großmutter – weit weg hinter dem Eisernen Vorhang, die Mutter – abweisend und unzugänglich und der Vater – ja, wer war der Vater?

Als der Onkel Marianne unter Einfluss von Alkohol einmal »mein Judenmädchen« nannte, fiel ihr plötzlich wieder ein, was Frau Lubnauer gesagt hatte, die Jüdin aus Pasłęk, die ein Geschäft mit Gürteln und Spangen und Broschen führte. Frau Lubnauer, die eine geheimnisvolle schwarze Kassette besaß, in der sie Briefe und Gedichte von Mariannes Onkel Gert aufbewahrte. »Dein Vater ist ein Jude«, hatte sie einmal gesagt, »und ich kann es bezeugen.« Doch damals ging Marysia noch in die Grundschule und wusste diese Nachricht nicht zu deuten. Was brauchte sie auch einen jüdischen Vater, solange sie noch einen deutschen Großvater besaß?

Erst als sie sich in Westdeutschland zunehmend einsam fühlte, begann sie sich nach diesem Vater zu sehnen. Doch nirgends tauchte er auf. Laut Geburtsurkunde ist Marianne am 21. August 1940 in der Universitätsklinik von München zur

Welt gekommen und dort am 26. August 1940 getauft worden. Ihre Mutter war eigens aus dem ostpreußischen Königsberg ins bayrische München gefahren, um die Tochter unmittelbar nach der Entbindung in ein Waisenhaus einzuliefern. Warum? Schämte sie sich? Den Vater des Kindes wollte sie jedenfalls nicht nennen. »Unbekannt«, steht unter der entsprechenden Rubrik in der Geburtsurkunde und im Taufzeugnis.

Die Großmutter wusste nicht, dass sie ein Enkelkind besaß. Erst als ihr Sohn sich bei einem Fronturlaub im Frühjahr 1943 einmal versprach, setzte sie sich sofort in einen Zug und holte die Kleine aus dem Heim. Da war Marianne schon fast drei Jahre alt. Am 7. Mai 1943, so bescheinigte jedenfalls das Waisenhaus, sei sie an das Amtsgericht Preußisch Holland abgegeben worden.

So kam Marianne zwar zur Familie zurück, aber ihren Vater fand sie dadurch nicht. Auch die Großmutter wusste nichts über ihn. Warum, rätselt Marianne bis heute, wollte sich Hedwig Montowski, Friseuse, ledig, katholisch, ihres Kindes entledigen? Und warum wollte sie die Identität des Vaters nicht preisgeben? Stammte es vielleicht von einem verheirateten Mann, den sie nicht heiraten konnte oder wollte? Oder stammte es tatsächlich von einem Juden und war sie die Frucht einer Rassenschande? Hatte Hedwig Montowski demnach Angst vor Strafe?

Doch obwohl das Geheimnis um den Vater Marianne seit ihrer Ankunft in Westdeutschland beschäftigte, ließ sie Jahr für Jahr verstreichen, ohne an Frau Lubnauer zu schreiben. Selbst als sie nach vierzehn Jahren erstmals wieder nach Pasłęk fuhr, als die Großmutter gestorben war, suchte sie den Kontakt zu Frau Lubnauer nur, um sich zu einem ausführlichen Gespräch beim nächsten Besuch zu verabreden. Zu diesem ausführlichen Gespräch kam es jedoch nie. Denn als Marianne ein Jahr später wieder fahren wollte, war Frau Lubnauer tot und die geheimnisvolle schwarze Kassette mit den Briefen von Onkel Gert verschwunden.

Allein die Mutter hätte ihr danach noch Auskunft geben können. Doch die Beziehung zur Mutter ist seit 1978 völlig abgerissen – Marianne weiß nicht einmal, ob sie noch lebt. Freiwillig, sagt sie, hätte die Mutter ihr niemals Auskunft gegeben, und vor Gericht wollte sie diese Auskunft nicht erzwingen. So wird Marianne wohl niemals erfahren, wer ihr Vater war. Und niemals wird geklärt werden, ob sich mit Romuald und Marysia, die sich in der Schule als ein Pole und eine Deutsche begegneten, nicht ein Jude und eine Halbjüdin trafen.

Adam Kostrzewa

Bei den Deutschen war alles besser

Bei den Deutschen, sagt Adam Kostrzewa, war es immer besser als bei den Polen. Als ich noch zur Schule ging, habe ich schon im Nachbarort beim Bauern Tiemann die Kühe gehütet und mit den Pferden das Feld gepflügt. Tiemann war ein alter Junggeselle, ein armer Bauer mit nur sieben Hektar Land. Er sprach kein Wort Polnisch, obwohl sein Dorf doch am Ende des Ersten Weltkriegs an Polen gefallen war. Mein Deutsch war allerdings so gut, dass der Wehrmachtsoffizier mich später für einen Deutschen hielt. Ich verdiente bei Tiemann nur vier Zloty im Monat – dafür konnte ich mir gerade einmal geschnürte Arbeitsschuhe kaufen. Aber ich bekam gut zu essen, und seine Haushälterin wusch mir die Wäsche. Es war, als wäre ich sein Kind.

1937 ging ich zum Bauern Baumung. Der hatte eine größere Wirtschaft mit etwa fünfzehn Hektar und gab mir fünfzehn, in der Erntezeit sogar fünfundzwanzig Zloty im Monat. Bei ihm herrschte Pünktlichkeit. Wenn die Bäuerin sagte, um zwölf gibt es Essen, dann stand das Essen auch um zwölf Uhr auf dem Tisch. Für das zweite Frühstück und einen kleinen Happen nachmittags auf dem Feld packte sie mir belegte Brote, Milchkaffee oder Tee ein. So war das bei den Deutschen. Da gab es auch oft Suppe – aber immer waren Brot und Butter oder sogar Wurst dabei. Bei den Polen hingegen gab es immer nur Suppe: Buttermilchsuppe. Im besten Fall mit einer Kante trockenen Brots.

Auch Baumung behandelte mich wie einen Sohn. Lange

hatte er zähneknirschend mit angesehen, wie mein Vater regelmäßig meinen Lohn bei ihm abholte: So musste ich weitere acht Geschwister und Halbgeschwister durchfüttern helfen. Irgendwann reichte es Baumung aber. »So viele Monate hat es dich nicht interessiert, ob dein Sohn genug zu essen und genug anzuziehen hat«, warf er meinem Vater vor. »Immer hast du ihm den ganzen Verdienst genommen. Stattdessen mussten wir ihm in der Stadt Unterhosen und Hemden und zum Fest eine Hose kaufen. Aber von nun an wirst du kein Geld mehr bekommen.« Ich hatte Angst, Vater würde mich schlagen, und war ins Feld gelaufen. Seit jener Zeit hat er tatsächlich nie mehr mit mir geredet. Der Bauer aber kaufte mir von meinem Geld ein Fahrrad. Und als andere Polen unter den Deutschen kein Fahrrad mehr fahren durften, stellte er mir als Ortsbauernführer sogar eine Sondergenehmigung aus.

Gleich bei Kriegsausbruch mussten wir im Nachbardorf ein Pferd an das polnische Militär abliefern. Die Prozedur zog sich endlos in die Länge. Einen ganzen Nachmittag und eine ganze Nacht wartete ich, nur um eine Quittung zu erhalten. Als ich endlich zu Baumungs zurückkehrte, stieß ich auf eine völlig veränderte Situation. Der Bauer wütete, und die Bäuerin weinte. Eine Bande von sechs oder acht jungen Polen war ins Haus eingedrungen und hatte alle deutsche Literatur über Tiermedizin, die der Bauer gesammelt hatte, vom Holzbord gerissen, in kleine Stücke zerrissen und der Bäuerin befohlen, die Papierfetzen im Kachelofen zu verbrennen: nur, weil Lehrer Rybakowski sie gegen die Deutschen aufgehetzt hatte. Zur Seite stand ihm dabei der arbeitslose Śliwiński aus dem Gemeindehaus, der viele Kinder und nur acht Finger besaß. Die beiden hielten sich für besonders große Patrioten und tobten sich an unseren Deutschen aus. Einige deutsche Bauern ließen sie von der Bande, die sie im Nachbarort organisiert hatten, sogar zusammenprügeln.

Der arbeitslose Śliwiński dachte wohl, jetzt kommt seine große Zeit. Er ernannte sich selbst zum Polizisten, marschierte mit dem Gewehr durch den Ort, und als alle Deutschen ihre Radios und Fahrräder abliefern sollten, fuhr er mit einem polnischen Soldaten durch das Dorf, um ihm zu zeigen, wo die Deutschen wohnten. Überall mischte er sich plötzlich ein.

Mein Bauer hatte mich zum Beispiel mit Pferd und Leiterwagen losgeschickt, um die konfiszierten Radios und Fahrräder beim polnischen Militär abzuliefern – er selbst fürchtete weitere Übergriffe polnischer Nachbarn. Der polnische Offizier hatte jedoch gleich abgewinkt: Was sollen wir mit den Radios und mit den Rädern? Wir ziehen an die Front! Und so war ich mit meiner Ladung zurückgefahren. Es war schon elf Uhr nachts. Vor dem Gemeindehaus stieß ich auf Śliwiński:

»Warum hast du die Sachen nicht abgegeben?«, herrschte er mich an.

»Das Militär will sie nicht. Ich gebe sie den Deutschen zurück.«

»Das tust du nicht. Du übergibst sie dem Bürgermeister.«

»Nein, ich fahre nach Hause.«

Da sprang er auf den Wagen und schlug mir zweimal so ins Gesicht, dass mir das Blut herunterlief. Es blieb mir nichts anderes übrig – ich fuhr zum polnischen Bürgermeister. Aber der wollte die Sachen auch nicht, schon gar nicht in der Nacht, und so stellte ich sie einfach in seiner Scheune unter.

Als ein paar Tage später die deutsche Wehrmacht einmarschierte, kehrten sich die Verhältnisse um. Baumung wurde zum Ortsbauernführer ernannt, und Rybakowski und Śliwiński waren verschwunden. Sie hatten sich versteckt. Mein Bauer aber wollte Gerechtigkeit und begann sie zu suchen. Jeden Morgen schwang er sich auf das Fahrrad und durchstreifte die angrenzenden Dörfer. Nach vierzehn Tagen kannte er Śliwińskis Versteck. »Ich weiß, dass du Mietek immer Essen in den

Wald bringst«, sagte er zu dessen Frau. »Sag ihm, er soll zurückkommen, ihm wird nichts geschehen.«

Eines Tages, wir wollten beim Schmied gerade das Pferd beschlagen lassen, tauchte Śliwiński tatsächlich auf. Mein Bauer geht auf ihn zu, schlägt ihm mit der Faust ins Gesicht, so dass Śliwiński zu Boden geht, und bevor er sich richtig aufrappeln kann, schlägt er ein zweites Mal zu. »Jetzt sind wir quitt«, sagte er zu ihm. »Du hast Adam auch zweimal geschlagen.«

Danach zog mein Bauer los, um den Lehrer Rybakowski zu suchen. Wieder war er tagelang unterwegs. Wieder fuhr er durch die Dörfer. Schließlich sehe ich ihn eines Abends die Chaussee entlangkommen. Mit der rechten Hand hält er eine Browning auf dem Lenker, mit der linken lenkt er das Fahrrad, Rybakowski radelt vor ihm her. So dirigiert er ihn bis zu seinem Haus, gestattet ihm, sich von seiner Frau zu verabschieden, dann liefert er ihn an die Deutschen aus, denn Baumung war überzeugt, dass Rybakowski der Drahtzieher der Überfälle auf die deutschen Bauern war.

Es kam zum Prozess. Rybakowski wurde zum Tode verurteilt, Śliwiński zu einem Jahr im Konzentrationslager Auschwitz. Die Todesstrafe an Rybakowski wurde bereits einen Monat nach der Urteilsverkündung vollstreckt, Śliwiński lebte nur zwei Monate länger. Jedenfalls bekam seine Frau lange vor Ablauf seiner Lagerhaft die Nachricht, er sei an Lungenentzündung oder aufgrund eines Schlaganfalls gestorben – so hieß es damals, auch wenn die Häftlinge erschlagen wurden oder aus Schwäche zusammenbrachen. Überlebt hat die Strafe nur ein Sohn von Śliwiński. Nach einem Jahr im Gefängnis Gnesen kam er wieder nach Hause. Für ihn war ich mitschuldig am Tod seines Vaters. Bei Kriegsende hat er mich gesucht, um sich an mir zu rächen. Aber warum soll ich schuld gewesen sein? Ich habe niemanden angezeigt. Und mein Bauer hatte Groll nur auf den Lehrer Rybakowski, weil der die Sache angezettelt hat. Warum musste

Rybakowski die Polen auch gegen die Deutschen aufhetzen? Und warum musste sich Śliwiński mit ihm verbünden und sich als Sheriff aufführen?

Was mein Bauer als Zeuge im Prozess ausgesagt hat, weiß ich nicht. Aber er war nicht schlecht zu den Polen, auch als er in deutschen Zeiten Ortsbauernführer wurde. Ich aß weiter bei ihm am Tisch, obwohl es verboten war, und ich aß dasselbe wie er und seine Frau. Wir hatten die Hoftür immer verschlossen. Hätte uns jemand kontrollieren wollen, hätten die Hunde angeschlagen – und ich hätte genügend Zeit gehabt, um vom Tisch zu verschwinden. Aber wir wurden nie kontrolliert.

Mein Bauer hat sich nicht dagegen wehren können, dass sie ihn zum Ortsbauernführer ernannten. Das wurde so befohlen, und fertig war es. Mit der Aussiedlung der Polen hatte er nichts zu tun, er hat sie nur angeordnet. Denn wer einen Befehl nicht befolgte, wurde aufgehängt, auch wenn er Deutscher war. Es hieß: zehn Kilo pro Person, in einer halben Stunde fertig zum Abmarsch. Wenn die Polen ihre Höfe bei Sonnenaufgang verließen, zogen am Nachmittag schon die Deutschen ein. Baumung selbst aber hat die Polen nicht hinausgetrieben. Er hat das nur veranlasst. Er konnte nicht anders. Ich nehme ihm das nicht übel.

Nach einem halben Jahr gab es nur noch deutsche Bauern in Ramsau. Gut vertragen haben sich die Deutschen untereinander aber nicht. Die Einheimischen schauten auf die Zugereisten herab, denn die Zugereisten hatten in ihrer verlassenen Heimat im Osten in der Regel nur zwei, drei Hektar Land besessen und sprachen Russisch und Polnisch oft besser als Deutsch. Vielleicht haben sie sich manchmal gerade deswegen so aufgespielt wie beispielsweise der Arndt von der SS. Er hielt mich öfter an, wenn er mich auf dem Fahrrad erwischte, und drohte, es einzuziehen. Mein Bauer wurde wütend, wenn ich ihm davon erzählte. »Was mischst du dich bei meinem Jungen ein?«, stellte er Arndt zur Rede. »Du bist neu hier. Du hast hier nichts zu sagen. Was hier gemacht wird, bestimme ich.«

Einmal kam ich erst nach der Polizeistunde von meinem Bruder aus dem Nachbarort zurück. Das war für Arndt ein gefundenes Fressen. Er zeigte mich bei der Polizei an, und ich musste dreißig Mark Strafe zahlen – mehr als einen Monatslohn. Mein Bauer tobte. Er wollte Arndt zusammenschlagen und hat sich nur mit großer Mühe beherrscht. So haben sich die beiden ständig bekriegt.

Arndt war ein weitläufiger Verwandter meiner neuen Nachbarn, einer deutschen Familie aus der Gegend östlich von Lublin. Mit den beiden Söhnen spielte ich abends öfter Karten, mit der ältesten Tochter habe ich poussiert. Genia war ein paar Jahre älter als ich und konnte kaum Deutsch. Deswegen sprachen wir Polnisch. Erst hat sie sich geziert. Sie hatte einen Kavalier in der alten Heimat und hoffte wohl anfangs noch, sie könne ihn wiedersehen. Aber nach einem Jahr hat sie sich mir hingegeben. Ich wusste nicht, dass es für Polen verboten war, mit deutschen Frauen zu poussieren. Und eines Tages ist es dann passiert. Genia war schwanger.

Wir wussten alle, sagt Genias jüngere Schwester Lucia, dass deutsche Frauen kein Verhältnis mit Polen haben durften. Aber meine Schwester war lebenslustig und ging, wann immer sich die Gelegenheit dazu bot, zum Tanzen. Deutsche Männer gab es jedoch kaum. Die waren alle im Krieg. So war sie nicht die Einzige, die heimlich mit einem polnischen Zwangsarbeiter anbändelte. In unserer Familie machten wir allerdings keinen Unterschied zwischen Deutschen und Polen. Mutter war sehr christlich und sagte immer: Auf den einzelnen Menschen kommt es an. An diesem Grundsatz hielt sie auch Ende der dreißiger Jahre fest, als ich aus Angst vor Hänseleien die Schule zu schwänzen begann und mich während der Unterrichtszeit lieber an Vaters Grab hockte, statt mich von Mitschülern als »szwab«* beschimpfen und mit Steinen bewerfen zu lassen. Mutter war daran gewöhnt, dass die Deutschen im Ausland für die Sünden der Regierung in Berlin zu leiden hatten. Obwohl sie vor der Entstehung des polnischen Staates russische Bürgerin war und ihr Mann als Soldat in der zaristischen Armee gedient hatte, war sie im Ersten Weltkrieg mit den Kindern in den Süden Russlands deportiert worden. Und weil sie bei Ausbruch des Zweiten Weltkriegs erneut eine Deportation fürchtete, floh sie mit uns in die Felder und versteckte sich so lange in Hecken und Sträuchern, bis sich die aufgeheizte Stimmung unter den Polen etwas gelegt hatte.

Die Polen nun aber schlechter zu behandeln, einfach weil sie Polen waren, kam für Mutter nicht in Frage. Wenn die Gestapo in Ramsau kontrollieren kam und schimpfte, weil unsere polnischen Knechte im Zimmer meiner Brüder schliefen, da diese an der Front waren, dann reagierte Mutter trotzig: »Soll ich etwa den Hühnerstall ausbauen, um Platz für die Polen zu schaffen? Sind Polen keine Menschen?« Sie stieß sich nicht daran, dass Genia von einem Polen schwanger war. Sie stieß sich allerdings daran, dass sie so dumm war, dies zuzugeben.

»Fahr zu deiner Cousine nach Berlin und lass das Kind wegmachen«, sagte sie sofort, als sie von der Schwangerschaft erfuhr. »Und sag, dass es von einem deutschen Soldaten auf Genesungsurlaub stammt. Sonst stürzt du dich ins Unglück und den Adam dazu.«

Adam hätte im Krieg gern die Volksliste unterschrieben, denn er wollte Deutscher werden. Er war jedoch nicht volljährig, und sein Vater verweigerte die Unterschrift. Der Vater war nämlich ein polnischer Patriot. Der billigte nicht, dass Adam zu den Besatzern hielt und mit einer Deutschen ging, die zudem noch zehn Jahre älter war als sein Sohn. Zehn Jahre in dem Alter – das ist viel.

* Schwabe – pejorative Bezeichnung für die Deutschen

Wie ernst Adam es mit Genia meinte, weiß ich nicht. Aber Genia wollte das Kind, und sie wollte Adam und erzählte ihrer Freundin stolz, von wem das Kind stammte. Sie dachte, ihr könne nichts passieren. Sie glaubte, sie wäre etwas Besseres: Schließlich machte sie sich doch die Hände nicht schmutzig wie die anderen in der Landwirtschaft, sondern entwarf Blusen und Hosen als Schneiderin für Damen- und Herrenkonfektion. Doch sie hatte sich getäuscht.

Als sie im vierten Monat schwanger war, fuhr die Gestapo bei Bauer Baumung vor und holte Adam ab. Die Bauersfrau weinte, der Bauer versuchte zu trösten: »Der Arndt von der SS hat erreicht, dass du wegkommst von uns. Aber wir holen dich zurück.« Damals war ich zu jung, um das alles zu verstehen. Aber wenn ich später darüber nachdachte, bekam ich Wut. Auch wenn er nur ein entfernter Verwandter von uns war – wie kann man nur so handeln? Am liebsten hätte ich ihn später angezeigt, denn das, was kam, war schrecklich.

Die Schwangerschaft verlief noch ruhig. Genia trug das Kind aus. Und obwohl die Mutter sie weiter warnte: »Sei nicht so halsstarrig, behaupte wenigstens bei der Geburt, ein Deutscher hätte ihn gezeugt!«, nannte Genia den Sohn, der am 14. September 1942 geboren wurde, nach seinem Vater Adam und gab Adam Kostrzewa auch als leiblichen Vater an. Die Rassenschande war damit offiziell geworden. Schon wenige Tage später erschien eine Vertreterin von der Fürsorge. Eine schlanke, herbe Frau, die lahmte. Genia badete das Kind gerade und hatte ihm als Nuckel ein Leinentuch gegeben, in das sie Zucker gewickelt hatte. Sie wolle das Kind holen, erklärte die Frau und machte Anstalten, den Kleinen an sich zu nehmen. Sie werde das Kind aber um keinen Preis hergeben, entgegnete meine Schwester und drückte das Baby an sich. Der Wortwechsel wurde immer hitziger, schließlich schrie Genia: »Von Deutschland kann ich mich sofort lossagen, aber nicht von meinem

Kind!« Da schlug die schlanke Frau von der Fürsorge Genia ins Gesicht – und Genia schlug zurück.

Am nächsten Tag kam die Gestapo. Genia hatte sich mit dem kleinen Adam versteckt, und Mutter behauptete, sie sei nach Gnesen gefahren. Sämtliche Züge, mit denen sie hätte zurückkehren können, wurden daraufhin kontrolliert, und als man sie nicht fand, klopfte es wieder an der Tür. Genia stand gerade mit frisch gewaschenen Haaren in der Küche und fuhr mit dem Kamm durch die lange rotblonde Pracht, die ihr den ganzen Rücken hinunterfiel.

Was das bedeuten solle, dass sie sich von Deutschland lossagen könne, herrschte sie einer der drei Gestapo-Männer an.

Eben das, was sie gesagt habe, antwortete Genia: Auf Deutschland könne sie verzichten, auf das Kind aber nicht.

Da wurden die drei handgreiflich. Sie schnappten meine Schwester an den langen Haaren, schlugen ihren Kopf immer und immer wieder gegen die Wand, legten ihr Handschellen an und stießen sie so, mit aufgelösten Haaren und in einer Kittelschürze, in das bereit stehende Auto. Nur wenige Minuten später erschien die schlanke Frau von der Fürsorge und griff sich das Kind: nackt und nur in ein Badetuch gewickelt.

Was dann folgte, haben wir nur bruchstückhaft im Januar 1945 erfahren, als die Russen bereits in Ramsau standen und Genia nicht mehr befürchten musste, von deutschen Behörden bestraft zu werden, weil sie ihr Schweigegelöbnis brach. Vom Gefängnis in Gnesen war sie ins Frauenkonzentrationslager Ravensbrück gekommen. Als Schneiderin wurde sie zwar in einer Werkstatt zur Ausbesserung der Uniformen für die Wehrmacht und die SS eingesetzt und durfte ihre langen Haare behalten. Doch wie alle anderen schlief auch sie ohne Decke auf dem blanken Fußboden in einer Baracke voller Läuse. Dann kam sie als Zwangsarbeiterin zum Bauern Schmidt nach Schleswig-Holstein, wo es ihr deutlich besser ging; sie nahm sogar Briefkontakt mit uns auf und kehrte im Herbst 1944 zu uns zurück.

Sofort begann sie wie besessen, nach dem Kind zu suchen. Als Erstes fuhr sie zur Fürsorge nach Gnesen. Doch bei der Fürsorge dachte man gar nicht daran, ihr das Kind zurückzugeben, drängte sie vielmehr, den Sohn offiziell zur Adoption freizugeben. Das kam für Genia jedoch nicht in Frage. Mit großer Beharrlichkeit ermittelte sie sogar die Adresse der Pflegeeltern und fuhr zum Ehepaar Bayer nach Gnesen. Sie wollte das Kind wenigstens sehen. Ein anderes Mal kam Frau Bayer zu uns. Da saßen die beiden Mütter in unserer guten Stube, und Genia sagte: »Komm zu deiner Mutter, Adam!«

Und Frau Bayer sagte: »Komm zu deiner Mutter, Adam!«

Darauf Genia erregt: »Geh nicht zu der Schwarzen!« Frau Bayer hatte nämlich schwarze Haare.

Und der Kleine, der schon ein gutes Jahr alt war und seine ersten Gehversuche machte, torkelte von einer Frau zur anderen. Es war schrecklich.

Genia nahm auch Kontakt zu den Eltern ihres Geliebten auf. Adams Vater blieb zwar verschlossen, von seinen Geschwistern erfuhr sie allerdings, dass Adam im Konzentrationslager Stutthof saß. Sofort schickte sie ihm ein Lebensmittelpaket, auch wenn Mutter schrecklich wütend war, weil sie dafür ein Päckchen, das für ihren Bruder an der Front bestimmt war, wieder geöffnet und die Hälfte daraus gestohlen hatte. Regelmäßig schrieb sie Adam auch Briefe. Und im Januar 1945, als die Russen einmarschiert waren, wollte sie sogar nach Stutthof fahren, um ihn zu suchen.

»Gibst du immer noch keine Ruhe?«, hat Mutter geschimpft. »Was willst du den Adam hierher holen? Die Polen schlagen ihn doch tot!«

Ich habe gedacht, sagt Adam, dass Genia längst einen anderen geheiratet hat. Wie oft habe ich ihr Briefe geschrieben, und nie hat sie geantwortet. Wir bekamen in Stutthof doch jeden Monat einen Vordruck. Da konnte ich zwar nur schreiben: Ich bin gesund, und nichts weiter. Aber es war doch ein Lebenszeichen, auf das sie nie reagiert hat. Manchmal war ich richtig böse auf sie. Dass mein Vater nicht antwortete, konnte ich noch verstehen. Er dachte sicher: Das hat er nun davon, dass er zu den Deutschen gehalten hat. Aber warum ließ mich Genia im Stich? Sonst hatte doch immer *sie* die Angst, dass ich sie sitzen lasse, weil sie so viel älter war als ich. Auf die Idee, dass die Post gar nicht weitergeleitet wird, ich ihre Briefe nicht bekomme und sie meine nicht, bin ich damals nicht gekommen. Ich dachte nur, sie will nichts mehr von mir wissen. Warum also sollte ich bei Kriegsende nach Ramsau zurückkehren?

Außerdem fürchtete ich die Rache der Polen. Immerhin hatte ich bei einem Bauern gearbeitet, der Ortsbauernführer war und die Aussiedlung der Polen angeordnet und im Prozess gegen Rybakowski und Śliwiński ausgesagt hatte. Immerhin war ich mit einer Deutschen gegangen und hatte ein Kind mit ihr. Vielleicht hatten einige sogar davon gehört, dass ich mich eindeutschen lassen wollte. Jedenfalls wollte ich nicht riskieren, in Ramsau zur Rechenschaft gezogen zu werden, und bin erst Mitte 1946 wieder hingefahren. Heimlich. In der Nacht. Und nur zu dem polnischen Nachbarn, mit dem wir vor dem Krieg die Pferde ausgetauscht hatten. Er war abweisend zu mir, teilte mir aber wenigstens mit, dass Genia das Dorf schon vor gut einem Jahr verlassen hatte. Seitdem war ich fest überzeugt, sie sei in Deutschland. Ein wenig hat mich diese Annahme sogar beruhigt. Denn in Elbing, wo ich seit Kriegsende lebte, hatte ich inzwischen eine neue Braut.

Dass ich überlebt habe, verdanke ich bestimmt meinem Bauern Baumung. Sicher hat er bei meiner Verhaftung erzählt, dass ich schon fünf Jahre bei ihm gearbeitet habe, dass ich immer zu den Deutschen gehalten und sogar einen Antrag auf Eindeutschung gestellt hatte. Sicher hat er später auch an das Gefängnis und an die Regierung geschrieben, denn sonst hätten sie mich doch gehängt. Erst wusste ich nicht, dass es verbogen war, mit einer Deutschen zu poussieren. Aber im Gefängnis hat mich einer aufgeklärt: »Du kommst nicht zurück nach Hause«, hat er mir gesagt. »Du kommst auch nicht in ein Konzentrationslager. Du wirst gehängt!« Das jedenfalls hatten sie mit seinem Bruder gemacht, weil er ein Verhältnis mit einer Deutschen hatte. Ich bin damals ganz mutlos geworden. Doch weil ein Monat nach dem anderen verging, und niemand kam, um mich aufzuhängen, bin ich überzeugt, dass sich mein Bauer für mich verwandt hat. Ich muss bessere Papiere gehabt haben als die anderen. Deshalb haben sie mich bestimmt immer geschont.

Die deutschen Bewacher haben die Gefangenen nie so schlecht behandelt wie die Ukrainer. Ein deutscher SS-Mann sorgte dafür, dass wir auf den Bauernhöfen Milchsuppe und Pellkartoffeln bekamen. »Sollen die Leute etwa bis vier Uhr ohne Essen auf dem Feld arbeiten? Die sind doch zu schwach ohne Mittagessen!«

Die Ukrainer aber ließen uns den ganzen Tag ohne Mahlzeit schuften. Wir hatten auch einen SS-Mann, der wegsah, wenn wir pro Person auf einem großen Bauernhof täglich ein Huhn stahlen. Er hatte zwar Angst, dass er ins Gefängnis kommt. Aber wir haben ihn jeden Tag mit ein oder zwei Hühnern bestochen. Als schließlich dreihundert Hühner fehlten, wurden wir bei der Rückkehr kontrolliert. Aber der Wachhabende tastete unsere Kleidung mit seinem Gewehr nur oberflächlich ab und meldete: »Die haben nichts bei sich.« Wahrscheinlich hatte ihm unser SS-Mann auch ein Huhn abgegeben. So war das bei den Deutschen.

Ich weiß, manchmal haben die Deutschen auch Versprechungen gemacht, die sie nicht gehalten haben. So haben sie den Juden in Stutthof erzählt, sie gingen zum Baden, doch in Wirklichkeit kamen sie ins Gas. Ich war mein ganzes Leben aber schon daran gewöhnt, bei Deutschen zu arbeiten und zu den Deutschen zu halten. Deswegen habe ich in Stutthof noch einmal einen Antrag auf Eindeutschung gestellt. Ich musste Zivil anziehen und zum Gemeindeamt in Tiegenhof fahren.

»Warum wollen Sie eingedeutscht werden?«

»Weil ich mit einem deutschen Mädchen gegangen bin. Und die wurde schwanger. Ich möchte mit ihr zusammen sein.«

Sie haben alles notiert, ich habe alles unterschrieben, doch dann verlief die Sache im Sande. Ich habe nie herausbekommen, warum auch dieser zweite Antrag abgelehnt wurde. Aber es tat mir weh, dass ich von den Deutschen abgelehnt wurde, obwohl ich zu ihnen gehalten habe.

Im Gefängnis und im Lager habe ich immer gemacht, was man mir sagte, denn das Schlimmste ist, wenn man auffällt und einem Kapo die Nerven durchgehen. Deswegen habe ich mich möglichst unauffällig durchlaviert. Und so habe ich überall Glück gehabt.

Zu Anfang, im Gefängnis von Gnesen, ließen sie mich die Autos der SS-Männer waschen und später ihren Frauen Holz, Kohle und Briketts in den Kellern stapeln. Da bekam ich so manche Zigarette und so manche Zigarre zugesteckt. Hauptsache, ihre Männer haben nichts gemerkt. Im Übergangslager von Hohensalza dachte ich erst: Mein Gott! Zu essen nur kurz gebrühte Kohlblätter und ungeschälte Kartoffeln, an denen noch der Sand knirschte. Und auf den dreistöckigen Pritschen in den Baracken so viele Läuse, dass der Boden schwarz war, wenn ich am Morgen das Hemd ausschüttelte. Das Schlimmste aber war, dass einmal in der Woche heiße Schlacke angefahren wurde, die wir mit nackten Füßen glatt zu treten hatten. Vier, fünf Juden zogen die Walze, und wir Übrigen marschierten hinterher. Von sechs Uhr früh bis zwei Uhr mittags. Hin und zurück. Hin und zurück. Erst waren die Fußsohlen verbrannt, später wurden sie ganz hart. Dann kam ich aber Gott sei Dank zur Arbeit nach draußen. Zwei Wochen auf einen Bauernhof, zwei Wochen zur Ernte in die Gemüsegärten der Wachmannschaften. Und weil ich mich gut geführt hatte, durfte ich anschließend das Essen ausgeben – in entlauster Kleidung.

Sogar im Konzentrationslager Stutthof hatte ich Glück. Ich meldete mich für die Ziegelei, wo es Schwerarbeiterzulage gab – zum Frühstück eine Stulle Brot mit Margarine und manchmal sogar Pferdefleisch, zum Mittag auch besseres Essen als im Lager. Davon konnte man schon satt werden. Allerdings wurde ich ein paar Mal krank. Im Winter sind mir die Finger erfroren. Ich lud draußen den Lehm auf die Loren – ohne Handschuhe, ohne Strümpfe. In den Holzschuhen nur Lappen, die immer herunterfielen. Da wurden die Finger ganz weiß und steif, und ich konnte den Spaten nicht mehr halten.

Der SS-Mann versetzte mich deshalb zu Innenarbeiten, wo ich die großen Klötze aus dem Ofen mit einem Messer zu Ziegeln schnitt. Der warme Lehm hat mir den Frost aus den Fingern gezogen. Nach einem Monat war ich wieder gesund. Doch dann scheuerte ich mir mit Betonplatten den Arm auf und bekam eine Vergiftung. Der polnische Arzt im Revier schrie mich an: »Warum kommst du so spät? Jetzt müssen wir den Arm amputieren!« Er hat ihn aber nicht amputiert, sondern aufgeschnitten und Tag für Tag mit neuer Gaze den Eiter aus dem Unterarm gezogen. Drei Monate hat das gedauert. Und da die Sehne seitdem etwas verkürzt ist, kann ich den Arm bis heute nicht richtig bewegen.

In jener Zeit bekam ich auch Typhus. Bauchtyphus und Flecktyphus. Das Fieber stieg bis 42 Grad. Eines Nachts – das haben mir die Kumpels später erzählt – bin ich aufgestanden, an den Spind eines deutschen Kapo gegangen, habe ein ganzes Brot herausgenommen, mit dem halben Pfund Margarine beschmiert, das ebenfalls dort stand, und gesagt: Warum bekommen wir nur fünf Gramm und er ein halbes Pfund? Die Kranken haben sich über die Extraportion gefreut, aber der Kapo hat mich so verprügelt und mit den Füßen getreten, dass ich einen Monat lang am ganzen Körper blau war.

Nach den Krankheiten habe ich mit meinen 1,64 Metern nur noch 26½ Kilo gewogen. War nur noch Haut und Knochen – so schwach, dass mich die Kollegen auf der Waage stützen mussten.

Im Krankenhaus habe ich aber auch viel mitbekommen. Zweimal wurden Leute eingeliefert, die im Warschauer Aufstand gekämpft hatten. Insgesamt 35 Personen, darunter zwei Frauen. Die wurden gleich gehängt. Wenn die SS sagte: »Die Fenster verhängen!«, wussten wir schon, was geschehen würde. Denn mit den deutschen Ärzten haben wir die Decken vor den Fenstern etwas beiseite geschoben und alles verfolgt. Man führte jeweils zwei Personen die Stufen zu dem Podest beim Krematorium hoch, legte ihnen die Schlinge um, und wenn sich auf Knopfdruck hin die Klappe unter ihnen öffnete, hingen sie. Der deutsche Rapportführer schoss ihnen mit einer Browning zur Sicherheit noch einmal in den Hals, und ein Arzt ließ ihnen die Goldzähne entfernen. Dann kamen die Leute aus dem Krematorium, schnitten die Leine ab und zogen die Menschen mit Haken an den Kleidern hinter sich her. Sie wurden sofort verbrannt.

Als ich im Herbst 1944 im Lebensmittelmagazin der Küche gearbeitet habe, sah ich auch, was sie mit den Juden machten. Denn die Judenbaracke lag hinter der Küche. Abends ging der verantwortliche SS-Mann rein und suchte die Mageren und Kranken heraus. Manchmal nahm er nur die Mutter und ließ die Tochter zurück; manchmal nahm er die Tochter und ließ die Mutter zurück. Dann kniete die andere vor ihm nieder und bat darum, er solle sie beide nehmen. Ich konnte das kaum mit ansehen. Wenn der SS-Mann dann dreißig Personen beisammen hatte, führte er sie in die Gaskammer, schloss ab und leitete das Gas ein. Erst nach zwanzig Jahren bin ich wieder nach Stutthof gefahren. Ich habe so gezittert, dass ich kein Wort herausbrachte.

Ende Januar kam der Befehl, dass die Lagerinsassen ins Reich evakuiert werden sollten. In Elbing waren die Russen schon im Februar einmaschiert, in Danzig Ende März, aber nach Stutthof kamen sie meiner Erinnerung nach erst in der Nacht vom 8. zum 9. Mai. Ein Damm war gebrochen, die Felder rund um das Lager waren mit Wasser überflutet. Nach und nach ließen wir alle Gesunden ziehen – mit einem halben Brot und etwas Margarine. Für drei Tage sollte der Proviant reichen, tatsächlich mussten sie in den Trecks aber oft zwei Wochen damit auskommen. Danach wurden die Kranken evakuiert. Ich weiß nicht, was mit ihnen geschehen ist. Aber es hieß, sie seien einfach in die Ostsee geworfen worden. Ja, was hätte man auch mit ihnen machen sollen?

Als Ende April schon die allerletzte Besatzung abtransportiert werden sollte, kamen plötzlich neue Zivilisten ins Lager: russische und polnische Zwangsarbeiter, die mit Wagen und Pferden und Kühen losgezogen waren, als ihre Bauern flüchteten. Da wir schon nichts mehr zu essen hatten, schlachteten wir jeden Tag zwei von diesen Pferden und Kühen und gruben in den umliegenden Mieten Kartoffeln und Mohrrüben aus. Und ich fuhr das Essen dann aus. Noch einen Tag vor der Kapitulation kamen zehn sowjetische Bomber und haben uns beschossen. Die Leute sind auf die Dächer geklettert und haben weiße Hemden geschwenkt als Zeichen, dass wir uns ergeben. Da hörten sie zwar auf zu schießen, doch über hundert waren schwer verletzt oder tot. Manche hatten keine Beine, anderen fehlte ein Arm. Als ich sie ins Lagerkrankenhaus transportierte, schien sie: Schieß mich tot! Das war schrecklich.

Nach dem Abendbrot am 8. Mai kam jemand von der dritten Wachkompanie und erklärte: Bis jetzt wart ihr unsere Gefangenen, ab heute Nacht zwölf Uhr sind wir eure Gefangenen. Heute Nacht ist der Krieg zu Ende. Bis zwölf wurde noch vereinzelt geschossen, aber nach zwölf Uhr blieb alles ruhig. Wir haben nicht mit ihnen abgerechnet. Das waren doch Soldaten von der Front, manche lahm, manche blind. Waren die schuldig? Warum sollten wir die zur Rechenschaft ziehen?

Am nächsten Morgen fuhr ein russischer Panzer ein, und eine Russin auf einem Pferd erklärte: »Ihr seid frei. Ihr könnt gehen.« Ich habe mir aus einem deutschen Spind einen schönen Anzug genommen, einen Schinken aus der Küche, habe mir Pferde vor einen Wagen gespannt, 21 weitere Gefangene drauf geladen und bin acht Tage lang, weil wir dem sowjetischen Militär oft Platz machen mussten, von Stutthof nach Elbing gefahren. Dort waren die meisten Deutschen geflohen, doch wenn es dunkel wurde, hörte man Schreie: Hilfe! Hilfe! Die Russen haben mit den deutschen Frauen gemacht, was sie wollten. Da habe ich mir gewünscht, Genia wäre nach Deutschland geflüchtet.

Genia wollte nicht flüchten, sagt Lucia, denn sie wartete auf Adam. Auch Mutter wollte nicht flüchten, denn sie fürchtete weder die Polen noch die Russen. So blieben wir, und ich stand, als die Sowjets einmarschierten, in unserem fast leeren Dorf am Straßenrand und winkte den Soldaten verschüchtert zu. Die Russen sind gute Leute, hatte Mutter aufgrund ihrer Erfahrungen im russischen Teilungsgebiet immer wieder gesagt. Sie schienen tatsächlich gute Leute, schwenkten die Arme, lachten, grölten und schenkten mir Schokolade, Tee und ein großes Stück Käse, das sie beim Einbruch in die Molkerei erbeutet hatten. Als sie wenig später ins Haus stürmten, um mit aufgepflanztem Bajonett nach »Germancy« zu suchen, hatten wir das Hitlerbild mit der Hakenkreuzfahne längst abgenommen und im Jauchefass versteckt. Bei uns gab es keine »Germancy«. Mutter sprach fließend Russisch, weil sie noch in eine russische Schule gegangen war, und so quartierten die Soldaten sich bei uns ein. Ihre Gelage, begleitet von Raufereien, Schüssen und sentimentalen Zusammenbrüchen, jagten mir große Angst ein. Diese Menschen schienen mir völlig unberechenbar. Aber nie ist uns etwas passiert.

Gefährlich wurde es erst, als sie auszogen. Da drangen nachts mehrfach polnische Partisanen in unser Haus ein, Mitglieder des antikommunistischen Untergrunds, nahmen sich Brot, Milch, Eier und drohten, uns umzubringen, wenn wir ihnen nicht geben würden, was sie forderten. Mutter fühlte sich wehrlos. Im Umkreis von einem Kilometer gab es kein anderes Gehöft. Wen sollte sie um Hilfe bitten? Sie gab unsere Wirtschaft auf und schlüpfte bei einer befreundeten polnischen Familie unter. Bevor wir jedoch selbst zu einem Entschluss gekommen waren, ob wir ebenfalls ausreisen oder aber in Polen bleiben wollten, hat der polnische Sicherheitsdienst über uns entschieden. Zusammen mit den Familien von Frau Rehburg, Frau Nattke und Frau Berg kamen auch meine Mutter, Genia und ich nach Gronowo – ein Internierungslager für Deutsche.

Hier wurden wir zwar getrennt, und jede von uns kam zu einem anderen Bauern zur Zwangsarbeit, aber wir sprachen doch fließend Polnisch, und Mutter hatte mir eingehämmert: »Sag nicht, dass du evangelisch bist. Sag, dass auch du katholisch bist.« So war ich fast eine von denen, für die ich arbeitete, und nur einmal, als ich zu einer Hochzeitsfeier eingeladen wurde und bei der Trauungszeremonie in der Kirche nicht wusste, wann man knien und wann ein Kreuz schlagen musste, betrachteten mich einige der Gäste sehr misstrauisch. Ich konnte mir sogar vorstellen, in Polen zu bleiben. Als sich ein polnischer Aufseher in mich verliebte und mich heiraten wollte, bin ich mit ihm zum Gericht nach Gnesen gefahren. Ich wollte die polnische Staatsbürgerschaft beantragen, wollte endlich raus aus dem Lager. Doch als der Beamte fragte: »Fühlen Sie sich als Deutsche oder als Polin?«, und ich, im Unklaren über die Folgen, sofort »als Deutsche« antwortete, hatte ich verspielt. Für Deutsche gab es keine polnische Staatsbürgerschaft. So blieb ich mit Mutter und Genia bis zum bitteren Ende im Internierungslager und kam erst bei dessen Auflösung im Herbst 1948 nach Wiesenburg in der Mark Brandenburg.

Hier stürzte sich Genia sofort wieder in die Suche nach dem Kind. Dank Frau Bayers Schwester, die nach dem Krieg in Gnesen geblieben war, wussten wir, dass der Kleine mit seinen Pflegeeltern in den Westen geflüchtet und in Martinsdorf bei Stralsund gelandet war. Genia blühte auf. Als leiblicher Mutter wurde ihr das Kind wieder zugesprochen. Woche für Woche wartete sie, dass der Kleine endlich zu ihr käme. Doch Bayers wollten den inzwischen Sechsjährigen nicht mehr hergeben. Viele Jahre später hat mir Frau Bayer gestanden, wie sie dem Kind, als es abgeholt werden sollte, Unmengen von Kirschsuppe eingeflößt und ihm dann den Finger in den Hals gesteckt hatte. Nicht transportfähig, bestätigte der Arzt, den sie nicht nur einmal für ein gefälschtes Attest bestach.

In dieser Zeit des Wartens, in der sich die Rückkehr des Kindes Monat um Monat hinzog, floh Genia über die grüne Grenze in den Westen und heiratete für uns völlig unerwartet einen entfernten Cousin in Clausthal-Zellerfeld. Anfang 1952 erhielten wir die freudige Nachricht, dass sie ein zweites Kind geboren hatte. Doch nur wenige Wochen später kam ein zweiter Brief. Genia war tot – mit vierzig Jahren plötzlich an einem Blinddarmdurchbruch gestorben.

Zwar hat es der Junge in seiner Ersatzfamilie sehr gut gehabt, vielleicht sogar besser, als er es bei meiner Schwester gehabt hätte, denn meine Schwester war hart – doch als ich die Familie Bayer Ende der fünfziger Jahre besuchte und feststellte, dass

Adam junior, obwohl bereits am Beginn der Lehre, immer noch im Glauben lebte, er sei der leibliche Sohn seiner Pflegeeltern, regte sich mein Gerechtigkeitsempfinden. »Das entspricht nicht der Wahrheit, was du im Lebenslauf geschrieben hast«, sagte ich dem erschrockenen und verstörten Jungen und erzählte ihm von seiner Mutter. Gegenüber den Pflegeeltern verlor ich sogar die Beherrschung und schrie. Ja, vielleicht hat meine Schwester nicht immer klug gehandelt. Aber sie hat viel mitgemacht. Und sie hat es nicht verdient, dass man ihrem Sohn verschweigt, dass es sie gegeben hat.

Mitte der siebziger Jahre, sagt Adam, kommt mein Sohn zu mir – ich hatte mit meiner polnischen Frau inzwischen sechs erwachsene Kinder – und sagt: »Du sollst zur Polizei nach Elbing kommen. Da liegt ein Brief aus Deutschland für dich.« Den Brief haben sie mir nicht gezeigt, stattdessen haben sie mich ausgefragt.

»Wo haben Sie während des Krieges gewohnt?«

»In einem Dorf, das damals Ramsau hieß.«

»Kannten Sie dort eine Familie Ziola?«

»Das war unsere Nachbarsfamilie.«

»Hatten Sie in dieser Familie eine Braut?«

»Ja.«

»Hatten Sie mit dieser Braut ein Kind?«

»Das weiß ich nicht. Sie war schwanger, als ich ins Lager kam. Und nach dem Krieg konnte ich sie nicht finden.«

Da sagt mir der Polizist, dass Genias jüngere Schwester Lucia mich sucht und dass ich einen Sohn habe, der auch Adam heißt: »Wenn Sie ihn kennen lernen wollen, gebe ich Ihnen ihre Adresse. Wenn Sie ihn nicht kennen lernen wollen, schreibe ich, dass Sie hier nicht wohnen.«

Bald darauf machte meine Schwester einen Betriebsausflug mit dem Bus nach Berlin. Das war zu der Zeit, als man erstmals mit dem Ausweis in die DDR fahren konnte. Bin ich bis Berlin mitgefahren und habe mich dann in einen Zug nach Wiesenburg gesetzt. Auf dem Weg dachte ich: Vielleicht beschimpfen sie mich, weil ich mich nicht um meinen Sohn gekümmert habe! Vielleicht schlagen sie mich tot, weil ich mich so lange nicht gemeldet habe! Ich war aufgeregt wie der Deibel. Aber ich habe mich beruhigt: Wenn ich das Lager überlebt habe, werde ich auch dies hier überleben.

Es war schon dunkel, als ich im Dorf ankam. Nur ein Besoffener torkelte über die Straße. Und während er mir noch lallend den Weg zu erklären versucht, kommt eine Frau in der Dunkelheit auf mich zu. »Adam«, schreit sie. »Adam, bist du das?« Ich habe gezittert, denn an Lucia konnte ich mich nicht erinnern. Sie war doch gerade zehn Jahre alt damals.

Lucia schleppte mich zu sich nach Hause, ließ ihren Mann aus der Kneipe holen, wo er nach dem Fußballspiel mit Kollegen trank, schenkte einen Schnaps ein, um das Wiedersehen zu feiern, schenkte noch einen ein, um meine Unsicherheit zu vertreiben – doch ich, zunehmend unruhig: »Aber wo ist mein Sohn?«

Mein Sohn wohnte dreihundert Kilometer entfernt in Martinsdorf bei Stralsund. Wir schickten ein Telegramm und begannen zu warten. Bis zwei, bis drei, bis vier Uhr nachts. Aber er kam nicht. Ich konnte nicht schlafen, zitterte im Bett. Wollte er mich nicht sehen? Am nächsten Tag, einem Sonntag, gab Lucia ein zweites Telegramm auf. Wieder warten wir. Wieder vergeblich. Am Montagmittag sage ich: »Ich fahre zurück.« Doch sie hält mich fest: »Er hat sich so oft erkundigt, ob du dich gemeldet hast. Er kommt bestimmt.« Um ein Uhr nachts gehen wir ins Bett, ich bin völlig deprimiert. Da höre ich plötzlich Stimmen. Und Lucia ruft: »Steh auf, dein Sohn ist hier.« Ich gehe nach unten, sehe ihn an und sage: »Er sieht aus wie meine anderen Söhne. Muss wohl auch er mein Sohn sein.«

Schon vier Tage später sind wir gemeinsam nach Elbing gefahren. Gleich bei der Ankunft warfen wir meinen ältesten Sohn nachts aus dem Bett. Adam junior sah ihn prüfend an und sagte: »Ja, du bist mein Bruder!« Am nächsten Tag besuchte mich der Sohn, der bei der Polizei arbeitet. Wieder war Adam junior zufrieden. Die nächsten Tage haben wir nur erzählt und getrunken und ein bisschen geschlafen. Und wieder erzählt und getrunken und ein bisschen geschlafen. Und ich spürte, mein Sohn ist wie ich. Er schlängelt sich durchs Leben wie ich, er mag gern trinken wie ich, und er liebt die Frauen wie ich. Wie hat er das nur von mir gelernt?

Teodor Müller

Pole oder Deutscher, Patriot oder Kollaborateur?

Erst kam der Antrag: Fünf Einwohner der polnischen Stadt Turek schlugen vor, dem ehemaligen Mitbürger Teodor Zygmunt Müller aus Anlass der 650-Jahr-Feier der Stadt die Ehrenbürgerschaft zu verleihen.

Dann kam die Ablehnung: Nach heftigen Protesten einiger Einwohner stimmten elf Stadträte gegen den Antrag, sechs enthielten sich, niemand stimmte dafür.

Seitdem dauert die Diskussion: »Wenn bestimmte Kreise seit 1991 versuchen, aus Teodor Müller einen Helden des antifaschistischen Untergrunds zu machen«, so der Tureker Bürger Jan Wesołowski, »dann frage ich: Wer sind angesichts dessen jene Tureker, deren Gebeine bei der alten Kirche ruhen? War es doch ebenjenes Hitler-Regime, an dem sich Teodor Müller in Turek aktiv beteiligt hat, das sie ermordete!«

Wer also war Teodor Zygmunt Müller? Ein Deutscher oder ein Pole? Ein polnischer Patriot oder ein Kollaborateur der Deutschen? Ein Schindler, der Polen schützte, oder ein deutscher Agent, der sie der Besatzungsmacht auslieferte?

»Vielleicht«, räumt Teodor Müller ein, »hätte ich mich als hundertprozentiger Deutscher gefühlt, wenn ich siebzig Kilometer weiter in Lodz geboren wäre, in einer deutschsprachigen Familie gelebt und einen deutschsprachigen evangelischen Kindergarten, eine deutschsprachige Volksschule und ein deutschsprachiges Gymnasium besucht hätte.« Aber Teodor wurde nicht in Lodz, sondern in Turek geboren – als Sohn der schönen, dunkelhaarigen Olga aus dem Hause Arndt, die nur Polnisch sprach, obwohl sie aus einer deutschen Gutsbesitzerfamilie stammte, die einst aus dem Rheinland eingewandert war. Und er erhielt den Namen Teodor, den die Eltern nach dem Ersten Weltkrieg, als Turek polnisch wurde und vom kyrillischen zum lateinischen Alphabet überging, ohne h schrieben – als bewusste Entscheidung für die polnische Variante des Namens.

Zwar waren die kulturellen Traditionen in der Familie auch durch die deutsche Herkunft geprägt. So unterhielten sich die Kinder mit dem Vater meist auf Deutsch und waren im Unterschied zu den alteingesessenen Polen evangelisch und nicht katholisch getauft. Aber das gängige Muster, nach dem der Protestant auch Deutscher sei, traf bei den Müllers nur noch bedingt zu. Ja, Teodor hatte einen anderen Glauben, und deswegen riefen die Klassenkameraden »Luther, Luther« hinter ihm her. Aber Teodors Konfirmation fand wie ihre Kommunion in polnischer Sprache statt, Teodor ging auf dasselbe – polnische – Gymnasium von Turek wie sie, und Teodor waren wie ihnen die polnischen Nationaldichter Adam Mickiewicz und Juliusz Słowacki vertrauter als Johann Wolfgang von Goethe oder Friedrich Schiller.

»Vor dem Krieg«, sagt Teodors polnische Ehefrau Wanda, die ebenfalls in Turek geboren wurde, »spielte die Tatsache, dass er aus einer deutschen Familie stammt, für die Schulkameraden überhaupt keine Rolle. Er war einer von uns und unterschied sich nicht durch seine Herkunft, sondern durch seine elegante Kleidung und sein Benehmen.«

Eben durch seinen Wohlstand. Müllers verkehrten nicht mit den deutschen Webern, den abgeschlagenen Konkurrenten, die zwar fleißig morgens um fünf ihr Tagwerk begannen, deren Einnahmen aber dennoch nur für das Lebensnotwendige reichten. Müllers hatten als Erste in Turek von den manuellen zu den mechanischen Webstühlen gewechselt und beschäftigten schon in den zwanziger Jahren hundertzehn bis hundertsechzig Menschen an modernen, mit Dampfkraft betriebenen Maschinen. Als gesellschaftliches Umfeld wählten sie sich polnische Angestellte aus dem Landrats-, Finanz- oder Bürgermeisteramt und zwei, drei assimilierte jüdische Kaufmannsfamilien, die aufgestiegen waren wie sie. Dieser Schicht fühlten sie sich ebenbürtig, wenn nicht überlegen, und Teodor trug seinen Wohlstand auch zur Schau. Zu Ausfahrten mit dem Auto erschien er im dunklen Sportjackett und in hellen, weiten Knickerbockern oder blütenweißen Freizeithosen mit weißen Schuhen – die Uhr leger an einer Kette im Westenfach. Als Erster flanierte er in einem hellgelben Anzug durch die Hauptstraße und flirtete mit der Gattin des Landrats. Er war ein leidenschaftlicher Tänzer auf allen Bällen und spielte obendrein noch die zweite Geige im Musikensemble »Lutnia«. Ließ er sich auf Veranstaltungen blicken, scharten sich Bewunderer und Neider um ihn. Herr Teo, gib einen aus, hieß es. Der eine wollte einen Wein, der andere einen Wodka. Und Herr Teo gab einen aus. So reich wie Müllers war nämlich niemand am Ort. Die Müllers hatten es geschafft. Die Müllers waren wer, auch wenn sie nach der Wirtschaftskrise Ende der zwanziger Jahre eine Dürrezeit überdauern mussten.

»Trotz ständiger finanzieller Probleme«, sagt der Ingenieur Janusz Kaczorowski, »besaß Teodor Müller ein für damalige Verhältnisse luxuriöses deutsches Auto der Marke Hansa.« Kein zweiter Einwohner von Turek nannte einen so wunderbar auf Hochglanz polierten Wagen der Firma Auto-Union sein eigen, mit dem sich Teodor sogar an Rallyes beteiligte.

»Die Einwohner unserer Stadt verbanden in jenen heißen Tagen 1939 Teos Ausflüge im Auto der Marke Hansa mit der immer größeren Zahl antipolnischer Flugblätter«, sagt Tadeusz Kocik. »Mit Sicherheit hat er sie nicht selbst transportiert; dazu war er zu vorsichtig, seine politische und ideologische Ausbildung brachte er vielmehr im Kopf über die Grenze, um unter den Deutschen die Hoffnung auf den schnellen Einmarsch von Befreiern in ›Feldgrau‹ zu stärken.«

»Müller fuhr oft nach Deutschland«, sagt Marian Piątek. »In Turek redete man darüber, dass er das Auto, mit dem er fuhr, als Preis von Hitler für seine Verdienste erhalten hat.«

»In den Jahren 1937 bis 1939 beobachtete man in Turek bei den einheimischen Protestanten immer häufiger Besuche angeblicher Nonnen, die mit Fahrrädern in die benachbarten Orte fuhren, wo Protestanten wohnten«, sagt Jan Wesołowski. »Zweifellos haben sie Flugblätter mit Hitler-Propaganda verteilt.«

Teodor selbst bestreitet jegliche politische Tätigkeit – Politik interessierte ihn nicht. Auf diesem Gebiet zeichnete er sich durch eine Abstinenz und Gutgläubigkeit aus, die schon an Naivität oder gar an Einfältigkeit grenzten. Teodor kümmerte sich nur um die Fabrik. Ihr galt seine unverbrüchliche Loyalität. Das hatte er vom Vater. Und vom Vater hatte er auch den Leitspruch: Dem Staat, in dem du geboren bist und in dem du lebst, bist du verpflichtet. Denn dieser Staat hatte der Familie den Aufstieg ermöglicht.

Und so erstreckte sich Teodors Loyalität auch auf den polnischen Staat. Gewissenhaft zahlte er Steuern, penibel hielt er sich an die Gesetze, und selbstverständlich wäre er zum polnischen Militärdienst gegangen, wenn er nicht aufgrund einer Tuberkulose freigestellt worden wäre. Als im Frühjahr 1939 der Polizeikommandant Kaczmarek zu Teodor kam, um ihm vom Besuch einer Veranstaltung des deutschen Volksverbandes in der Wohnung des deutschen Schlossers Berent abzuraten, da ein Polizeispitzel die Namen der Anwesenden der polnischen Polizei weiterleiten würde, da brauchte sich Teodor nicht umzuorientieren. Er hatte den Besuch gar nicht eingeplant.

Teodor war überzeugt, seine Loyalität gegenüber dem polnischen Staat stehe außer jedem Zweifel: Immerhin war sein Betrieb mehr und mehr von der Produktion von Kleiderstoffen zur Produktion von Verbandsmull übergegangen und belieferte regelmäßig das Piłsudski-Militärkrankenhaus in Lodz. Immerhin wurde er noch wenige Tage vor Ausbruch des Krieges beauftragt, plombierte Säcke mit Einberufungsbefehlen in sieben umliegenden Gemeinden zu verteilen. War das kein Vertrauensbeweis?

Teodor empfand keinerlei Sympathie für die wortgewaltigen Nazi-Größen, deren zunehmend aggressive Reden aus seinem Telefunken-Radio schallten. Er hatte keinerlei Kontakt zu Deutschen, die sich »heim ins Reich« sehnten. Und erst recht hatte er nichts gemein mit jenen angeblich militanten Kreisen, denen polnische Zeitungen nachsagten, sie würden Waffen horten und Sprengungen vorbereiten, um Hitler im Moment des Überfalls beizuspringen. Nein, Teodor Müller war ein zuverlässiger polnischer Staatsbürger, und aus Loyalität lieferte auch er, da Privatautos nun für militärische Zwecke gebraucht wurden, am Abend des 31. August 1939 seinen Pkw beim Polizeikommandanten Kaczmarek ab.

Einen Tag später wurde er vom selben Polizeikommandanten verhaftet.

»Ja, das habe ich als tiefes Unrecht empfunden«, räumt Teodor Müller ein. »Das hat mir wehgetan. Aber ich sagte mir, da muss ein Missverständnis vorliegen. Oder eine ganz besonders infame Denunziation.«

»Vor dem Krieg hieß es, Müller habe in Turek und im Kreis die am besten organisierte fünfte Kolonne aufgebaut, eine Hitler-Kolonne«, sagt Marian Piątek aus Turek.

»Vor dem Krieg war Teodor Müller allgemein als Spitzel des Dritten Reiches bekannt«, sagt Wisława Ślósarska, ebenfalls aus Turek. »Davon zeugten seine häufigen Fahrten nach Deutschland und seine Verhaftung unmittelbar vor Ausbruch des Kriegs durch die Polen und seine Deportation nach Bereza Kartuska.«

»Die damalige Macht hätte ganz sicher nicht irgendjemanden für irgendetwas ins Lager geschickt«, sagt Jan Wesołowski. Also muss Teodor Müller schuldig gewesen sein.

Teodor Müller hatte den Kriegsausbruch regelrecht verpasst. Am 1. September war er frühmorgens mit dem Lkw nach Lodz aufgebrochen, um Verbandsmull abzuliefern, und hatte erst bei der Ankunft im Krankenhaus vom deutschen Angriff erfahren. Fast unbeeindruckt von der Hektik und Kopflosigkeit um ihn herum führte er seinen Auftrag jedoch zu Ende und sah sich mit dem Fahrer dann noch den Trichter an, den die erste Bombe auf Lodz in der Bandurski-Straße gerissen hatte: als hätte er einen Beweis gebraucht, dass sich die Spielregeln tatsächlich geändert hatten.

Auf der Rückfahrt kamen ihm kurz vor Turek schon die ersten Fuhrwerke mit Flüchtenden entgegen. Während sich diese Familien weiter im Osten in Sicherheit zu bringen trachteten, freute sich Teodor über den Passierschein, den ihm die Miliz am Stadtrand von Lodz ausgestellt hatte, damit er auch am nächsten Tag wieder mit seiner Ware hineinkäme. Denn nun, das war ihm klar, würde Verbandsmull erst recht gefragt sein. Doch Teodor fuhr nicht am nächsten Tag. Denn zu Hause in Turek wartete schon der Polizist Franciszczak auf ihn, um ihn auf die Polizeiwache zu bringen. Herrn Franciszczak war der Auftrag peinlich, hatte ihm Herr Teodor doch so manchen Schnaps spendiert. Aber was sollte er tun?

So fand sich Teodor Müller als einziger Deutscher aus Turek im Keller des Polizeigebäudes in einer Zelle mit sieben weiteren Deutschen aus den Nachbarorten wieder. Die wenigen, die er kannte, galten als deutschnational. Pastor Hassenrück aus Władysławów war ein überzeugter Nationalsozialist und der Gerber

Eduard Kneifel ein bekannter Aktivist im Volksverband. Teodor Müller fühlte sich unwohl in der Gesellschaft dieser Deutschnationalen. Aber nun waren sie seine Schicksalsgenossen.

Weil er am Sonntag, dem 3. September, noch die Kirchenglocken neben dem Polizeirevier läuten hörte, weiß er, dass der Abtransport am Montag begann. Erst ging es mit einem Bus bis zum Bahnhof in Koło, von dort in einem stickigen und nur notdürftig mit Stroh ausgelegten Güterwaggon nach Warschau. Dort auf dem Bahnhof entluden sich die Angst und die Wut von Polen gegenüber der inzwischen auf etwa dreihundert Personen angewachsenen Kolonne der Deutschen mit wilden Flüchen und geballten Fäusten. Und hätte die Polizei sie nicht geschützt, wären Jugendliche sogar mit Eisenstangen und Steinen gegen sie vorgegangen.

Ja, es war Krieg. Für Differenzierungen blieb kein Platz mehr. Im Denken der meisten Menschen gab es nur noch Schwarz und Weiß, Fremde und Unsere, Angreifer und Opfer. Auch wenn er sich unschuldig fühlte: Teodor spürte, dass er nun als Repräsentant der Aggressoren galt.

Am nächsten Tag erreichte der Zug Bereza Kartuska, eine kleine Stadt in Ostpolen, die im Land berüchtigt war wegen ihres Gefängnisses, in dem die polnische Republik in der Zwischenkriegszeit ihre politischen Gegner zu inhaftieren pflegte. Sobald die Kolonne der Deutschen das Eingangstor passiert hatte, schlugen die Aufseher mit Eisenstangen, Stöcken und Schaufeln auf sie ein, hetzten sie bei glühender Hitze über den sandigen Lagerplatz, zwangen sie zu endlosen Kniebeugen, trieben sie ununterbrochen mit Schlägen zur Eile an. Fast wünschte sich auch Teodor einen Sieg der Deutschen, denn nur für diesen Fall konnte er sich eine Aufhebung seiner Internierung vorstellen. Was er dann tatsächlich am 17. September erlebte, hätte er sich aber niemals in seiner Phantasie ausmalen können.

Überraschend öffneten sich an diesem Tag beim Morgengrauen die Zellentüren, eine aufgeregte Stimme rief: Fli-i-i-eht! Fli-i-i-eht! Die Sowjets kommen! Und als die Internierten aus dem von den Wachmannschaften aufgegebenen Lager stürzten, standen sie in einem entvölkerten Ort, in einer Stadt mit verriegelten Fensterläden, im Niemandsland. Auf Vorschlag von Pastor Hassenrück zogen sie sich in ein Wäldchen zurück – nicht ahnend, dass sie hier etwa gegen zehn Uhr morgens Zeugen einer gespenstisch anmutenden Versöhnung werden würden. Da zogen von Westen eine graubraune und aus dem Osten eine olivgrüne Frontlinie heran, und als sie sich gegenüberstanden, trat auf beiden Seiten ein Offizier hervor, und beide umarmten sich demonstrativ. Stalins Sowjetunion war in Polens Osten eingefallen, um sich entsprechend des Ribbentrop-Molotow-Paktes den polnischen Staat mit Hitler-Deutschland zu teilen.

Es war eine merkwürdige Befreiung. Einerseits war Teodor erleichtert, als sich deutsche Soldaten um ihn und die übrigen Internierten von Bereza kümmerten, sie mit Essen und Medikamenten versorgten und ins sichere, schön gepflegte Hinterland nach Ostpreußen brachten. Andererseits erschreckte ihn der Gedanke an die polnische Niederlage. Was war aus seinem Bruder Edgar geworden, der im polnischen Militär Dienst tat? War ihm im Kampf mit den Deutschen vielleicht sogar etwas zugestoßen? Er selbst fürchtete wegen der Tuberkulose zwar keine Einberufung zur Wehrmacht. Aber würden ihm die Nationalsozialisten eine Existenz als Fabrikant ohne Parteimitgliedschaft erlauben?

Seine Bedenken wuchsen noch angesichts der ideologischen Schulung, mit der die Reichsdeutschen die befreiten Internierten zu richtigen Deutschen zu erziehen trachteten. Da gab es im Schulgebäude von Lötzen zwar auch einige interessante Vorträge über deutsche Geschichte. Aber überwiegend war von den jüdischen Kapitalisten die Rede, die angeblich die Schuld trugen für die Ausbeutung und das Böse auf der Welt – eine Theorie, der Teodor aufgrund seiner Erfahrungen in Turek und Lodz nichts abgewinnen konnte. Denn dort gab es mehr arme als reiche Juden, und schlechte Erfahrungen mit ihnen hatte er so oft gemacht wie mit Polen und Deutschen auch.

In diesem neuen Umfeld, in dem auch Pastor Hassenrück und der Gerber Kneifel fast nur noch Deutsch sprachen und zunehmend die Hand zum Hitler-Gruß erhoben, verlor Teodor seine Gelassenheit. Er war froh, im November 1939 in einem mit Stroh ausgelegten Güterwagen die Heimreise antreten zu können. Was er mit dem Hakenkreuzabzeichen machen würde, das er zum Abschied erhielt und ans Revers stecken sollte, um sich von den Polen zu unterscheiden, darüber wollte er erst in Turek nachdenken.

Die Familie in Turek stand vor denselben Fragen wie er – und jedes Familienmitglied gab eine andere Antwort.

Vater August war am 4. September der allgemeinen Aufforderung des polnischen Landrats zur Flucht vor der deutschen Front gefolgt, hatte seine Familie und die des evangelischen Pfarrers Sachs auf einen Pferdewagen geladen und war zwanzig Kilometer weiter nordöstlich zu einer Cousine seiner Frau gefahren. Nach fünf, sechs Tagen kehrte er allerdings zurück zu seiner Fabrik und seinem Haus, in dem zwei Räume inzwischen von Oberst von Lehnsdorf, einem älteren Gutsbesitzer aus der Nähe von Breslau, requiriert worden waren. Vater August konnte nicht umhin, in den ersten Kriegswochen als Leiter eines Hilfskomitees die Fleischversorgung der Bevölkerung zu organisieren. Er sei, sagten böswillige polnische Zungen später, der erste deutsche Bürgermeister im besetzten Turek gewesen. Dabei trat Vater August niemals der nationalsozialistischen Partei bei, und erhielt im Jahre 1940 im neu errichteten Reichsgau Wartheland nicht einmal die Volksliste 1, wie sie für jene vorgesehen war, die sich aktiv für das Deutschtum im Ausland eingesetzt hatten. Man schrieb ihn ein in die Volksliste 2, die nichts anderes als die deutsche Herkunft bestätigte.

1940, als die Juden der Stadt in der Synagoge zusammengetrieben und geschlagen wurden, spekulierte August Müller im Familienkreis sogar laut darüber: Wäre es nicht besser, alles stehen und liegen zu lassen und sich ins Generalgouvernement abzusetzen, wo Deutsche auch ohne Loyalitätserklärung gegenüber dem NS-Regime durchkommen konnten? Doch es blieb bei der Spekulation, weil es ihm zu schwer fiel, alles aufzugeben, was er in zwanzig Jahren aufgebaut hatte. Außerdem hatte er noch für die beiden jüngsten Kinder zu sorgen. Edyta, Jahrgang 1921, die sich jetzt Edith nannte, hatte gerade das Abitur gemacht; Alfred, Jahrgang 1925, ging noch auf das Gymnasium. Und so verlegte Vater August sich auf das Lavieren.

Hugo, Jahrgang 1911, blieb unverändert im väterlichen Betrieb und arbeitete weiter in der Färberei. Er war ein gänzlich unpolitischer Mensch und genügsam dazu. Wenn er nach der Arbeit mit einigen Kollegen die Straße entlangspazieren oder sich mit ihnen im Café treffen konnte, war die Welt für ihn schon in Ordnung. Die große Politik kümmerte ihn nicht – und was er nicht wahrnahm, konnte ihn nicht erregen.

Zygfryd hingegen, der sich jetzt Siegfried nannte, machte dank der neuen Verhältnisse einen großen Karrieresprung. Damit kein fremder Deutscher aus dem Reich dort eingesetzt würde, baten ihn die Brüder Rzęczykowski, die Stelle des Treuhänders in ihrer enteigneten Apotheke zu übernehmen. So avancierte der frisch gebackene Absolvent des Pharmaziestudiums im Alter von zweiundzwanzig Jahren zum Leiter der größten Apotheke im Ort. Zwar stellte er die ehemaligen Besitzer als Zwangsarbeiter bei sich ein, um sie vor der Aussiedlung ins Generalgouvernement zu bewahren. Doch wirklich schützen konnte er sie dadurch nicht: Bald wurden sie verhaftet und ins

Konzentrationslager eingeliefert, das sie nicht überlebten. Siegfried fühlte sich als Einziger unter den Geschwistern mit dem Hitler-Regime verbunden und begann schon bald, die Blitzsiege der Wehrmacht voller Stolz mit bunten Stiften und einem Soldatenlied auf den Lippen auf der Landkarte zu verzeichnen.

Und Edgar? Edgar, Jahrgang 1916, hatte bei Ausbruch des Krieges gerade seinen Militärdienst bei der polnischen Luftwaffe in der Nähe von Posen geleistet. Zusammen mit der polnischen Regierung war seine Einheit vor den vorrückenden deutschen Truppen nach Rumänien geflohen. Anfang 1940 kehrte er dank der Vermittlung seines Vaters zurück, fühlte sich aber im nunmehr deutschen Turek nicht mehr zu Hause. Er, der immer zu Späßen aufgelegt und ein sehr geselliger Mensch gewesen war, der ein außerordentliches handwerkliches Geschick besaß und gern selbst gebastelte Geschenke verteilte, der Schlittschuh lief, Ball spielte und von allen als guter Kumpel geschätzt war, wurde einsilbig und depressiv. Er wollte die Volksliste nicht unterschreiben. Niemand in der Familie drängte ihn, doch die Konsequenz war klar: Er hätte sich, um im neu eingerichteten Warthegau nicht verfolgt zu werden, ins Generalgouvernement, den polnischen Reststaat, absetzen müssen. Als das Problem wieder einmal ergebnislos im Kreis der Familie erörtert worden war, setzte sich Edgar zusammen mit einem Kumpel betrunken auf das Motorrad.

Die Nachricht kam schnell: Gleich hinter der Stadt waren sie gegen einen Baum geprallt. Teodor ließ sofort den besten Chirurgen aus Lodz holen, doch die Kopfverletzungen waren so schwer, dass Edgar wenige Stunden nach der Operation verstarb.

Trotz der entgegengesetzten politischen Entscheidungen ihrer Mitglieder hielt die Familie immer zusammen. Weder Siegfried wurde verstoßen, obwohl er Nationalsozialist geworden war, noch Edgar, obwohl er polnisch optierte. Mit der Zunahme der Spannungen wuchs allerdings die Bedeutung von Teodor. Er konnte eine bewundernswerte Geduld entwickeln, konnte vermitteln und für Ausgleich sorgen. Immer stärker fühlte er sich verantwortlich für die Familie, immer intensiver kümmerte er sich auch um den Betrieb. Und immer mehr geriet er dadurch in den Blick seiner polnischen Mitbürger.

»Als ich am 7. Oktober 1939 nach der Kapitulation von Warschau nach Turek zurückkehrte, war der erste einheimische Deutsche, den ich neben den zugereisten Reichsdeutschen in einer hellbraunen Uniform sah – Teodor Müller«, sagt Tadeusz Kocik.

»Müller lief schon in den ersten Tagen nach dem deutschen Einmarsch in der Uniform der Hitler-Partei herum, also muss er sie schon vor dem Krieg besessen haben«, sagt Marian Piątek.

»Woher hätte ich die Uniform gleich zu Kriegsbeginn haben sollen«, sagt Teodor, der nie der NSDAP beitrat. »Erst später konnte ich mir die Uniform des Nationalsozialistischen Kraftfahrerkorps von meinem Bruder Hugo ausleihen, um bei Aufträgen vom polnischen Untergrund besser geschützt zu sein.«

»Als wir am 13. Dezember 1939 bei sehr starkem Frost auf Fuhrwerken und zu Fuß von Turek zur Bahnstation in Koło getrieben wurden, um ins Generalgouvernement deportiert zu werden«, sagt Wojciech Tyma, »wurden wir streng von Hitler-Gendarmen und dem Volksdeutschen-Selbstschutz hinausgeführt. Und unter ihnen befand sich auch Teodor Müller, der die ganze Strecke Turek–Koło auf einem Motorrad oder im Auto mit lachender Fresse patrouillierte.«

»Herr Teodor Müller hat unseren Transport bis Koło begleitet«, sagt auch Andrzej Stach. Er »fuhr mit seinem Auto die Kolonne entlang und hielt sich öfter bei unserem Fuhrwerk auf. Daraus resultiert, dass auch Herr Teodor Müller ausgebildet gewesen sein muss, um eine spezielle Funktion im Dritten Reich zu erfüllen.«

»Ich bin tatsächlich die Strecke entlanggefahren«, sagt Teodor Müller. »Aber nicht auf einem Motorrad und nicht in einem Auto, sondern auf einem Fahrrad. Und ich habe die Deportierten nicht bewacht, sondern an der Spitze des Zuges nach den Verantwortlichen gesucht. Für meinen Arbeiter Holfelt hatte ich nämlich eine Befreiung von der Aussiedlung durchgesetzt. Und ich habe ihn nach Turek zurückgeholt.«

Die deutsche Besatzung hat Teodor Müllers Rolle im Ort völlig verändert. Wie schnell Deutsche ihre Posten verloren oder sogar ins Konzentrationslager geschickt wurden, wenn sie ihre Sympathien für Polen offenlegten, war ihm am Beispiel von Pastor Sachs deutlich geworden, dem von ihm sehr geschätzten evangelischen Geistlichen in Turek, einem Schwager von Bischof Bursche, der, weil er sich als Pole verstand, verhaftet wurde und in einem Berliner Gefängnis starb. Auch Sachs musste Ende 1939 seine Pfarrstelle räumen, weil er sich nicht zum Deutschtum bekennen wollte. Er konnte die NS-Zeit nur überdauern, weil ihn Tureker Gemeindemitglieder heimlich mit Geld und Lebensmitteln unterstützten – nicht zuletzt aufgrund einer Initiative von Teodors Vater August. Sein Nachfolger wurde Pastor Hassenrück, der Teodor aus der Internierungszeit in Bereza Kartuska leider noch allzu gut als nationalistisch gesinnter Geistlicher in Erinnerung war.

Wo das Bekenntnis zur deutschen Nationalität gefordert war, um nicht verdächtigt oder verfolgt zu werden, und wo der Kontakt zu Polen und erst recht zu Juden untersagt war, hatte Teodor keine Chance mehr, wie früher Umgang mit all seinen Bekannten zu pflegen. Wie auch hätte er den Brüdern Szmulek und Dawid Gold, die mit ihm im Musikensemble »Lutnia« gespielt hatten, helfen sollen, als sie wie die übrigen Tureker Juden die Straßen mit ihren Mützen, Hüten und bloßen Händen sauber kratzten, während sie von höhnischen SS-Männern bewacht wurden? Was hätte er unternehmen können, als in

Nacht- und Nebelaktionen die Aussiedlungen von Polen ins Generalgouvernement begannen und in ihre Häuser umgesiedelte Deutsche aus Wolhynien und den baltischen Staaten einzogen? Wie oft konnte er zur Gestapo nach Kalisch fahren, um sich wie für seinen Vorarbeiter Karol Berliński einzusetzen – Berliński, der verhaftet worden war, weil er sich noch vor Kriegsausbruch einen Scherz erlaubt hatte. Um eine nationalsozialistisch gesinnte Arbeitskollegin zu hänseln, hatte er eine tote Maus am Schwanz ergriffen, sie der erschrockenen Deutschen vor das Gesicht gehalten und gehöhnt: »Siehst du, wie die Maus hier baumelt? So wird eines Tages Hitler hängen!« Welche Möglichkeiten existierten überhaupt, den Polen seine Sympathie und Solidarität zu zeigen, ohne leichtfertig sich und die eigene Familie zu gefährden?

Teodor war kein Held. Er sah sich nicht als Überläufer, der die Fabrik und die Familie im Stich lassen würde, um im polnischen Widerstand gegen die »hitlerowcy« zu kämpfen. Andererseits wollte er aber seine polnischen Freunde und Bekannten nicht verraten. Also versuchte er den Spagat: die Fabrik zu halten, ohne sich in antipolnische Aktivitäten hineinziehen zu lassen. Dem polnischen Untergrund zu helfen, ohne sich von der Gestapo erwischen zu lassen. Zunächst schien es einfacher, als er vermutet hatte.

Kurt Zahn, der neue Polizeichef, stammte aus Hohensalza, sprach Polnisch und erinnerte sich mit schwärmerischer Wehmut an seine erste Liebe in Polen, an seine Wanderungen in der Tatra und die Urlaube an der polnischen Ostseeküste. Entgegen Teodors ursprünglichen Befürchtungen erwies er sich nicht nur als umgänglicher, sondern auch als vertrauenswürdiger Mensch. Eines Tages setzte ihn Zahn von einer bevorstehenden Polizeiaktion in Kenntnis, bei der der Führer der Tureker Sozialisten verhaftet und die von ihm sorgsam und liebevoll aufgebaute Arbeiterbibliothek vernichtet werden sollten. Teodor war empört. Hatte er nicht viele Male selbst Bücher in dieser Bibliothek in der ulica Kaliszka, die nun Bismarckstraße hieß, ausgeliehen? Soweit es in seinen Möglichkeiten lag, wollte er die Zerstörung polnischen Kulturguts verhindern. Aber ein so umfangreicher Bücherbestand ließ sich nur mit polnischer Hilfe retten.

Wojtek Jankowski, sein Kollege aus der Schule, stellte keine Fragen. Als hätte der Krieg nichts zwischen ihnen geändert, war er sofort zur Zusammenarbeit bereit. Noch in der Nacht wanderten die Bücher, in zahllose Säcke verpackt, in die Keller und Verliese befreundeter polnischer Familien. Die Bibliothek war gesichert und der Kontakt erneuert.

Diesen neuen, alten Bekannten Wojtek befragte Teodor denn auch um Rat, bevor er die Volksliste unterschrieb. Als Wojtek ihm versicherte, ein anerkannter Deutscher wäre er für den polnischen Untergrund nützlicher als ein verstoßener Deutscher, fühlte sich Teodor erleichtert und unterschrieb die Volksliste 2. Für »die Sache« zu arbeiten erschien ihm lohnenswert. Noch eine kurze Zeit verstrich, in der Wojtek die Zustimmung seiner Vorgesetzten einholen musste, dann begann Teodor unter dem Pseudonym »Hugo« seine Arbeit für die illegale Heimatarmee. Regelmäßig lieferte er Kassiber im südwestlich gelegenen Kalisch ab und brachte von dort neue Instruktionen mit: Seine Reisetätigkeit weckte keinen Verdacht, denn die Fabrik fraß ständig neue Rohstoffe, und seine neu eröffnete Spirituosengroßhandlung brauchte ständigen Nachschub.

Noch auf eine andere Weise war Teodor dem Untergrund nützlich. Im Dezember 1939 hatte der Österreicher Hans Hager seine Arbeit als Gendarm in Turek aufgenommen. Da er sich ohne Frau und Kinder einsam im Warthegau fühlte, nahm er die Gastfreundschaft der Familie Müller oft und gern in Anspruch. Hager hatte eine Schwäche für Alkohol, und so traf sich Teodor mit seinem neuen Bekannten so manches Mal im Büro der Spirituosengroßhandlung. Nicht, weil auch er dem Alkohol gern zugesprochen hätte – Teodor litt eher unter der Pflicht, mit Hager mithalten zu müssen. Aber bei einem Gläschen Schnaps löste sich Hagers Zunge, und dann erzählte er, der stolz darauf war, ein Österreicher und kein Deutscher zu sein, ohne Scheu und ohne gefragt werden zu müssen, über die Aktionen, die die Polizei gegenüber den einheimischen Polen plante. Aufgrund solcher Indiskretionen konnte Teodor beispielsweise drei katholische Priester warnen, die aus Turek ausgewiesen werden sollten. Zwei entzogen sich dem Zugriff durch die sofortige Flucht; der Dritte wollte seine Gemeinde nicht im Stich lassen – er wurde verhaftet und kam später in einem Berliner Gefängnis um.

Was anfänglich aus mehr oder weniger zufälligen Gesprächen erwuchs, stellte Teodor bald auf solide Füße. Hager holte jeden Tag die Briefe für die Gendarmerie auf dem Postamt ab. Und weil der Weg von der Post zur Kreisverwaltung an der Müller'schen Spirituosenfabrik vorbeiführte, verfiel Teodor auf die Idee, täglich mit ihm gemeinsam die Briefe zu überprüfen: Besonders von den Instruktionen der Gestapo aus Kalisch und dem unter den Nazis zu Litzmannstadt mutierten Lodz erhoffte er sich Aufschluss über Maßnahmen gegenüber Tureker Bürgern.

Nach kurzer Bedenkzeit ging Hager auf diesen Plan ein. Das Risiko erschien ihm gering, weil er seinem Chef die Briefe sowieso immer geöffnet vorlegte. So begann ihre tägliche Zusammenarbeit. Mal war die Ausbeute größer, mal geringer. Manchmal ging es in den Briefen nur um die Festigung des Deutschtums im Ausland oder um Privilegien und Pflichten der deutschen Beamten in den eingegliederten Gebieten. Manchmal aber wurden Aktionen über die Einrichtung des Gettos angekündigt, über die Erhöhung der Geldabgaben bei den Judenräten oder – und das war für Teodor das Wichtigste –

über die Aufstockung der Zahl von Zwangsarbeitern, über weitere Zwangsumsiedlungen oder die geplante Verhaftung von Polen, die den Inhalt von deutschen Radiosendungen weitergegeben, falsche Dokumente erstellt, Untergrundliteratur verbreitet oder Sabotage an Zügen und Militärlastwagen verübt hatten. Verschiedene Male konnte Teodor Informationen an Wojtek weiterleiten, die sich für die Betroffenen als lebensrettend erwiesen.

Im Ruf eines geselligen Trinkkumpanen zu stehen, erwies sich für Teodor als überraschend günstig. Auch andere deutsche Bekannte plauderten, benebelt von gutem Cognac oder von Wein, so manche Geheimnisse ihrer Dienststellen aus. Johann Schipansky aus der Stadtverwaltung rühmte sich seines Wissens über die Vorbereitung des Russlandfeldzuges: Alle Straßen von West nach Ost sollten gesichert werden, um den ungehinderten Nachschub beim Überfall auf die Sowjetunion zu garantieren. Fritz Bender, Chef des Arbeitsamtes, kannte die Namen derer, die zur Zwangsarbeit ins Reich geschickt werden sollten; darüber hinaus stellte er aber auch dem einen oder anderen die begehrte Arbeitserlaubnis aus, die ihn zumindest vorübergehend vor der Verschickung bewahren konnte. Mit Fritz Schmidt, dem Kommissar der Kriminalpolizei, traf sich Teodor regelmäßig bei Eugenia Babińska, geborene Graumann, die wegen ihrer deutschen Herkunft die Lizenz zur Eröffnung einer Gastwirtschaft erhalten hatte. Denn die Gastwirtschaft war einer der wenigen Orte, wo er Wanda, Frau Babińskas Stieftochter, sehen konnte, Wanda, die – wie Teodor damals meinte – neben ihrer Schwester Romana die schönsten Beine in Turek besaß. Wenn er ihr auf der Straße begegnete, würdigte er sie keines Blickes und ging ohne Gruß an ihr vorbei. Im Lokal aber, da durfte er mit der Kellnerin, auch wenn sie eine Polin war, schon ein paar Worte wechseln und ihr heimlich bedeutungsvolle Blicke zuwerfen.

Theodor kannte Wanda, solange er denken konnte, denn die beiden Familien waren miteinander befreundet. Lange Jahre aber sah er in ihr, die zehn Jahre jünger war, vor allem die Freundin seiner Schwester Edith und einen guten Kumpel, mit dem sich sein Bruder Edgar wunderbar vergnügte. Als sie sechzehn war, saß er einmal neben ihr an einem der Samstagnachmittage, die die Jugend des Ortes in den Saal des Gymnasiums zog, weil dort ein Klavier stand, auf dem, wer konnte, Weisen zum Tanz aufspielte, und fragte: »Möchten Sie meine Frau werden?«

Dass dies für ihn ein Spiel war, glaubt Wanda noch heute damit beweisen zu können, dass nur sie sich die Worte gemerkt hat. Teodor, meint Wanda, machte eben immer irgendwelchen Frauen schöne Augen, und mit der Frau des Landrats, die er besuchte, um ihr Baby mit seiner teuren Rolleiflex zu knipsen, sagte man ihm sogar ein Verhältnis nach.

Angefangen hat die Liebe zwischen dem Deutschen und der Polin erst, nachdem Wanda im Januar 1942 verhaftet und zur Zwangsarbeit in eine Papiersackfabrik nach Stettin verschickt worden war. Dort, wo sie in groben Holzschuhen von sechs Uhr morgens bis sechs Uhr abends für zwölf Mark in der Woche an der Maschine stand, kam Teodor ihr eines Tages entgegen: Nur die Umrisse konnte sie zunächst erkennen, als er durch das Fabriktor schritt, denn das Licht fiel von hinten auf ihn. Zunächst glaubte sie an eine Halluzination. Doch als er vor ihr stand, traten ihr die Tränen in die Augen. Seit dieser Begegnung in der dreckigen, kalten Stettiner Fabrikhalle sind sie ein Paar.

Als Wanda Ende 1942 als arbeitsunfähig nach Turek zurückkehrte, stellte Teodor die abgemagerte Freundin, um sie vor erneuter Zwangsarbeit zu schützen, als Bürokraft in seiner Spirituosenfabrik an. Ja, so war es: Erst kam die gemeinsame Arbeit im Untergrund, dann die Freundschaft und schließlich die

Liebe. Die Liebe musste zwar genauso geheim bleiben wie ihre Zusammenarbeit im Untergrund, aber auf eine unaufdringliche Weise erwies sich Wanda fortan als der gute Geist in Teodors Leben. Nicht nur, dass sie ihn innerlich begleitete. Sie deckte ihn bei seinem doppelten Spiel, stand Schmiere in heiklen Situationen, warnte vor dubiosen Gestalten und blieb ihm treu, als er später monatelang in Gefängnissen und Lagern verschwand.

»Wanda, wo bist du?«, ruft der neunzigjährige Teodor seine achtzigjährige Ehefrau, weil Wanda sich aus dem Wohnzimmer entfernt hat und in der Küche hantiert. »Wanda, du musst helfen: Wann wurde Wojtek verhaftet?«

Doch Wanda ist noch beschäftigt, einige Stücke selbst gebackenen Hefekuchens vom Blech zu lösen, den größeren Teil auf einem Teller aufzuhäufen, den kleineren in Zellophanpapier zu wickeln und dem polnischen Bauarbeiter, der auf einem Gerüst die Fassade ihres Wohnblocks ausbessert, durchs geöffnete Fenster zu reichen.

»Das muss 1943 gewesen sein«, erwidert Wanda dann, als habe sie sich innerlich die ganze Zeit nicht vom Gespräch entfernt. »Denn ich war schon zurück von der Zwangsarbeit und arbeitete bei dir im Büro.«

Wojteks Verhaftung und sein Tod kurze Zeit später in Auschwitz trafen Teodor sehr – er hatte einen seiner engsten Freunde und eine zuverlässige Kontaktperson verloren.

Das Leben des Einzelnen war täglich bedroht, das konspirative Netz fragil. Auch aus Litzmannstadt wurden Denunziationen und Verhaftungen bekannt; und da einige unter den Verhafteten der Folter nicht standhielten und weitere Namen preisgaben oder gar die Seite wechselten, flogen immer mehr Untergrundzirkel in der Umgebung auf.

Dass auch er leicht ein Opfer von Denunziation hätte sein können und mit Gefängnis, Lager oder dem Tod für seinen

Vaterlandsverrat bestraft werden konnte, darüber wollte Teodor nicht nachdenken. Wenn er die möglichen Konsequenzen seines Tuns ignorierte, so hoffte er, würde die Angst ihn nicht lähmen.

Das war auch in jener Nacht so gewesen, als der Sohn des jüdischen Eisenhändlers Sztajer an seine Bürotür geklopft hatte. Sztajer brauchte ein Versteck für sich, die Schwester und eine Cousine – wegen ihrer semitischen Züge konnten sie nicht mit gefälschten Papieren auf der arischen Seite leben. Teodors Puls hatte sich kurz beschleunigt, wusste er doch, dass mit dem Tode bestraft wurde, wer Juden versteckte. Dann aber hatte er wieder einmal seinem guten Stern vertraut und Platz geschaffen im Schuppen zwischen der Großhandlung und der Fabrik, wo nur alte Werkzeuge und Heu aufbewahrt wurden und die Gefahr, entdeckt zu werden, äußerst gering war. Außer seinen Vater hatte Teodor damals nur Józefa Holfelt ins Vertrauen gezogen, die ihm ergebene Putzfrau aus dem Großhandel, damit sie die drei mit Lebensmitteln versorgte. Schon nach einigen Wochen war Sztajer mit den beiden Frauen in Richtung Warschau aufgebrochen, Teodors Risiko also begrenzt geblieben. Dass er aber auch die Arbeit im Untergrund gefährdet hatte, das hatte er sich erst gar nicht bewusst machen wollen.

Schließlich meldeten sich kurz nacheinander zwei neue Kontaktpersonen bei ihm, und Teodor beantragte, obwohl ständige Musterungen zur Arbeitsverschickung ins Reich stattfanden, beim Chef des Arbeitsamtes gleich für beide unter falschem Namen eine Arbeitserlaubnis in seiner Firma. Für »Stach« zahlte er mit einer Flasche Cognac, für »Proboszcz« mit einer Kiste Wodka. Die konspirative Arbeit veränderte sich. Teodor deckte jetzt mit seinen Dienstfahrten die illegalen Tätigkeiten seiner beiden Angestellten, und während er Ware verlud und einfach als Geschäftsmann auftrat, verschwanden »Stach« und »Proboszcz« in Hinterhöfen, unbekannten Wohnungen und verräucherten Kneipen, um Meldungen abzuholen, weiterzuleiten, vor Denunzianten zu warnen oder neue Mitarbeiter anzuwerben. Eben in jener Zeit lieh sich Teodor, um in der Öffentlichkeit eine größere Autorität zu gewinnen, manchmal die Uniform seines Bruders und heftete ein Hakenkreuzabzeichen an das Revers. So gab er das Bild eines erfolgreichen und regimetreuen Fabrikbesitzers ab.

Eines Abends machten sich »Stach« und »Proboszcz« allein auf Fahrrädern zu Orten in der näheren Umgebung auf. Neben einigen illegalen Schriften trugen sie Geld bei sich, viel Geld, das sie an die Untergrundzirkel verteilen sollten. Und wie der Zufall es wollte: Sie kamen in eine Polizeikontrolle, weil bei einem Fahrrad die Lampe nicht mehr funktionierte. Als die Schupos, nachdem sie auf die Verkehrswidrigkeit aufmerksam gemacht hatten, mit der Durchsuchung begannen, verlor »Stach« die Nerven und schlug einen Polizisten nieder. Während er selbst den Überraschungsmoment ausnutzen und über das angrenzende Feld in die Dunkelheit entfliehen konnte, wurde »Proboszcz« in Handschellen zur nächsten Polizeiwache geschleppt. Erst kam er in Litzmannstadt in das Gefängnis für Kriminelle; offensichtlich hielt man ihn nur für einen Schmuggler. Dann jedoch wurde er in das Gestapo-Gefängnis verlegt, womit sein Schicksal besiegelt schien: entweder Lager oder Tod.

Teodor war alarmiert. Doch zu fliehen, meinte er, käme für ihn nicht in Frage, weil er Repressalien gegenüber der Familie fürchtete. Vielleicht hatte er mit dieser Vermutung nicht Unrecht. Vielleicht bildete sie aber nur eine Rationalisierung, hinter der er seine stoische Vogel-Strauß-Haltung verbarg – als wollte er einfach nicht daran glauben, dass das Böse auch ihn treffen könnte, wo er doch für das Gute stritt. Wieder einmal wartete er einfach ab. Wieder einmal hoffte er, seine ruhige und äußerlich gelassene Haltung werde bei der Gegenseite erst gar nicht den Verdacht auf sein doppeltes Spiel aufkommen lassen. Immerhin war er dieses Mal nicht gemeinsam mit »Proboszcz« unterwegs gewesen. Und Teodor konnte nicht einfach dafür verantwortlich gemacht werden, was seine Angestellten neben der Arbeit trieben.

Seine Verhaftung erfolgte am 19. Mai 1944 im Büro von Fritz Schmidt. Demselben Fritz Schmidt, mit dem er unzählige Male getrunken und von dem er unzählige Informationen erhalten hatte. Fritz Schmidt führte aus, wozu die Gestapo aus Litzmannstadt ihn beauftragt hatte. Kurze Zeit saß Teodor im Polizeigebäude von Turek unten im Keller in derselben Zelle wie knapp fünf Jahre zuvor, als er von den Polen nach Bereza Kartuska verschickt worden war. Dann transportierten ihn die Deutschen in einer schwarzen Limousine nach Litzmannstadt in die Zentrale der Gestapo in die Gardestraße, anschließend in die Sterling-Straße.

Sofort begannen die Verhöre. Hauptsturmführer von Sievers war ein junger, gepflegter Mann Anfang dreißig. Teodor war von seinem Äußeren und seinen Manieren ebenso fasziniert wie von seinem Verstand. »Blitzgescheit«, meint er noch nach über fünfzig Jahren voller Bewunderung. »Eine solch außergewöhnliche Auffassungsgabe! In Friedenszeiten hätte er mein Freund sein können.« Da aber nicht Frieden herrschte, sondern Krieg, zudem noch ein Krieg, in dem die deutsche Front Kilometer um Kilometer zurück nach Westen gedrängt wurde, verwandelte sich der freundliche, einen Geruch von Rasierwasser und Tabak verströmende Sievers in einen kühlen Ankläger, der umso wütender wurde, je hartnäckiger Teodor sich weigerte, irgendeine Schuld zuzugestehen. Teodor sollte seinen Landesverrat einräumen, sein Wissen über den Untergrund ausbreiten, seine beiden Mitarbeiter »Stach« und »Proboszcz« denunzieren.

Teodor hatte vorher nicht darüber nachzudenken gewagt,

wie lange er, sollte er gefoltert werden, standhalten könnte. Er wusste nicht, welche Reaktion die Grenzsituation in ihm hervorrufen würde. Wie stark ihn die Schmerzensschreie von Gefolterten im Nebenzimmer, die Schläge, die er selbst ins Gesicht und in den Bauch erhielt, mürbe und gesprächig machen würden. Aber Teodor verhielt sich so, wie er fast nicht zu hoffen gewagt hatte. Er schwieg, als er blutig gepeitscht wurde und seine Zellennachbarn das am Körper geronnene Blut mit ihrem warmen Urin wieder lösten. Er schwieg, als man ihn zwang, bei den Exekutionen im Gefängnishof zuzusehen, wie der Holzklotz unter dem Verurteilten weggestoßen wurde und sich das Seil mit dem schweren Körper am Galgen straffte. Er schwieg sogar, als ihn die Wärter in einem Gymnastiksaal zu zwei schweren Schränken auf Rollen schleppten, ihn zwischen die Möbelstücke pressten und sie dann mit aller Wucht zusammenstießen, als sollte er plattgedrückt werden.

Teodor hielt mehr aus, als er selbst geglaubt hatte. Und zusätzlich noch hatte er Glück. Das große Glück, einen Verbündeten zu haben, der ebenso standhaft blieb wie er. Eines Tages wurde ihm der inzwischen ebenfalls aufgegriffene »Stach« mit völlig entstelltem, angeschwollenem Gesicht gegenübergestellt. Unter Androhung weiterer Schläge sollte sein ehemaliger Angestellter bestätigen, dass auch Teodor Müller für den polnischen Untergrund gearbeitet und damit sein Vaterland verraten habe. Doch »Stach« spielte die Rolle des polnischen Angestellten bis zum Schluss. »Herr Direktor Müller«, erklärte er nach endlosem Schweigen mit einem Ton der Verwunderung in der Stimme, »Herr Direktor Müller ist doch ein Deutscher!«

Einige Tage später erhielt Teodor einen Kassiber, in dem ihm »Stach« mitteilte, dass er auf seine Verlegung ins Konzentrationslager warte, »Proboszcz« sich hingegen bereits in Mauthausen befinde. Bei einer von einem Wärter ermöglichten kurzen Begegnung versicherte »Stach« außerdem, dass Sievers über keinerlei Beweise gegen Müller verfüge, da sowohl er als auch »Proboszcz« geschwiegen hätten. Das Treffen freute Teodor. Denn »Stach« wusste auch, dass der Aufstand in Warschau andauerte und das Ende der deutschen Okkupation kurz bevorstand. Das war im Oktober 1944.

Allerdings zog sich der Rückzug der Wehrmacht noch einige Monate hin, denn die Sowjetarmee stoppte ihren Vormarsch auf der Ostseite der Weichsel. So wurden Teodors deutsche Zellengenossen Alfred Nowacky, Georg Drescher und Heinrich Fulde noch nach Kalisch verlegt, wo der Volksgerichtshof Berlin über sie und weitere sieben Personen vom 6. bis 9. Dezember 1944 wegen der Vorbereitung zum Hochverrat und Feindbegünstigung verhandelte. »Die Angeklagten waren beschuldigt«, schrieb die *Litzmannstädter Zeitung*, das Organ der örtlichen NSDAP, am 20. Dezember, »sich für die polnische Widerstandsbewegung betätigt und damit der kämpfenden Gemeinschaft unseres Volkes in den Rücken gefallen zu sein«. Nowacky, Drescher, Fulde und vier weitere wurden zum Tode verurteilt und einen Tag bevor die Sowjetarmee Kalisch erreichte, im Wald von Skarszew bei Kalisch erschossen.

Würde ihn noch das gleiche Schicksal ereilen? Teodor blieb unruhig. Mochten die Abtransporte ins Konzentrationslager Sachsenhausen wegen Überlastung der Zugverbindungen auch stocken, so gingen die Hinrichtungen doch weiter – sie wurden nur vom Gefängnishof in die Wälder verlegt. Der einzige Trost in diesen Wochen voll innerer Spannung waren die Päckchen, die Teodor Freitag für Freitag von seiner Schwester Edith erhielt. Denn mit den Päckchen kamen auch Kassiber, und mit Edith verließ so mancher Kassiber wieder das Gefängnis. Edith hatte den immer zu Späßen aufgelegten Gefängnisdirektor Debuhr, dem es nach ein paar Gläsern Schnaps gefiel, bereits Strangulierten noch einen Kopfschuss zu verpassen, zwar mit einem Koffer voll Cognac und Schinken bestochen. Ihr Risiko war trotzdem hoch. Ein anderer Besucher, der mit einem Kassiber erwischt worden war, war sofort erschossen worden. Und je näher das Kriegsende rückte, desto hektischer und nervöser wurde die Stimmung im Gefängnis.

Damals wusste Teodor noch nicht, dass sich sein Verfahren in die Länge zog, weil die Anklage wegen Landesverrats um den Vorwurf der Hilfe für eine jüdische Familie erweitert worden war. So saß er ein bis zum 17. Januar 1945, als plötzlich alle Wärter verschwanden, stattdessen Männer der Gestapo die Gänge beherrschten und alle sechshundert Häftlinge in Viererreihen antreten mussten. Nun würde er fünf Minuten vor zwölf doch noch liquidiert, dachte Teodor, und eine tiefe Bitterkeit breitete sich in ihm aus. Der Marsch führte nach Norden, Richtung Radogoszcz. Doch an der Ecke Nowomiejska-Straße/Lagiewnicka-Straße wurde die Kolonne plötzlich von der Wehrmacht angehalten und zur Umkehr gezwungen.

Frierend hastete er mit den anderen zurück durch das Zentrum von Litzmannstadt Richtung Westen. In der Ferne hörte er schon das Artilleriefeuer der Front, doch neben ihm marschierten immer noch SS-Männer mit geladenen Gewehren. An Flucht war nicht zu denken. Es war kalt. Schnee fiel. Teodor setzte mechanisch einen Fuß vor den anderen. Er hatte Fieber, seine Gedanken verwirrten sich. Wozu noch durchhalten, meldete sich eine defätistische Stimme in ihm. Würde er sich über eine Niederlage der Deutschen überhaupt freuen können, wo doch seine Brüder ihr Leben in der Wehrmacht riskierten? Und wie sollte er sich den Sieg der Sowjets wünschen, wo er doch Deutscher war, Kapitalist dazu und mit dem antikommunistischen polnischen Untergrund zusammengearbeitet hatte? Wie er die Situation auch betrachtete: Für ihn schien es keine gute Lösung zu geben.

Als der Morgen graute, erreichten sie den Marktplatz des kleinen Ortes Szadek. Und hier war alles plötzlich zu Ende. Voll hilfloser Wut erschossen die Gestapo-Männer noch zwei Häftlinge in der ersten Reihe, dann machten sie sich aus dem Staub. Die Männer in der Kolonne erwachten wie aus einem dumpfen Halbschlaf – sie waren frei. Einige schrien und lachten wie von Sinnen, andere weinten. Noch andere fühlten sich vor allem beklommen. Wohin nun vor den nahenden Sowjets? Ihre kahl geschorenen Köpfe verrieten sie sofort als entlaufene Häftlinge. War das von Vorteil oder von Nachteil? Hilfsbereite Arbeiter aus Szadek versteckten sie vorsichtshalber in Kellerverliesen und versorgten sie mit warmer Milch, bevor die Sowjets schon eine Stunde nach ihnen in der Stadt einzogen. Erst im Schutz der anbrechenden Dunkelheit machte sich Teodor mit einigen Kollegen auf den Rückweg nach Litzmannstadt, das nun wieder Lodz hieß.

»So viele Zufälle in meinem Leben!« Müller schüttelt nach fünfundfünfzig Jahren den Kopf, als nötigten ihm die Fügungen des Schicksals umso größere Verwunderung ab, je länger er darüber nachdenkt. Er fällt in sich zusammen, sieht sich noch einmal im Haufen der abgemagerten, übermüdeten, verzweifelten Gestalten in der Kolonne. Ja, so ein Zufall. Hätte die Gestapo sie nur ein paar Stunden früher aus dem Gefängnis getrieben, wären sie nicht auf die zurückströmende Wehrmacht gestoßen. Hätte die Wehrmacht sie nicht zur Umkehr gezwungen, wären sie kurze Zeit später bis zu ihrem Zielort, dem Durchgangslager Radogoszcz, gelangt. Und wären genauso liquidiert worden wie die neunhundert Personen, die dort bis zum 17./18. Januar 1945 eingesessen hatten. Zeugt das nicht von seiner Besonderheit, dass ihn das Schicksal immer wieder vor dem Schlimmsten bewahrte?

»Es erscheint mir merkwürdig«, sagt Wisława Ślósarska, »dass dieser Herr, der von der Gestapo verhaftet und als Deutscher des Landesverrats angeklagt wurde, heil aus der Verfolgung herauskam. Ich bitte um ein einziges Beispiel, wo sich die

Gestapo in einer derartigen Situation mit Untersuchungen, Gerichten aufgehalten hätte – und das wochenlang.«

»Wenn er wirklich ein Landesverräter gewesen wäre«, sagt Tadeusz Kocik, »wäre er innerhalb kurzer Zeit nach einem Standgericht gehängt worden. Solche Gerichte arbeiteten schnell und effektiv.«

»Fast alle sind umgekommen, die in Posen festgehalten wurden«, sagt Halina Wesołowska, »und in Radogoszcz wurde das Gefängnis in Brand gesetzt. Aber der Verräter des deutschen Volkes T. Müller lebt und flieht sogar aus dem Transport der Gefangenen aus der Sterling-Straße. Eines Kommentars bedarf das nicht ... T. Müller versteckte sich mit Einverständnis seiner Mandanten in Lodz mit [seiner späteren Frau] Wanda Babińska. Die angebliche Absonderung im Gefängnis aus der Sterling-Straße, die Ausgänge, die Lieferung von Lebensmitteln, das Herausschmuggeln von Kassibern – alles eine Farce.«

»Mit ist bekannt«, schreibt dagegen Teofil Rosiński, der mit Müller zusammen im Gestapo-Gefängnis in Lodz saß, in einer eidesstattlichen Erklärung vom 16. Juni 1977, »dass die Verschickung Teodor Müllers in das Konzentrationslager Oranienburg-Sachsenhausen von der Gestapo gestoppt wurde wegen einer neuen Anklageschrift, d.h. wegen des Verbergens einer jüdischen Familie durch Teodor Müller.«

Ja, so viele Zufälle im Leben des Teodor Zygmunt Müller. Wieso sollte er nicht weiter auf seinen Glücksstern setzen und auf ein gutes Ende in der alten Heimat hoffen – auch wenn sich die Lage für die Familie bei Kriegsende grundlegend verändert hatte?

Vater August war unmittelbar nach dem Einmarsch der Sowjetarmee als Deutscher und Fabrikant vom russischen Sicherheitsdienst NKWD verhaftet worden und saß im Kellerverlies des Polizeigebäudes von Turek.

Der älteste Bruder Hugo war 1942 zur Wehrmacht eingezogen

worden. Vater August hatte die Musterungskommission in Kalisch zwar mit mehreren Kisten Alkohol zu bestechen versucht, aber die gefräßige Ostfront hatte Nachschub verlangt. Schon nach einigen Monaten war der Ortsgruppenleiter der NSDAP in der Fabrik mit dem gefürchteten offiziellen Schreiben mit dem schwarzen Rand erschienen. Hugo war am 19. Juli 1943, noch vor Teodors Verhaftung, als Angehöriger des 5. Grenadier-Regiments 466 bei Andrejevska in der Sowjetunion gefallen.

Auch Siegfried war nicht mehr in Turek. Auch er war an die Ostfront gekommen – allerdings nicht als gewöhnlicher Infanterist, sondern als Feldapotheker. Teodor hatte noch erfahren, dass Siegfried mit einer Eingabe an den Chef der Sicherheitspolizei und des Sicherheitsdienstes um seine Entlassung gebeten hatte. Doch in dem Antwortbrief vom Oktober 1944 war dem Oberapotheker Siegfried Müller mit Feldpost Nummer 15651 mitgeteilt worden, dass seiner Bitte aufgrund der Schwere der seinem Bruder zur Last gelegten Vorwürfe nicht entsprochen werden könne.

Dass Siegfried sich in englischer Gefangenschaft befand, war Teodor allerdings bei Kriegsende noch ebenso unbekannt wie die Tatsache, dass der jüngste Bruder Alfred in einem Wiener Krankenhaus lag und sich mit täglich zwei Teelöffeln Lebertran aus den UNRRA-Beständen der Amerikaner am Rande des Verhungerns befand. Als Sanitäter war er von Italien über Ungarn nach Rumänien immer mit der Front gezogen und schließlich bei einem dieser Fronteinsätze selbst verwundet worden. Stundenlang hatte er ohnmächtig im Dunkeln gelegen. Als ihn seine Kollegen schließlich gefunden und aus dem Dreck eines Grabens herausgezerrt hatten, war er bereits gelähmt. Immerhin überlebte er. Aber sein Leben als Behinderter, das viel länger dauern sollte als die unversehrte Jugend, konnte er nur noch als Invalide im Rollstuhl verbringen. Alfred Müller starb 1984 im Versehrtenheim von Bad Homburg.

Als Einziges der Kinder lebte bei Kriegsende noch Edith im Haus der Eltern. Da Turek nah an der Grenze zum Generalgouvernement lag, waren den Sowjetsoldaten keine Schreckensmeldungen über die Vergewaltigungen deutscher Frauen vorausgeeilt. Edith erwartete die neuen Herren zwar nicht ohne Angst, aber auch nicht ohne Hoffnung. Die Familie hatte nicht kollaboriert, vielleicht gab es die Chance, die Fabrik, die Spirituosengroßhandlung und das Haus auch in den neuen Zeiten zu verteidigen. In der Nacht vom 19. auf den 20. Januar, als die Deutschen den Ort schon verlassen, die Sowjets ihn aber noch nicht eingenommen hatten, blieb noch alles ruhig. Kaum jemand wagte sich auf die Straße, der Ort lag dunkel und still, der Strom war ausgefallen. Eine Nacht später jedoch brach mit der Dunkelheit das Unglück über sie herein. Erst kamen die russischen Soldaten. Laut und polternd und fluchend und doch wie Geister, deren Körper im Schein der Kerzen übergroße Schatten an die Wände warfen. Sie rissen die Vorhänge herunter, zündeten Bücher an, zerrten die Kleider aus den Schränken, zerschlugen im Keller die Gläser mit dem eingemachten Pflaumenmus und schlitzten das Sofa, die Steppdecken und Kopfkissen mit ihren Bajonetten auf, um nach Schmuck und Geld zu suchen.

Dann kamen die Polen. Trotz der Dunkelheit erkannten Edith und Wanda in den Umrissen die Arbeiter aus der Fabrik, erkannten Schulkameraden, Bekannte aus der Stadt, die sich plötzlich ohne jede Hemmschwelle am Eigentum ihres Nachbarn bereicherten und in den Lagerräumen der Fabrik drei, vier Stoffballen unter die Arme klemmten, um wankend mit der schweren Last wieder in der Dunkelheit zu verschwinden. Andere wagten sich völlig ungeniert ins Wohnhaus, holten unter den Augen der entsetzten Besitzer die Bettwäsche aus dem Haus, das gute Besteck, das Tafelgeschirr, die Teppiche, eine Geige, ja sogar den Flügel. Als der Morgen dämmerte, war das Haus geplündert, fast leer.

Völlig verschreckt und benommen, doch in der Überzeugung, am Tage geschützt zu sein, zogen sich Edith und Wanda in Teodors Zimmer zurück. Wanda lief sogar kurz zu ihrer Tante, um frische Kleidung zu holen. Als sie zurückkam, lag noch immer ein Russe auf Ediths Bett. Die Freundin kauerte blass und zusammengefallen in einer Ecke. Seitdem war etwas zerbrochen zwischen den beiden Frauen, und Wanda spürte zeitlebens den stillen Vorwurf: Warum bist du gegangen? Warum hast du mich allein gelassen? Warum hast du mir nicht geholfen?

Wanda brachte Edith zwar im Haus ihrer polnischen Tante unter. Doch schützen konnte sie sie auch dort nicht. Von der neuen kommunistischen Macht wurde sie wegen der deutschen Herkunft zur Zwangsarbeit herangezogen. Beschimpft und verhöhnt von denen, mit denen sie die Schulbank gedrückt, mit denen sie gespielt und später auch getanzt hatte, fegte sie Tureks Straßen: eine Deutsche, eine »Hitleristin«, ein unwertes Geschöpf, obwohl sie unter deutscher Okkupation auf polnischer Seite gestanden und wie Teodor für den Untergrund gearbeitet hatte.

Teodor sah mit Erschrecken, wie ungerecht die Rache war. Wie sie auch vor jenen nicht Halt machte, die – wie sein Vater – keinen Polen denunziert und schlecht behandelt oder die – wie seine Schwester – sogar ihr Leben für Polen riskiert hatten. Er sah die Willkür, der niemand Einhalt gebot; er spürte die Hysterie, die keine Nachsicht übte. Und doch war er überzeugt, er werde nicht nach denselben Regeln wie alle anderen gemessen werden. Obwohl Wanda ihn warnte, beschloss er, sich nicht zu verstecken, sondern öffentlich zu zeigen.

»Auf eine kindliche Weise setzt er auf das Gute im Menschen«, sagt Wanda. »Und er denkt, er sei ein Sonderfall. Auf ihn treffe nicht zu, was bei anderen gelte.«

Teodor Müller war fest davon überzeugt, dass das Schicksal Buch führen und ihn eines Tages für seine ungewöhnlichen

Leistungen belohnen würde. Dass es seine Verdienste anerkennen und würdigen würde gemäß der alten Weisheit, dass, »wer sich selbst erniedrigt, erhöht werden soll«. Und so wurde er unverzüglich bei den neuen Machthabern vorstellig, um die Freilassung des Vaters zu fordern.

Doch das Schicksal hielt nicht viel von der Gerechtigkeit. Der neue kommunistische Bürgermeister erklärte ihm im barschen Ton, dass die Müller'sche Fabrik verstaatlicht, Teodor wie alle anderen Deutschen ausgesiedelt würde und jede Fürsprache für seinen Vater nutzlos sei, da sich August Müller nicht in polnischem, sondern in sowjetischem Gewahrsam befinde.

Nicht genug damit: Gleich in dieser ersten Nacht in Turek kamen sie, um auch Teodor zu holen. Zwei Brüder Baszkowski – mit dem jüngeren hatte Wanda die Schule besucht – führten ihn zum dritten Bruder Baszkowski – ihn hatte Teodor während des Krieges regelmäßig mit Brennspiritus versorgt, den jener illegal in den umliegenden Dörfern verhökert hatte, um seinen Lebensunterhalt zu finanzieren. Er sei nur ein ausführendes Organ des sowjetischen Geheimdienstes NKWD, erklärte ihm Zygmunt Baszkowski und ließ auch ihn ins Kellerverlies abführen, wo sich sein Vater schon seit einigen Tagen befand.

Zum dritten Mal saß Teodor in derselben Zelle – nachdem er erst Gefangener der Polen und dann der Deutschen gewesen war, nun als Gefangener der Sowjets. Hatten ihn die Polen der Zusammenarbeit mit den Deutschen und die Deutschen der Zusammenarbeit mit den Polen verdächtigt, so beschuldigten ihn die Sowjets zur Abwechslung nicht des Landesverrats, sondern der Kollaboration mit dem Klassenfeind – dem »widerlichen Zwerg der Reaktion«, der Heimatarmee.

Wann seine Zusammenarbeit mit der Heimatarmee begonnen habe, wollte der sowjetische Offizier wissen und richtete das gleißende Licht einer Lampe auf ihn. Welche Funktion er im Untergrund innegehabt habe? Wer noch zu seinem Zirkel gehört habe? Und weil Teodor auch dieses Mal nichts zugab, sondern sich stur auf seine deutsche Herkunft berief, weil ihm das weniger gefährlich erschien als die Mitgliedschaft in der Heimatarmee, kam er gemeinsam mit dem Vater nach etwa zehn Tagen über das Gefängnis in der Kopernikusstraße von Lodz ins Lager nach Rembertów bei Warschau: einer Sammelstelle für die Deportation von Mitgliedern des polnischen Untergrunds, von Deutschen und ehemaligen russischen Kriegsgefangenen ins Innere der Sowjetunion.

Erneut tägliche Morgenappelle mit einem Frühstück, das aus einer Scheibe klebrigen Brotes und einer Brühe bestand, und schier endlose Tage, in denen es die Zeit totzuschlagen galt. Einerseits war Teodor äußerst vorsichtig bei der Kontaktaufnahme, vermutete er doch viele Spitzel im Lager. Andererseits suchte er aber auch Anschluss, um nicht gänzlich den Mut zu verlieren und um die neuesten Gerüchte auszutauschen.

Der letzte Transport war im März abgegangen. Doch obwohl bereits Ende April wieder die magische Zahl von zweitausend Häftlingen überschritten wurde, die angeblich die nächste Verschickung nach sich ziehen sollte, tat sich nichts. Zur Beruhigung seiner angespannten Nerven meldete sich Teodor als Schlosser in der Lagerschmiede und stellte Nägel her, mit denen die Viehwaggons, in denen die Gefangenen nach Sibirien gelangten, mit Brettern von außen zugenagelt wurden.

Endlich das heiß ersehnte Ende des Krieges: Die Wachmannschaften schossen Salven in die Luft, ließen Feuerwerkskörper steigen und besoffen sich. Einige Tage danach näherte sich ihm ein junger Mitgefangener. Obwohl er ihn mit seinem Pseudonym aus dem Untergrund ansprach, blieb Teodor vorsichtig und gab sich nicht zu erkennen. In der Nacht vom 20. auf den 21. Mai, fuhr der Unbekannte dennoch fort, werde die Heimatarmee einen Überfall auf das Lager unternehmen. Er, »Hugo«, sei verantwortlich dafür, einige ältere Häftlinge aus den Zellen zu befreien und ihnen aus dem Lager herauszuhelfen. Teodor war wie elektrisiert. Wieder gab es Hoffnung, und wieder war sie mit Angst vermischt. Würde es den Untergrundkämpfern gelingen, die gut bewaffneten russischen Posten zu überrumpeln? Kannten sich die Polen überhaupt im Lager aus? Und würde ihm mit den Männern die Flucht gelingen?

In der Nacht zum 21. Mai lag Teodor schlaflos wie viele andere auch. Er wartete. Und andere warteten auch. Doch Mitternacht ging vorüber, und nichts rührte sich. War die Aktion abgeblasen? Waren sie verraten worden? Dann, kurz vor ein Uhr, eine Explosion. Das Tor war gesprengt, eine wilde Schießerei setzte ein, Granaten explodierten, die Türriegel der Zellen wurden gewaltsam aufgebrochen, und die Freigelassenen stürmten hinaus. »Zum Tor«, schrie eine Stimme auf Polnisch, und dunkle Gestalten hasteten über den Schotterplatz Richtung Ausgang. Teodor holte die älteren Häftlinge aus ihrer Zelle und drängte mit ihnen ebenfalls über den Appellplatz zum Tor, obwohl es unter Beschuss eines Maschinengewehrs lag. Doch plötzlich verstummten die Gewehrsalven, und eine Menschenmenge riss Teodor und seine Schützlinge mit, hinter einem jungen Mann her, der »Mir nach!« schrie und sie hinaus ins Freie trieb und weiter, immer weiter, bis die Leuchtraketen immer kleiner wurden, die Schüsse kaum noch an ihr Ohr drangen und das Motorengeräusch heranrollender sowjetischer Verstärkung verstummte. In der Stille einer Waldlichtung machten sie Halt. Sie hatten es geschafft.

Aus den späteren Aussagen von beteiligten Untergrundkämpfern geht hervor, dass die Befreiungsaktion von insgesamt vierundvierzig Mann der Heimatarmee durchgeführt wurde und zwanzig bis fünfundzwanzig Minuten dauerte. Der Zählappell am nächsten Morgen im Lager ergab, dass dreißig bis vierzig Gefangene umgekommen und fünfhundertfünfzig entkommen waren. »Leider«, gab der Lagerhäftling Alfred Grabowski später zu Protokoll, »wurden viele wieder eingefangen, obwohl es manche bis zum Warschauer Stadtteil Praga und der Pontonbrücke geschafft hatten, dem einzigen sicheren Übergang auf das linke Weichselufer zu dieser Zeit. Es dauerte länger als zwei Wochen, bis alle eingefangenen Häftlinge mit Wagen und Pferdefuhrwerken ins Lager zurückgebracht wurden. Insgesamt wurden dreihundert Menschen eingesammelt« und durch den »Gesundheitspfad« geschickt, bei dem sie Wärter von beiden Seiten mit hölzernen Schlagstöcken so malträtierten, dass sie gebrochene Arme und Finger oder sogar geplatzte und gebrochene Schädelknochen hatten.

Teodor gehörte zu der Minderheit, die unauffindbar blieb. Er hatte mit seiner Gruppe bei den Nonnen des Klosters Węgrów Unterschlupf gefunden. Nach Monaten konnte er wieder baden, in einem sauber bezogenen Bett schlafen und sich satt essen. Zwar war seine Bewegungsfreiheit eingeschränkt, da in einem anderen Trakt des Klosters verwundete Sowjetsoldaten betreut wurden. Doch bei Dunkelheit machte er sich nützlich und versorgte die Partisanen in den angrenzenden Wäldern mit Lebensmitteln. Fähnrich Zdzich von der AK, der die Gruppe herausgeführt hatte, stellte ihm sogar einen falschen Ausweis auf den Namen Franciszek Jędrzejczak aus, wohnhaft in Węgrów, ulica Rucheńska 25.

Zwei Wochen wartete die Gruppe ab, um bei der Weiterreise nicht gleich wieder dem sowjetischen oder polnischen Geheimdienst in die Arme zu laufen – der Zahnarzt aus Lodz, der Jurist aus Warschau, der Mathematiklehrer aus Posen. Den einen drängte es danach, weiter mit der Waffe im Untergrund zu kämpfen, der andere sann auf Rache an dem Nachbarn, der ihn denunziert hatte; der Dritte schließlich wollte nur zurück zu Frau und Kindern, obwohl er sich damit wieder in Gefahr begab.

Teodor zog es zu Wanda. Und so ließ er sich eines Tages, als sich die Gelegenheit bot, von einem russischen Lkw bis in die ulica Piotrkowska, die Lodzer Hauptstraße, mitnehmen. Schon nach einer Stunde hatte er seine heimliche Verlobte über einen gemeinsamen Bekannten ausfindig gemacht. Endlich waren sie zusammen. In dem kleinen Zimmer, das ihr die Strumpfwarenfabrik vermietete, in der sie inzwischen arbeitete. Aber immer noch waren sie nicht getraut. Denn so, wie während des Krieges die Rassengesetze eine Ehe zwischen ihnen verhindert hatten, stand ihr jetzt Teodors unsicherer Status entgegen – er besaß nur illegale Papiere.

Dieses Mal fiel Teodor in die Hände der polnischen Sicherheitsdienstes. Er kam nach Sikawa, in das ehemals nationalsozialistische Arbeitslager einige Kilometer außerhalb von Lodz, in dem seit Februar 1945 deutsche Zivilisten saßen: Angehörige der deutschen Minderheit, die die Volksliste unterschrieben hatten. Zehn Stunden am Tag wuchtete Teodor fortan in einer Lehmgrube die schwere Erde hoch auf Loren. Nie zuvor hatte er ähnlich schwere Arbeit verrichtet. Gleichzeitig waren die Essensrationen so klein, dass ihn ständig der Hunger quälte. Mangelnde Hygiene und verdreckte Unterkünfte ließen außerdem Läuse und Wanzen zu einer unerträglichen Plage werden. Besser wurde es erst, als er in die Spinnerei der Firma Mix wechselte, wo er täglich zwölf Stunden an Maschinen Zwirn auf Spulen wickelte und in Unterkünften der Fabrik schlief.

Zwei- oder dreimal wurde er während der Lagerhaft in Sikawa zur Staatsanwaltschaft zitiert. Einige Einwohner aus Turek, darunter sogar Arbeiter aus seiner Fabrik, hatten ihn nicht nur beschuldigt, dass er sich 1940 zur deutschen Volkszugehörigkeit bekannt habe – was zweifellos den Tatsachen entsprach. Sie hatten ihm darüber hinaus unterstellt, er habe als Mitglied der NSDAP »zum Schaden der polnischen Bevölkerung mit dem Okkupanten zusammengearbeitet und zur Verschickung von Polen in Konzentrationslager« beigetragen. So jedenfalls stand es in dem Ermittlungsverfahren, das das Sondergericht

Lodz wegen angeblichen Landesverrats gegen ihn eingeleitet hatte.

Die Situation schien wieder einmal aussichtslos. Als Deutscher wäre er zur Ausreise gezwungen – aber er wollte mit Wanda in der Heimat leben und nicht in ein fremdes Land ausreisen. Er wollte Wanda auch heiraten, selbst wenn sie von Schulfreunden in Turek dafür gemieden und beschimpft wurde: Wie konnte sie nur mit einem Deutschen gehen – einem »szwab«, wie es verächtlich hieß? Warum verhielt sie sich nicht wie die gleichnamige Wanda aus der polnischen Legende, die lieber Selbstmord verübte und sich im Wasser der Weichsel ertränkte als einen Deutschen heiratete?

Wanda wagte Teodors Verteidigung und suchte nach Zeugenaussagen seiner früheren Kontaktpersonen, obwohl sie damit seine Arbeit für die Heimatarmee aufdecken musste und riskierte, dass er von der neuen kommunistischen Macht als »Reaktionär« bekämpft werden würde.

»Als Inspektor der Heimatarmee … fand ich nach meiner Ankunft in Turek Unterstützung bei Herrn T. Z. Müller«, schrieb Władysław Stępień (Pseudonym »Proboszcz«) in einer eidesstattlichen Erklärung vom 5. August 1946 aus Frankreich, wohin er bei Kriegsende geflüchtet war. »Herr T. Z. Müller hat mich zum Schein in seinem Betrieb angemeldet, hat mir entsprechende Passierscheine besorgt und mir so den Aufenthalt in diesem Gebiet erleichtert und mir die Möglichkeit verschafft, organisatorisch tätig zu werden.« Im November 1947 ergänzte er, dass er gewusst habe, dass Teodor Zygmunt Müller mit Zustimmung der Widerstandsbewegung die Volksliste unterschrieb: »Die Zustimmung zur Eintragung in die Volksliste erfolgte nur deshalb, weil Teodor Müller, der sich in ständigem Kontakt mit den lokalen deutschen Behörden befand, wertvolle Informationen über die häufig geheimen Verfügungen des Okkupanten liefern konnte und dass die ›fliegenden‹ Funktionäre der Organisation bei der Firma Müller juristische Deckung hatten und außerdem von den Verkehrsmitteln profitieren konnten, über die die Firma Müller verfügte.«

Stefan Ryta, der in Turek gewohnt und als Untergrundaktivist mit ihm im Gestapo-Gefängnis von Lodz gesessen hatte, bezeugte, »dass in Müllers Betrieb der Kommandant des Tureker Kreises (Pseudonym »Stach«) fiktiv gemeldet war und gearbeitet hat, ebenso wie der Inspektor dieser Organisation (Pseudonym »Proboszcz«) und der Bote »Jasio«.

Józef Majer, sein polnischer Fahrer, erklärte: »Schon im November 1939 gelang es [Teodor Müller], einem seiner Arbeiter, Karol Berliński, der von der Gestapo verhaftet und zum Tode verurteilt wurde, das Leben zu retten. Für meinen Vater schrieb Herr Müller Anträge, um meinen Bruder aus dem Konzentrationslager herauszuholen. Seine Arbeiter fuhr er zu einem Arzt in Lodz.«

Dreimal kam es zu Untersuchungsverfahren, dreimal kam es zu Prozessen, dreimal kam es zur Einstellung des Verfahrens aus Mangel an Schuldbeweisen. Teodor Müller war damit rehabilitiert. Aber bis es 1964 soweit war, lebte er mit ständigen Besuchen des Geheimdienstes, mit jahrelangen Ermittlungsverfahren, mit Denunziationen, Lügen und Misstrauen. Dabei hatte schon das Sondergericht Lodz am 1. August 1947 das Ermittlungsverfahren eingestellt, da sich die »Beschuldigungen bezüglich der Zusammenarbeit mit dem Okkupanten als völlig haltlos erwiesen hätten, umso mehr, als sie von Personen stammen, die daran interessiert sind, dass Müller sein Vermögen nicht zurückbekommt, da sie es entweder schon in Besitz haben oder Posten in seiner Fabrik bekleiden«.

Für einige Tureker Einwohner ist Teodor Müller jedoch bis heute die Symbolfigur des Kollaborateurs geblieben, eines allmächtigen dazu, dem alles angelastet wird, was den polnischen und jüdischen Einwohnern Tureks während der nationalsozialistischen Okkupation zustieß: »In den ersten Wochen der Besatzung wurden in Turek etwa fünfzig Personen erschossen«, rechnete Jan Wesołowski auf. »Ins so genannte Protektorat wurden etwa 2500 Personen aus allen Gesellschaftsklassen ausgesiedelt. Zur Zwangsarbeit nach Deutschland wurden etwa 10000 Personen verschickt, in Gefängnisse und Konzentrationslager kamen etwa 300 Personen. In Chełmno wurden etwa 3000 Tureker Juden ermordet, d.h. etwa 99 Prozent der gesamten Bevölkerung dieser Nation in unserer Stadt und unserem Kreis. Insofern ist die Frage begründet: Wer fertigte die Listen von Tureker Einwohnern für die Aussiedlung, für die Zwangsarbeit in Deutschland, für Verhaftungen und Verwahrung in Gefängnissen und Konzentrationslagern an, wer ermordete fast alle Juden?«

»Jan Wesołowski hat vier Jahre im Konzentrationslager gesessen«, sagt Wanda, die sich mit dem nur zwei Jahre Jüngeren während der Schulzeit manchmal zu Ausflügen in den Wald traf oder mit ihm schwimmen ging. »Ich kann den Hass auf die Deutschen verstehen. Aber ich kann nicht verstehen, warum er sich gegen Teodor richtet. Er suchte wohl jemanden, an dem er sich rächen konnte.«

1957 stellte Teodor Müller seinen ersten Ausreiseantrag. Das Leben in dem Land, das sich seiner Zuneigung so verweigert hatte, erschien ihm nicht mehr lebenswert. Doch er musste über achtzehn Jahre warten. Erst am 20. März 1976 konnte er mit seiner Familie Polen verlassen. Da war er sechsundsechzig Jahre alt und bereits seit achtzehn Jahren Invalide.

Er jammert heute nicht, er beklagt nicht die Schlechtigkeit der Welt. So wie es war, war es gut, denn es war für ihn vorgesehen. Und keine Prüfung, die ihm Gott auferlegte, war so schwer, dass er unter ihr zusammengebrochen wäre. Vor allem blieb ihm Wanda erhalten, in bösen wie in guten Zeiten. Wanda, die ihr Schicksal an das seine gebunden hat, obwohl es sie ihrer Heimatstadt entfremdete und in die Ferne verschlug. Die ihn mit ihrer immer noch hellen, fast mädchenhaften Stimme beruhigen und trösten kann, die sein Gedächtnis ist und seine Partnerin und seine Köchin. Die ihm trotz schwerer Krisen auch nach vierundfünfzigjähriger Ehe liebevoll zugewandt ist.

Ihr erstes Kind, Sohn Olaf Maciej, kam im Februar 1947 zur Welt. Er kränkelte von Anfang an, bekam schon in der Klinik Fieber, konnte nicht richtig saugen und war ohne Widerstandskraft. Kurze Zeit nahm Wanda den Jungen mit nach Hause. Doch als er drei Tage und Nächte ununterbrochen schrie, ließ sie sich mit dem Firmenauto der Nachbarin zurück in das Breslauer Elisabethenkrankenhaus bringen. Es sei zu spät, sagte der Arzt da, das Gehirn des Kleinen sei bereits beschädigt. Wahrscheinlich hatte er Hirnhautentzündung. Nur drei Wochen nach der Geburt ist Olaf Maciej in der Klinik gestorben. Und in der Straßenbahn haben sie den kleinen Sarg auf den Grabiszyiński-Friedhof, den ehemals evangelischen deutschen Kommunalfriedhof, gebracht, wo sie sein Grab bis heute von Bekannten pflegen lassen.

Ihr zweites Kind, Tochter Joanna, wurde im Januar 1949 geboren. Zwei Monate zu früh kam es zur Welt, da Wanda verletzt worden war, als bei der Renovierung des Warenhauses, in dem sie arbeitete, Bauschutt aus den höheren Stockwerken herunterfiel. Zwei Monate zu früh setzten Blutungen ein, auch Wasser floss ab, und eine Hand des Kindes verstopfte den Ausgang. Entweder sie oder das Kind würden sterben, erklärten die Ärzte, als sie die Operation mit einer Ätherbetäubung wagten. Doch das Schicksal ließ Mutter und Kind überleben. Es war wie ein Wunder.

Nach der Geburt konnte Wanda nicht mehr schlafen und ließ auch andere nicht schlafen, da sie – allein gelassen – nachts überall Bedrohungen witterte. Sie hörte auf zu essen und ignorierte das Kind. In der Brust staute sich die Milch und musste gewaltsam abgepumpt werden. Die Knoten, die sich danach zeigten, erwiesen sich als Krebs. Später, schon in Deutschland, wurden Wanda wegen der Metastasen eine Niere, die Brust und die Schilddrüse entfernt. Teodor hingegen lief damals täglich mehrere Kilometer durch die verwüstete Breslauer Innenstadt zur Poliklinik, um Milch von anderen Frauen zu kaufen. Denn Wanda lebte in einer anderen, einer imaginierten Welt. Erst als sie in der Psychiatrie mit Elektroschocks behandelt wurde, erwachte wieder ihr Sinn für die Realität.

Trotz ihrer schrecklichen Angst vor einer weiteren Geburt wurde sie nach sieben Jahren noch einmal schwanger. Ihr drittes Kind, Sohn Joachim, wurde im September 1955 geboren. Er wog viereinhalb Kilogramm, aß gern und immer gierig. Er war ein ruhiges Kind, fast autistisch, das sich selbst mit dem Kissen in den Schlaf wiegte. Nach der Ausreise aus Polen studierte er Volkswirtschaft in Berlin. Doch dann begann die Zeit von Solidarność, und sein Zimmer im Studentenheim wurde zur Anlaufstelle für bekannte und unbekannte Polen auf ihren Reisen in den Westen. Als ihn die Situation schließlich überforderte, zog Joachim 1980 überstürzt und ohne sein Studium abzuschließen zu seinen Eltern nach Bad Homburg. Sein Geld verdiente er, indem er für eine Autowerkstatt in Breslau Ersatzteile in Deutschland besorgte.

Der erste Anfall 1986 war als Epilepsie diagnostiziert. Dass es sich schon um Krebs gehandelt hat, ergaben erst spätere Untersuchungen. Fünfmal wurde Joachim operiert, bevor er – schon blind – 1996 verstarb.

Zur Jahrhundertwende hat Teodor Müller das biblische Alter von neunzig Jahren erreicht. Er geht weiter einkaufen. Er besucht weiter die Frankfurter Buchmesse. Er bringt den Besuch zum Bahnhof und trägt der Dame wie ein Kavalier der alten Schule den Koffer auf den Bahnsteig. Er bewegt sich aufrecht und ohne Unsicherheit. »Es muss doch einen Sinn haben, dass ich so alt geworden bin«, sagt Teodor Müller. »Vielleicht soll ich Zeugnis ablegen über mein Leben. Vielleicht von all den Zufällen berichten.« Damit nicht andere Recht erhalten, die nur in gestanzten Mustern denken.

Zbigniew Czarnuch

Orte der geistigen Verwurzelung

Es war Zufall, dass Zbigniew Czarnuch in Witnica landete. Denn zufällig wurde in diesem kleinen Ort zwischen Küstrin und Landsberg schon das vierte Mal innerhalb eines halben Jahres die Stelle des Bürgermeisters frei – und sein Vater nahm das Angebot an. Es lockte ihn. Der gerade Vierzigjährige wollte noch etwas probieren im Leben. Zwar hatte er sich vor dem Krieg ein Haus in der mittelpolnischen Kreisstadt Wieluń gebaut, in das nach Kriegsausbruch sofort ein deutscher Beamter einzog. Doch als er bei Kriegsende in die Stadt zurückkam, hatten sich bereits andere Polen eingenistet.

Und so brach die Familie Czarnuch auf ins Unbekannte. Im Herbst 1945 saß der fünfzehnjährige Zbigniew das erste Mal in seinem Leben in einer Eisenbahn. Schon das war aufregend. Noch aufregender allerdings war der Gedanke an das Reiseziel – an den fremden, unbekannten Ort, der in einigen Dokumenten zunächst als Wicin auftauchte und schließlich Witnica heißen sollte. Ein Ort in den neuen, den »wiedergewonnenen« Westgebieten, der ein halbes Jahr zuvor noch Vietz geheißen hatte und von Deutschen bewohnt worden war. Angespannt saß Zbigniew am Fenster, sah Häuser, Straßen, Bahnstationen vorbeifliegen – ja, es wurde anders. Anstelle der üblichen Flachdächer, die weitgehend das Straßenbild in seiner Heimat bestimmten, trugen die Gebäude hier alle hohe, spitze Giebel und waren aus roten Ziegelsteinen gemauert. Viel reicher mussten die Menschen hier gewesen sein, wenn sie sich ein- oder gar zweistöckige, stuckverzierte Häuser mit Giebeln und Erkern leisten konnten – Häuser wie Vaters neue Dienstwohnung, bei der nicht einmal die anliegende Hauptstraße störte, da die Fuhrwerke hier nicht mit großem Getöse über holprige Feldsteine rumpelten, sondern ruhig und fast elegant über ebenmäßige Quader glitten.

Zbigniew verstand nicht, warum einige Nachbarn in Wieluń den Vater für einen Desperado halten und der Meinung sein konnten, nur Hasardeure, Schieber und Flüchtlinge seien so leichtsinnig oder verzweifelt, sich in den »wiedergewonnenen« Gebieten anzusiedeln. Ja, man redete über den Dritten Weltkrieg, der angeblich in der Luft lag. Man redete auch über die Deutschen, die schon ungeduldig darauf warteten, in ihre Städte und Dörfer zurückzukehren. Doch Zbigniew fand die Lage weniger beängstigend als herausfordernd. Hier war Pionierarbeit zu leisten. Hier galt es, polnischen Patriotismus zu beweisen. So wie 1920 in der Schlacht an der Weichsel, als sein Vater schon einmal erfolgreich polnische Erde verteidigt hatte – damals allerdings gegen die Rote Armee. Begeistert stimmte er in das Untergrundlied aus dem Zweiten Weltkrieg ein:

Für uns aus den verbrannten Dörfern
Für uns aus den hungernden Städten
Ist für den Schmerz, das Blut und die Jahre von Tränen
Jetzt die Zeit der Rache gekommen

Zbigniew war ein glühender Patriot. Zwar hatte er vor dem Krieg nur zwei Jahre lang die Schule besucht und während des ganzen Krieges Zwangsferien gehabt. Aber schon dem kleinen Kind hatte die Mutter Gedichte und Märchen über die patriotischen Gebote eines jeden Polen vorgetragen: über die Treue zum Vaterland und die Pflicht, es gegenüber seinen Feinden im Osten wie im Westen zu verteidigen. Das Gedicht vom Fürsten Poniatowski etwa, der sich, als er nach beschwerlicher Reise Rast machen möchte bei armen Leuten im Wald, die misstrauische Frage seiner patriotischen Landsleute gefallen lassen muss:

Ist der Herr auch kein Russe oder etwas Ähnliches?
Denn Feinde nehmen wir nicht auf in unserem Haus!

Oder das Gedicht von Maria Konopnicka, mit dem diese die Versuche Bismarcks, die Polen zu loyalen preußischen Untertanen zu machen, kämpferisch zurückgewiesen hatte:

Nicht mehr wird der Deutsche uns spei'n ins Gesicht,
die Kinder uns nicht germanisieren.
Bald kommt der Waffen ehernes Gericht,
der Geist wird uns anführen.
Blitzt nur der Freiheit goldenes Horn – zur Wehr!
Dazu verhelf' uns Gott der Herr!

Zbigniew war aufgewachsen mit den Romanen von Henryk Sienkiewicz, in denen sich polnische Idealgestalten tapfer gegen die Kosaken, die Schweden, Türken und auch gegen den Deutschen Orden zur Wehr setzen. Ebenso vertraut waren ihm die Heldengeschichten von General Tadeusz A. Kościuszko, der sich, bevor ihn die preußisch-russische Übermacht vernichtend schlug, im Kampf bei Racławice 1794 standhaft behauptet hatte. Patriotismus erschien in der Familie Czarnuch als nahezu heiliger Wert. Und so schmückte man den Christbaum zu Weihnachten statt mit den üblichen Engeln mit Produkten von Zbigniews künstlerisch und handwerklich begabten Onkeln – mit nationalen Helden und Menschen in Volkstrachten.

Die Deutschen, so hatte Zbigniew im Elternhaus gelernt, waren neben Russland Polens bedrohlichster Feind. Angefangen von den Kreuzrittern über Friedrich den Großen bis hin zu Bismarck und Hitler hatten sie seine Existenz immer wieder auszulöschen versucht. Die wenigen deutschen Mädchen und Frauen, die Zbigniew bei seiner Ankunft im Herbst 1945 noch in Witnica antraf, taten ihm deswegen auch kaum Leid, wenn sie, schon von weitem an ihren Kopftüchern erkennbar, verschreckt und stumm den Schutt von den Straßen räumten. Hatte er eine ähnliche Szene nicht fünf Jahre früher schon einmal erlebt – in seiner Heimat, wo, noch hilfloser und noch verschreckter, Juden unter deutscher Aufsicht das Gras zwischen den Straßensteinen mit Löffeln wegzukratzen und mit bloßen Händen Klärgruben zu leeren hatten? Sollten doch die Familien der deutschen Facharbeiter, die zurückbehalten worden waren, um den Betrieb der Brauerei, der Möbel- und Kachelfabrik im Ort aufrechtzuerhalten, wenigstens einen Teil dessen wieder gutmachen, was ihre Landsleute den Polen angetan hatten!

Ja, Zbigniew war wohl ohne jedes Gefühl von Mitleid damals. Aber war das seine Schuld? Immerhin hatte sich schon der Neunjährige auf der Flucht bei Kriegsausbruch in Todesangst vor den deutschen Flugzeugen in die Ackerfurchen werfen müssen. Immerhin hatte schon der Neunjährige erlebt, wie damals im Treck, in der hysterisch aufgeladenen Menge, allein der Verdacht ausreichte, jemand sei ein deutscher Spitzel, und schon hatten sich seine Landsleute auf den vermeintlichen Verräter geworfen, um ihn zu erschlagen oder zu steinigen oder zu erschießen. Auch wenn Zbigniew im Vergleich zu Umgesiedelten, Zwangsarbeitern und politisch oder rassisch Verfolgten im Krieg noch ganz gut weggekommen war – auch er hatte vor Angst gezittert, als das deutsche Besatzungsregime begann, die polnische Intelligenz zu verfolgen. Nur durch zeitweilige Flucht hatte sich der Vater als Gemeindesekretär der Verhaftung entziehen können. Auch hatte er mit ansehen müssen, wie deutsche Militärfahrzeuge den Ort Osjaków umzingelten, wohin sich die Familie zurückgezogen hatte, wie die Juden in der Kirche zusammengetrieben wurden, wie Schüsse fielen und Rauch aufstieg und die Juden verschwanden. Er hatte erlebt, wie berittene deutsche Gendarmen einen an den Händen gefesselten Polen zwischen ihren Pferden über die Straßen schleiften. Und wie der deutsche Gendarm nicht nur regelmäßig die Lebensmittelabgaben einforderte, sondern nach und nach fast alle Möbel der Familie requirierte, weil immer mal wieder ein neuer deutscher Kommandant kam und – »Wie schön! Wie schön!« – ausgerechnet die Wanduhr, die Sessel oder das Besteck der Czarnuchs das neue Quartier des Herrenmenschen wohnlich machen sollten. Zbigniew hatte auch immer wieder von den Morden gehört, die auf der für seinen Bezirk zuständigen Polizeistation verübt wurden, die Gott sei Dank im Nachbardorf lag.

Rache und Gewalt erschienen ihm deshalb nach dem Krieg als eine »ganz normale Sache«. Fast jeder seiner Pfadfinderkollegen besaß eine Waffe. Und da Karabiner und Pistolen schon nicht mehr zu beschaffen waren, kaufte sich Zbigniew wenigstens eine Leuchtpistole, die er zum großen Entsetzen der Nachbarsfrau, der noch der Schrecken vom Warschauer Aufstand in den Knochen steckte, im gemeinsamen Korridor ausprobierte. Die Zeit war rau, nicht nur gegenüber den Deutschen. Noch 1948 landete einer seiner liebsten Lehrer als »Auswurf der Reaktion« im Gefängnis.

Zbigniew musste sich innerlich deswegen nicht überwinden, als der Vater ihn, den Leiter der Witnicer Pfadfinderorganisation, eines Tages im Herbst 1945 bat: »Kannst du die restlichen Spuren des Deutschtums im Stadtzentrum beseitigen?« Da nahm Zbigniew seine Pfadfinder, zog mit Farbe, Pinsel, Hammer und Meißel los, übermalte hier einen Namenszug und riss dort ein Firmenschild ab, nur an dem Schriftzug der Molkerei wäre er fast gescheitert. Denn als er die blechernen Buchstaben entfernt hatte, hob sich – genauso gut sichtbar – die Inschrift als heller Schatten von der Wand ab. Und nachdem er den Schatten mit Hammer und Meißel aus dem Putz geschlagen hatte, starrten ihn die Löcher in der Wand an – noch jahrelang, da niemand an einer Ausbesserung interessiert war. So verhöhnte ihn die Materie bei der Aktion, die sich »Zähmung der Landschaft« nannte und die Vernichtung deutscher Spuren meinte. Gesiegt hatte er jedenfalls nicht.

Damals verschwendete Zbigniew nicht viele Gedanken auf die Deutschen. Er stimmte ganz mit der offiziellen Geschichtsschreibung überein: Polen hatte die deutschen Ostgebiete nicht besetzt, nicht erobert, sich nicht gewaltsam angeeignet, auch nicht als Ausgleich für die im Osten an die Sowjetunion abgetretenen Landstriche erhalten. Vielmehr waren endlich jene Gebiete an Polen zurückgefallen, die ihm aufgrund ihrer ursprünglich slawischen Besiedlung seit alters her zugestanden hatten. Selbst nach siebenhundert Jahren diente das ehemalige Piastenreich noch als Rechtfertigung polnischer Ansprüche auf Pommern und Schlesien.

Ja, wir sind hierher *zurückgekehrt*, war Zbigniew überzeugt. Auf das Land, das sich Deutsche unrechtmäßig angeeignet hatten. Wie sollte er da Mitleid mit ihnen empfinden? Sein Mitleid galt vielmehr den ärmlichen und verschüchterten Gestalten, die aus den Waggons quollen, wenn wieder ein Transport aus Ostpolen angekommen war. Nur in der Anfangszeit gab es für sie noch Platz in ehemals deutschen Häusern und in einer Herberge, dann nächtigten sie unter erbärmlichen Bedingungen sogar auf dem Bahnhof. Es gab gar keine andere Lösung: Alle Deutschen mussten vertrieben werden, damit die vertriebenen Polen Platz fanden. Darin bestand für ihn die Gerechtigkeit der Geschichte.

Mit einer Ideologie, meint Czarnuch heute im Alter, verkleiden wir im Grunde nur unsere persönlichen Probleme. So sei sein fast fanatischer Gerechtigkeitsdrang letztlich wohl aus der bitteren Zurücksetzung in der Kindheit erwachsen. Immer war der Bruder besser: Er konnte den Ball halten, selbst wenn er noch so hart geflogen kam, während er Zbigniew durch die Hände glitt. Er war als gewandter Fußballspieler begehrt, während der linkische Zbigniew am Rande stand. Er machte es der

Mutter immer recht, während Zbigniew gescholten wurde, weil seine Hände schmutzig waren oder die Hose zerrissen war. Stets fühlte sich Zbigniew benachteiligt und zurückgesetzt. Um aus dieser unterlegenen und hilflosen Position herauszukommen, wählte er als Jugendlicher den Gegenangriff, schrieb den Kampf gegen Unrecht und Ungleichheit auf seine Fahne und wurde zum Anwalt aller Entrechteten. Schnell stieg er im Witnicer Pfadfinderverband zu einem der führenden Aktivisten auf, hielt das außerordentlich großzügige Lokal instand, das ihnen sein Vater als Sitz zugewiesen hatte, organisierte Wanderungen, Sommerlager, Tanzabende. Da er zudem noch im Kirchenchor sang, war er rund um die Uhr mit dem Dienst am Vaterland beschäftigt.

Zunächst orientierte er sich an der *»armia krajowa«*, der bürgerlichen Heimatarmee aus dem Zweiten Weltkrieg. Das entsprach seiner patriotischen Erziehung wie auch seiner aktuellen Erfahrung: Konnten die Kommunisten vor Ort nach nur zwei oder drei Jahren Schulbesuch doch nicht einmal richtig schreiben und sich erst recht nicht gesittet benehmen. Zbigniew war so trotzig-bedingungslos gegen das neue System, dass er bei dem Referendum 1946 gegen die offizielle »Dreimal-Ja«-Propaganda den Grundsatz von dreimal »Nein« verkündete. Damals ließ die neue pro-kommunistische Regierung, um sich eine demokratische Legitimierung für ihre Politik zu holen, alle Bürger über drei Fragen abstimmen: Bist du – erstens – für die Abschaffung des Senats? Bist du – zweitens – für eine Agrarreform und die Verstaatlichung der Großindustrie? Bist du – drittens – für die Anerkennung der Oder-Neiße-Grenze als polnischer Westgrenze? Selbst im dritten Fall plädierte Zbigniew entgegen der eigenen politischen Auffassung für ein »Nein«. Hauptsache, er war dagegen.

Nach vier, fünf Jahren erfolgte ein radikaler Umschwung. Es quälte ihn, dass die, die er verachtet hatte, die Macht nun unangefochten in Händen hielten, er hingegen mit seinen antikommunistischen Pfadfindern ins Abseits zu gleiten drohte. Er wollte nicht wieder wie als Kind an den Rand gedrängt werden. Auch er wollte Einfluss nehmen auf die Geschicke des Landes und teilhaben am Aufbruch im Sozialismus. Die Rationalität des Marxismus erschien dem angehenden Studenten plötzlich als Zauberlehre für die Zukunft – damit ließ sich nicht nur die Vergangenheit erklären, damit ließ sich vor allem eine schöne, neue Welt planen. Vor dem inneren Auge sah er schon eine in sozialistischer Moral gereifte Jugend, bei der wie bei Makarenko Kopf- und Handarbeit zusammenflossen, die das Böse entlarvte und sich dem Gemeinwohl mehr verpflichtet fühlte als dem individuellen Aufstieg oder dem Privatleben.

Zbigniew Czarnuch studierte Geschichte und Marxismus-Leninismus; er wurde Vorsitzender des sozialistischen Jugendverbandes an seiner Fakultät an der Universität Posen und warb bei den Bauern auf dem Land (erfolglos) für den Eintritt in die neu gegründeten Genossenschaften. Er las begeistert die Produktionsromane des sozialistischen Realismus, weil ihn die Wertschätzung des einfachen Mannes mit Zufriedenheit erfüllte, und verehrte die große, die heroische Sowjetunion als das Vaterland aller Erniedrigten und Verfolgten. So wurde er Parteimitglied, denn er glaubte.

Doch weil ihn eine tiefe christliche Moral an das Gebot der Wahrheit band, sagte er auch weiterhin, was er wirklich dachte. Und er dachte, dass es unmoralisch und opportunistisch sei, wenn seine Studienkollegen in den kommunistischen Jugendverband ZMP eintraten, obwohl sie sich darüber amüsierten, dass er 1953 einen Trauerflor am Stalinbild über seinem Bett anbrachte. Er dachte, dass es vermessen und arrogant sei, wenn Parteimitglieder den Klassengegner und imperialistischen Feind in schärfsten Tönen verteufelten, ohne sich jemals die Argumente von Radio Freies Europa angehört zu haben. Und er dachte, dass es anmaßend und autoritär sei, wenn die Parteileitung bei offiziellen Aufmärschen Flugblätter verteilte, in denen sie den Demonstranten vorschrieb, was sie zu skandieren hätten. Der Kommunismus gefiel Zbigniew zwar als reine Lehre, nicht aber in seiner Verkörperung durch die Partei. Und so ging, als er nach dem Studium von Posen und Warschau zur ersten Arbeit ins wieder schlesische Grünberg wechselte, seine Parteimitgliedschaft auf dem Weg einfach irgendwo verloren.

Hier zeigte sich ein Charakterzug, der Zbigniew Czarnuch bis zum Zusammenbruch des Kommunismus 1989 immer wieder in Konflikte mit den staatlichen Strukturen bringen sollte. Mit einer Haltung, die der eines Protestanten weit näher kam als der eines Katholiken, rieb er sich an allem, was doppelzüngig, was autoritär oder opportunistisch war. Selbst minimale Zugeständnisse im Alltagsleben widerstrebten seinem Gerechtigkeits- und Wahrheitssinn, und mit pubertärer Energie stritt er noch im fortgeschrittenen Alter für die von ihm jeweils als richtig erachtete Meinung. Er war zwar ein Aktivist und Agitator – aber er warb nur für das, was er moralisch billigte. Und dann ohne Bereitschaft zu Kompromissen.

In der Pädagogik akzeptierte er nicht den Primat der Politik, sondern suchte die Persönlichkeit durch Spiele, Phantasie und den Mut zur Selbstbestimmung zu entwickeln. Er, der sich selbst nicht unterordnete, gestand auch den Mitgliedern seiner nach dem Schriftsteller und Liedtexter Kornel Makuszyński benannten Pfadfindereinheit das Recht auf Widerspruch zu und offenbarte ein verdächtiges Interesse für alle, die anders waren: eine andere Herkunft hatten als die meisten, einer anderen Religion anhingen als die meisten oder anderen kulturellen Mustern folgten als die meisten – eben schutzbedürftig waren.

So kam das Jahr 1967.

»Hast du Probleme mit deinen Juden?«, fragte ihn ein Bekannter interessiert. Nein, Czarnuch hatte keine Probleme mit seinen Juden, noch nicht. Nur Sioma Fajtlowicz aus seiner Pfadfindereinheit war einmal auf der Straße geohrfeigt worden, weil er Jude war. Während sich die Parteiideologen nach dem israelischen Sechstagekrieg bereits in antisemitischen Attacken überboten und in Warschau oppositionelle Flugblätter der Studenten zirkulierten, wagte in Grünberg noch niemand, mit ausgestrecktem Finger auf Mitbürger jüdischer Herkunft zu zeigen. An dem Gymnasium, an dem Czarnuch, inzwischen wieder Mitglied der Partei, zum Direktor aufgestiegen war, herrschte zudem noch eine besondere Situation. Es war die einzige Schule im Ort ohne das Fach Religion, entsprechend hoch war die Zahl der Kinder aus kommunistischen – auch jüdischen – Intelligenz-Familien. Der antisemitische Wind kam daher von außen und frischte nach Art des Pawlow'schen Reflexes auf, als Czarnuch Mietek Fajtlowicz, den Bruder von Sioma, in einer Fernsehsendung über die Makuszyński-Pfadfinder auftreten ließ. Denn Mietek sah so aus, wie Polen denken, dass Juden aussehen: schwarze Haare, dunkle Augen und eine ausgeprägte Nase. Wie kam Czarnuch dazu, ausgerechnet einen Juden als Vertreter der polnischen Pfadfinder auftreten zu lassen? Musste er nicht selbst ein Jude sein, wenn er sich für ihn einsetzte?

Auch Czarnuchs pädagogische Prinzipien gerieten unter Beschuss: Statt die Staatsräson Volkspolens gerade in dieser schwierigen Lage zu verteidigen, bestärkten seine Diskussionen, so hieß es unter den Kollegen, Zweifel am Handeln der Politiker. Welche Schlussfolgerung etwa sollten Schüler aus Lenins Formel »Wir brauchen Menschen, die sich keiner Autorität fügen« ziehen? Was sollten sie denken von Edward Dembowskis These »Freiheit ist Schöpferkraft, Schöpferkraft ist Freiheit. Ein unfreier Mensch kann nicht schöpferisch tätig sein, sondern nur nachahmen«? Passte es nicht wunderbar zusammen: Czarnuch musste Jude sein, denn er war ein Liberaler und Kosmopolit. Um die Herkunft seines Vaters und seiner Mutter zu überprüfen, ließ der Sicherheitsdienst sogar seine Familientradition in Witnica untersuchen.

Für Czarnuch war die Toleranzgrenze erreicht. Er kündigte und verließ die Stadt. Hatte er den Kommunisten nicht auch deshalb den Vorzug vor den Bürgerlichen gegeben, weil sie gerade keine Nationalisten, sondern Internationalisten waren?

Juden kannte Czarnuch aus seiner Kindheit. Das Ehepaar Waksman bewohnte mit seinen beiden Kindern die zweite Wohnung im selben Stock genau gegenüber. Vater Waksman zählte zu den Reichsten am Ort; er war Teilhaber einer Gerberei und Eigentümer des Hauses, in dem auch die Familie Czarnuch wohnte. Die verhärmte Jüdin hingegen, die das kleine Geschäft im Erdgeschoss führte, lief schon wegen fünfhundert Gramm Zucker zum Großhändler, weil sie sich größere Bestände nicht leisten konnte. Scherzhaft pflegte Vater Czarnuch zu sagen, mit einem einzigen Monatslohn könne er den gesamten Laden aufkaufen. Dabei war auch er als Gemeindesekretär nur ein durchschnittlich verdienender Beamter.

Die Erwachsenen im Haus hatten wenig Kontakt untereinander – nur manchmal bot Frau Waksmann Zbigniews Mutter eine Ente oder eine Gans verbilligt zum Kauf an, wenn sich beim Ausnehmen herausgestellt hatte, dass ein Nagel oder ein Geldstück im Magen des Tieres lag und es nicht mehr koscher war. Die fast gleichaltrigen Kinder hingegen bildeten eine Solidargemeinschaft. So jedenfalls hat es sich in Czarnuchs Erinnerung festgesetzt.

Einmal kam es zu antijüdischen Straßenkrawallen. Ein Pole hatte ein neues Geschäft eröffnet und verkaufte die Waren im Unterschied zu den Juden zu festen Preisen. Der Priester, beglückt über die polnische Alternative, hatte den Gläubigen nachdrücklich von der Kanzel eingeschärft: »Kauft nicht beim Juden!« Und so waren die Gläubigen, ermutigt durch Gottes

Segen, randalierend durch die Straßen gezogen und hatten die Scheiben der jüdischen Geschäfte eingeworfen. Damals war Yitzhak, der kleine, kränkelnde Junge aus dem Erdgeschoss, vor der höhnischen und pöbelnden Menge mit wehenden Schläfenlocken in den Hof geflohen; und die Hofkinder hatten ihn geschützt und die Tür verriegelt. Juden waren zwar wunderlich, aber sie gehörten zur ganz normalen Welt, die Zbigniew bei seiner Geburt vorgefunden hatte. Die Welt war eben so, dass Menschen, auch wenn sie gleich nebenan wohnten, sich in einer Sprache verständigten, die ihm unverständlich blieb. Lange beschäftigte er sich in seiner Phantasie auch mit Yitzhaks Geständnis, am Sabbat dürfe er auf dem Klo kein Papier benutzen. Nur kichernd konnte er daran denken.

Aber musste man nicht auch den Kopf vor Verwunderung über den katholischen Priester schütteln, der Kinder von seinem Anwesen mit einer Schrotflinte vertrieb, die er mit Pfefferkörnern geladen hatte? Oder über den Vater, der auf die Jagd ging, wenn andere den Gottesdienst besuchten? Die Welt war eben voll von wunderlichen Dingen, voll von Widersprüchen, die nicht aufgelöst werden konnten. Und so, wie sich Zbigniew daran gewöhnt hatte, dass Vater und Großvater sich bei jeder Begegnung stritten, weil der eine Anhänger des Sozialisten Józef Piłsudski und der andere ein Anhänger des Nationalisten Roman Dmowski war, so hatte er auch im Umgang mit den Juden gelernt, verschiedene Wahrheiten zu akzeptieren. Sicher gab es irgendwo Juden, die polnische Kinder entführten, um ihr Blut für die Herstellung von Matze zu verwenden – Zbigniew hatte das Gerücht, das der zaristische Geheimdienst vor der Revolution 1905 ausstreute, ungefragt übernommen. Die Matze aber, die Frau Waksman und Yitzhaks Mutter hergestellt hatten, aß Zbigniew mit der heißhungrigen Gier, die die Abwechslung freisetzt, und niemals kam er auch nur auf die Idee, auch *seine* Juden könnten mit dem Blut polnisch-christlicher Kinder backen.

Zbigniews Kinderwelt hatte keine kollektive Verurteilung aufgrund ethnischer Abstammung gekannt. Warum sollte er jetzt im Erwachsenenalter, ausgerechnet unter kommunistischer Herrschaft, zum Rassisten werden? Das verbot ihm sein ausgeprägter Sinn für Gerechtigkeit und Gleichheit.

Doch nach der Flucht aus Grünberg hielt er es nirgends mehr lange aus. Seine Neigung zur Rechthaberei ließ ihn überall anecken. An der Posener Universität misslang ihm ein Neubeginn, weil er sich dem Professor nicht unterzuordnen vermochte. In dem südöstlichen Bieszczady-Gebirge verlor er eine Direktorenstelle in der Stadt Lesko, weil sich ein Schulinspektor respektlos behandelt fühlte. In einer einsamen Dorfschule hinter dem mittelpolnischen Siedlce reichte er selbst seine Entlassung ein, nachdem er sich mit allen Lehrern zerstritten hatte.

Seine Frau Anja hingegen, eine sechzehn Jahre jüngere Kollegin, die er bei den Pfadfindern in Grünberg kennen gelernt hatte, gewann an Selbstbewusstsein, als sie unabhängig von ihm eine Schule leiten konnte. Nicht mehr gezwungen, sich permanent gegenüber seiner raumgreifenden und bestimmenden Persönlichkeit abzugrenzen, entfaltete sie Energie, strahlte Offenheit aus – und verliebte sich in einen Mann aus Lodz, der gekommen war, um ausgerechnet ihrem Mann einen Preis zu überreichen. Im Herbst 1981, drei Monate vor Verhängung des Kriegsrechts, hielt Czarnuch einen Brief aus ihrem Urlaubsort in Händen: Entweder gehst du, oder wir verlassen das Haus. Und da er nicht rachsüchtig war und den beiden Kindern Unbill ersparen wollte, ging er dorthin, von wo er aufgebrochen war. Nach Witnica. Zurück zum Elternhaus. Ohne Arbeit, ohne Familie, nur mit einer kleinen Tasche in der Hand fuhr er an einem Herbsttag wieder auf dem Bahnhof ein. Wie schon einmal vor sechsunddreißig Jahren.

Doch fast nichts mehr war wie früher. Witnica hatte sich verändert, und Czarnuchs Blick auf Witnica hatte sich verändert. Denn die Zeit in den Bieszczady hatte ihn noch sensibler für nationale Konflikt werden lassen. Dort unten im polnischen Südosten war er in seiner Grundschule auf Kinder aus ukrainischen Familien gestoßen, die der großen Umsiedlungsaktion »Weichsel« im Jahre 1947 entgangen und nicht wie die meisten ihrer Landsleute weit über die neuen Westgebiete und das alte Ostpreußen verstreut worden waren. Und er hatte gesehen: Noch dreißig Jahre nach den teilweise gewaltsamen polnisch-ukrainischen Zusammenstößen belasteten polnische Lehrer die ukrainischen Schüler mit der Schuld ihrer Väter oder verdächtigten sie kollektiv subversiver Aktionen.

»Sie müssen wissen«, vertraute ihm seine Stellvertreterin in Lesko über eine junge Lehrkraft an, »ihr Onkel ist in Amerika. Und er war Chef einer UPA-Einheit.«*

»Sie dürfen ihr keine feste Stelle geben«, sagte der Schulinspektor beim nächsten Besuch, »denn sie hat einen Onkel in Amerika, und der war in der UPA.«

Als Kind hatte er nur die Schauergeschichten von den bösen Juden gehört. Jetzt hörte er ständig Schauergeschichten von den bösen Ukrainern, die angeblich ganzen Viehherden Nadeln in die Köpfe steckten, damit sie krepierten. Oder die vom Sicherheitsdienst oder der Miliz festgenommen worden seien, da sie einen Staudamm hätten in die Luft sprengen wollen.

»Wissen Sie, wie er sich verhalten hat?«, erzählte eine Lehrerin aufgeregt und empört im Lehrerzimmer, nachdem sie einen ukrainischen Jungen aufgefordert hatte, das berühmte Gedicht von Władysław Bełża aufzusagen:

* UPA – in Polen gängige Kurzform für Ukraińska Powstańcza Armia, eine antikommunistische ukrainische Untergrundarmee, die bei Kriegsende im Bieszczady-Gebirge unter anderem gegen die Zwangsumsiedlung der dort ansässigen Ukrainer in die Ukrainische Sowjetrepublik kämpfte.

Kto ty jesteś – Polak maly
Jaki znak twój – orzeł biały
Gdzie ty mieszkasz – między swemi
W jakim kraju – w polskiej ziemi*

»Er ist aufgestanden und hat gesagt, das werde er nicht lernen, denn er sei kein Pole, sondern ein Ukrainer!«

Für Czarnuch hatte Ostpolen, wo sich vor dem Krieg Polen und Ukrainer und Weißrussen und Litauer und Juden mischten, einen geheimnisvollen, fast mythischen Klang. Hier waren die Werke des polnischen Nationaldichters Adam Mickiewicz entstanden, die Lustspiele von Aleksander Fredro, hier wurde der Komponist Stanisław Moniuszko geboren. Doch statt die wenigen Zeugnisse fremder Kulturen, die in Volkspolen 1945 noch verblieben waren, zu schützen und zu pflegen, erlebte Czarnuch, wie Traktoren noch in den siebziger Jahren orthodoxe Holzkirchen platt walzten und kleingeistige Behörden Straßen und Dörfern neue, polnisch klingende Namen aufdrückten. Sein trotziger Versuch, dieser Zerstörung der Minderheitenkultur wenigstens in seiner Schule mit Weihnachtskrippen voll ukrainischer Motive zu begegnen, löste sofort Verdächtigungen aus, die ihm seltsam bekannt vorkamen: Czarnuch muss ein Ukrainer sein, munkelte man. Kommt er nicht aus den Westgebieten? Wahrscheinlich stammt er aus einer umgesiedelten ukrainischen Familie.

Die Erfahrungen in den Bieszczady ernüchterten ihn endgültig. Also hatten Polen in der Geschichte nicht immer die Rolle der unschuldigen Opfer gespielt, wie ihn Vater, Mutter und patriotische Dichter gelehrt hatten. Die antisemitische Hetze 1968

* Wer bist du – ein kleiner Pole
Was ist dein Wappen – ein weißer Adler
Wo lebst du – unter den Meinen
In welchem Land – auf polnischer Erde

war kein Einzelfall, kein Ausrutscher. Seine aus frühesten Kindertagen stammende Überzeugung, niemals, ja niemals hätten Polen anderen Nationen ein Unrecht angetan, ließ sich nicht halten, wenn Polen gegenüber den Ukrainern eine ähnliche kulturelle Überfremdung betrieben, wie sie Deutsche und Russen mit ihrer Germanisierung und Russifizierung gegenüber den Polen versucht hatten. Auch Polen, das Opferlamm der Geschichte, hatte dunkle Flecken in seiner Tradition. Auch die Kommunisten bedienten sich nationalistischer Propaganda.

Czarnuch, der sich in Witnica wie in Grünberg und in den Bieszczady sofort in die Lokalgeschichte vertiefte, weil er wie in Grünberg und in den Bieszczady das Bedürfnis hatte, Wurzeln zu schlagen, konnte nicht umhin, sich noch einmal der deutschen Vergangenheit zu stellen. Zwar gab es in Witnica keine deutsche Minderheit mehr, keine deutschen Schüler, keine deutsche Sprache – aber noch immer ein deutsches Erbe. Die Kirche stammte aus deutscher Zeit, das Kino, das Rathaus, die Schule, eine Fabrikantenvilla, die Brauerei, der Bahnhof, die meisten Häuser – und die Reste der alten Schmelzhütte reichten zurück in die Zeit Friedrichs II., jenes ungeliebten preußischen Herrschers, der in Polen zu einem Symbol für den deutschen Drang nach Osten geworden war, da er 1772 neben der russischen Zarin und der österreichischen Kaiserin die Verantwortung für die erste Teilung Polens trug, mit der das Land für fast hundertfünfzig Jahre von der Landkarte verschwand.

Zwei Seelen wohnten in Czarnuchs Brust. Einerseits spürte er noch Mitte der achtziger Jahre eine große Beruhigung, weil sich Polen unter dem Schutz der sowjetischen Brudermacht befand – denn es war doch nicht auszuschließen, dass die DDR, wenn sie schon das Denkmal Friedrichs II. wieder unter den Linden aufstellte, sich auch auf die alten preußischen Interessen im Osten besinnen würde. In Westdeutschland schien ihm der revanchistische Geist der Vertriebenenverbände eh ungebrochen, wenn sie mit Parolen wie »Schlesien bleibt unser« ihre Kongresse ausrichteten. »Solange die Russen hier sind«, sagte er deswegen seinen Schülern in der Mittelschule, »fühle ich mich sicher.«

Andererseits fühlte er, wie dieses klare Feindbild beunruhigende Risse bekam. Da viele Dokumente aus deutscher Zeit bei Kriegsende einem Brand zum Opfer gefallen waren, musste Czarnuch Kontakte zu Vertriebenen aufnehmen, um Wissenslücken zu schließen. Doch statt rachsüchtiger Greise begegneten ihm freundliche ältere Damen und Herren, die oft mit Tränen in den Augen erzählten, wie sie in der noch protestantischen Kirche von Vietz geheiratet hatten oder mit dem Automobilklub zum Dolgensee gefahren waren. Das also waren die *hitlerowcy*, von denen die Propaganda jahrzehntelang Schreckensbilder gemalt hatte? Wenn er intellektuell redlich bleiben wollte, konnte er die Vorstellung von einer Kollektivschuld aller Deutschen nicht aufrechterhalten.

Wieder einmal suchte Czarnuch emotionale Selbstvergewisserung in der Kindheit und erinnerte sich an den deutschen Bauern Schröder, der mit seinem Vater im Schützenverein und ein gern gesehener Gast in seinem Elternhaus gewesen war. Er erinnerte sich an den deutschen Krämer Burkard aus Vaters Geburtsort Radoszyce, bei dem sie immer die schmackhafte Wurst gekauft hatten, wenn sie zum Angeln gegangen waren. Und an Heinrich, den Schlesier, der – so hieß es im Dorf – als Kommunist vor den Nazis aus Schlesien geflohen sei und in Polen Zuflucht gefunden habe. Als die deutsche Wehrmacht einmarschierte, sah man ihn mit einer Schubkarre gen Osten fliehen, und die Nachbarn hörten die Reifen skandieren:

Henryku – do Rosji.
Henryku – do Rosji.*

* Heinrich – nach Russland. / Heinrich – nach Russland.

Als er einige Wochen später zurückkehrte, sangen die Reifen:

Tak i tu – tak i tam.
Tak i tam – tak i tu.*

Es gab sie also, die anderen Deutschen, die sich, selbst wenn sie im Krieg die Volksliste unterschrieben, nicht zu illoyalen Reaktionen gegenüber den Polen hinreißen ließen. War er mit dem Jungen aus der Familie der Schwarzmeerdeutschen, die in Radoszyce neben ihrem Haus angesiedelt wurden, nicht sogar befreundet gewesen? Und war er nicht fasziniert gewesen, wenn diese Deutschen, die genauso holprig Deutsch sprachen wie er selbst, abends auf der Bank vor ihrem Haus schwermütige russische Lieder gesungen hatten?

Ganz offenkundig gab es also gute und böse Deutsche. Und wie bei den Ukrainern hatte er auch bei den Deutschen nach dem Einzelfall zu urteilen. War es wirklich als patriotische Tat zu rühmen, wenn ein polnischer Zwangsarbeiter sich bei Kriegsende an seiner deutschen Bauersfamilie in einem nahe gelegenen Dorf rächte, indem er die Pistole nahm und die ganze Familie erschoss? War es wirklich ein Akt ausgleichender Gerechtigkeit, als neu angekommene polnische Einwohner von Stolberg in die Scheune eindrangen, in der ein deutscher Treck bei den »wilden« Vertreibungen im Juni 1945 auf dem Weg zur Oder nächtigte, und allen die letzten Habseligkeiten stahlen?

Gut vierzig Jahre nach den Ereignissen beschlich Czarnuch ein Gefühl der Beklemmung, wenn er im Archiv von Landsberg in Instruktionen aus jener Zeit las, dass alle deutschen Gemälde zu zerstören, die Aufführungen von Werken deutscher Komponisten zu verhindern und gemischte Ehen verboten seien, da deutsche Frauen die Kinder unweigerlich zum Deutschtum und damit zum nationalen Verrat erziehen würden.

* So wie hier – ist es dort. / So wie dort – ist es hier.

Als Czarnuch dann noch die Artikel von Hans Beske und dem früheren Brauereibesitzer Ernst Handke in die Hände fielen und er erkennen musste, dass diese beiden ehemaligen Bewohner von Vietz schon seit den fünfziger Jahren jeden Anspruch auf Rückgabe von Land und Eigentum aufgegeben und nach Verständigung gesucht hatten, brach sein innerer Widerstand zusammen. Kein Piastenreich vermag unsere Anwesenheit hier zu rechtfertigen, räumt er seitdem ein. Wir Polen sind hier infolge des Krieges, und in Reaktion auf das Unrecht im Krieg haben auch wir den Deutschen Unrecht angetan. Plötzlich hatte er Mitgefühl auch mit fremdem Leid.

»Lassen Sie mich wenigstens einmal in Ihren Garten«, bat eine Deutsche Mitte der achtziger Jahre den Polen, der in ihrem früheren Haus wohnt. Denn im Garten hatte sie unmittelbar vor der Vertreibung noch ihre Mutter verscharrt, die ein Russe mit dem Kolben erschlagen hatte, als sie ihm ihre Gänse nicht überlassen wollte.

»Mit diesem Koffer ging ich auf die Flucht«, schrieb eine andere Deutsche Ende der neunziger Jahre und schickte ihm den brüchig gewordenen Lederkoffer, mit dem sie, geführt von einem Russen, im Frühjahr 1945 illegal die Oder überquerte. Dieser Koffer aus einem Vietzer Geschäft, in dem sie ihre Utensilien transportierte, als sie während des Krieges als Schneiderin über die Dörfer fuhr, steht nun in dem Heimatmuseum, das Czarnuch in einer restaurierten alten Fabrikantenvilla hat errichten lassen. Und so paradox es klingen mag: Die meisten Exponate stammen aus deutscher Zeit, denn die deutsche Zeit ist Teil des polnischen Witnica geworden.

Wohl niemand kennt Witnica heute so gut wie Zbigniew Czarnuch – mit seiner Architektur und seinen Menschen. Mit seiner Vergangenheit und seiner Gegenwart. Und wohl niemand hat sich so tief im polnischen Witnica verwurzelt, weil er sich so intensiv mit dem deutschen Erbe beschäftigte. »Heimat«, sagt

Czarnuch, »ist für mich mehr eine intellektuelle als emotionale Entscheidung. Heimat ist für mich vor allem ein Ort der geistigen Verwurzelung.« Doch weil der Ort der geistigen Verwurzelung auch sein seelischer Zufluchtsort wurde, hat Czarnuch beschlossen: »Hier werde ich bis ans Ende meines Lebens bleiben.« Hier in dem *po-niemiecki*, dem postdeutschen Haus mit dem postdeutschen braunen Kachelofen und dem Blick auf den Garten, in dem die Apfelbäume aus deutscher Zeit noch immer Früchte tragen. Wir sollten den Deutschen »dankbar« sein, schrieb Czarnuch in der Witnicer Lokalzeitung, »dass wir in den Gebäuden leben und arbeiten, die ihre Vorfahren errichtet haben, und auf den Straßen und Wegen gehen, die sie abgesteckt haben«. Und weil Czarnuch den Erregungszustand sucht, der seinen Kämpfergeist freisetzt, schob er gleich noch provozierend nach: Auch wenn die Witnicer Polen an der Vertreibung der Deutschen nicht juristisch schuldig seien, so trügen sie doch moralisch die Verantwortung für das Unrecht, das ihr Volk begangen habe. Als Zeichen menschlichen Mitgefühls sollten sie deshalb die Deutschen, von denen sie die Häuser und das Vermögen übernommen hätten, anders als normale Gäste behandeln.

Diese selbstkritische Haltung geht vielen seiner Mitbürger entschieden zu weit. Erst wurden sie von den Deutschen überfallen – und jetzt sollen sie vor ihnen auf die Knie fallen und Buße tun? Grenzt das nicht schon an nationalen Verrat? Besonders Misstrauische munkeln sogar: »Czarnuch muss ein Deutscher sein, wenn er sich so für die Deutschen einsetzt. Wahrscheinlich stammt er aus einer der deutschen Familien, die nach Kriegsende hier geblieben sind.«

Halina Jaszczenko

Bis dass der Tod uns scheidet

Als der Mond die Sonne fast ganz verdeckte, sich ein schwermütiges graues Licht über das oberschlesische Myslowitz senkte und die wenigen Passanten auf den Straßen den hauchdünnen, weißgelben Sonnenrand entgegen allen Warnungen durch rußgeschwärzte Gläser und alte Röntgenaufnahmen bestaunten, da lief sie völlig unbeeindruckt auf dem alten katholischen Friedhof zwischen den Gräbern umher. Wichtiger als das Naturereignis waren ihr die Namen und Daten der Toten. Lag hier nicht die Frau des Arztes, die bei der Beerdigung nur scheintot gewesen war und erst im Sarg endgültig starb? Stand linker Hand nicht der Grabstein von Dr. Fryszkowski, der ihrem Mann Schizophrenie bescheinigt hatte? Und hier, fast in der Mitte – sahen sie nicht wieder anständig aus, die Gräber von Onkel und Tante Dudek, die sie neu hatte herrichten lassen? Eigentlich hätten sie längst eingeebnet werden sollen. Aber die letzten Zeichen ihrer Familientradition in Myslowitz zu erhalten, waren ihr die dreitausend Zloty wert. Als der Steinmetz einen höheren als den vereinbarten Preis für die Konservierungs- und Maurerarbeiten verlangte, feilschte sie laut und ausdauernd wie eine Einheimische. Sollen die nicht denken, dass sie mehr zahlt, nur weil sie in Deutschland wohnt. Schließlich ist sie doch keine Zugereiste, sondern eine von hier. Hier wurde sie geboren, hier ging sie zur Schule, und ihr Polnisch steht dem derer, die nach dem Krieg aus Zentral- und Ostpolen kamen, in nichts nach. Vielleicht wählt sie die alte Heimat sogar noch einmal als neue; diese Möglichkeit will sie sich zumindest offen halten. Deshalb hat sie vorgesorgt, den Platz für die Familiengräber für weitere zwanzig Jahre bezahlt und noch um einen weiteren Grabplatz erweitert – für sich selbst.

Vierzig Jahre mussten vergehen, bevor sie Myslowitz wieder zu besuchen wagte. Vierzig Jahre, in denen sie die Heimatstadt mied, um sich dem vermeintlich allmächtigen Einfluss ihres Mannes zu entziehen. Und als sie schließlich fuhr, da war er zwar schon acht Jahre tot, doch immer noch mächtig. Wie in Trance war sie über den neuen katholischen Friedhof hin zur rechten Seite gegangen, nicht wissend, was sie zieht, um schließlich vor einem Grab stehen zu bleiben, das sie nie zuvor besucht hatte: dem Grab von Jan Jaszczenko, ihrem ersten und einzig angetrauten Ehemann. Sie zündete eine Kerze an und legte eine Rose nieder. Einen Tag später, als es sie noch einmal zu der Stelle trieb, vermeinte sie plötzlich eine Gestalt neben sich zu spüren – klein und untersetzt und mächtig wie Jaszczenko. Eine panische Angst stieg in ihr hoch, Schweiß trat ihr auf die Haut. Er hatte sie immer noch nicht losgelassen. Er verfolgte sie noch nach dem Tod. Bevor sie sich so weit gefasst hatte, dass sie sich umzudrehen wagte, um die Gestalt anzusprechen, war sie ebenso geräuschlos verschwunden, wie sie gekommen war. Fluchtartig verließ Halina den Friedhof. Die Grundkonstellation ihrer Beziehung hatte sich noch einmal wiederholt. Einerseits übte dieser Mann eine fast magische Anziehungskraft auf sie aus, andererseits trieb er sie in die Flucht.

Es war eine eigenartige Fügung des Schicksals, die sie mit Jaszczenko zusammengeführt hatte: Sie, das gutgläubige, unerfahrene Mädchen, das nicht imstande war, liebevolle Zuneigung von Machtbesessenheit zu unterscheiden, und ihn, den lebensgierigen Choleriker im besten Mannesalter, der eine schöne Puppe vorführen, sie aber nicht respektieren wollte. Sie, die junge Deutsche, die nach dem Krieg auf ihre Aussiedlung aus Oberschlesien wartete, und ihn, den ehemaligen polnischen Sicherheitsbeamten, der sie im Arbeitslager beaufsichtigt und zunächst auch schikaniert hatte. Nie hätte Halina aufgrund ihrer Erfahrungen in der Vorkriegszeit geglaubt, dass sie sich mit einem Polen einlassen würde. Und nie wäre sie auf die Idee gekommen, er, der Zugereiste, könnte ihr, der Einheimischen, die Heimat streitig machen.

Vierzig Jahre sind lang, und vierzig Jahre sind kurz. Benno, der Schulkamerad, ist inzwischen in Rente; der Bismarckturm ist gesprengt, das Dreikaiser-Reichseck interessiert nur noch die Alten und die Historiker. Auf früheren Postkarten allerdings war es eines der beliebtesten Motive: der Blick aus der Vogelperspektive auf den Fluss Przemsa, der sich in einen »weißen«, sauberen und einen »schwarzen«, dunklen Strang teilt und an seinen Ufern drei Staaten aufeinander stoßen ließ – Deutschland im Westen, Österreich im Süden und Russland im Osten. Welcher Ort sonst konnte sich rühmen, gleich an drei Kaiserreiche zu stoßen? Das war noch eine schöne heile Welt, in der man in der Przemsa baden und an Sonntagen in feinster Ausgehkleidung in einem beliebten Ausflugslokal an ihrem Ufer Brause trinken konnte. Jetzt sucht Benno vergeblich nach der Stelle, wo einst der Bismarckturm aufragte und einen weiten Blick über das Land ermöglichte. Alles ist zugewuchert, Benno hat die Orientierung verloren. Aber lohnt die Suche überhaupt? Welche Bedeutung kann die einst magische Stelle überhaupt noch haben, wo sich doch im Westen, Süden und Osten gleichermaßen Polen befindet?

Vierzig Jahre sind auch kurz. In der Stadt steht unverändert das ehemalige kaiserliche Postamt, der Bahnhof, das Haus in der Myslowitzer Hauptstraße, in dem sie mit Jaszczenko wohnte, und auch das Haus in der Lustigstraße, in dem sie 1930 als sechstes von sieben Kindern in der Familie Scholz geboren wurde. Als schön und heil hat sie diese Welt jedoch nicht in Erinnerung. Nein, sie will weder den Hausflur betreten noch bei den jetzigen Wohnungsbesitzern um Einlass bitten. Am liebsten würde sie sich nicht einmal mehr erinnern an die Zeit, als sie noch nicht Halina, sondern Elfriede hieß und Elfie gerufen wurde.

»Elfie war ein sensibles Kind, empfindsam, leicht verwundbar und verträumt«, schrieb Halina über sich selbst, als sie Anfang der neunziger Jahre mit autobiographischen Aufzeichnungen begann. »Warum mochte sie ihre Mutter Sofia nicht und umgekehrt? Es war offen spürbar – Sofia empfand eine Abneigung gegen ihre Tochter Elfie.« Denn Sofia, so glaubte die Tochter als erwachsene Frau zu erkennen, hat niemanden geliebt. Einmal war ihr kleiner Bruder Alfred die Treppe hinuntergefallen und hatte sich so schwer verletzt, dass er zur Rehabilitation seiner schiefen Wirbelsäule in ein »Krüppelheim« nach Beuthen geschickt wurde. Da hat Mutter Sofia ihn das ganze Jahr nicht besucht. Es war weniger die Bitte der Krankenschwester, von Besuchen abzusehen, um das Heimweh des Kindes nicht zu wecken – nein, sie war vielmehr erleichtert, der Sorge für das Kind ein ganzes Jahr enthoben zu sein. Und als Elfie einmal vom Weihnachtsmann die lang ersehnte Puppe geschenkt bekam, da war die Puppe zwei Wochen später verschwunden. Sie habe sie der Tochter einer Bekannten geschenkt, erklärte Elfies Mutter beiläufig, die könne sicher sehr viel mehr damit anfangen.

Vor diesen Verletzungen und Enttäuschungen hat sich Elfie geschützt, indem sie sich aus der lieblosen, missgünstigen Atmosphäre in der Familie möglichst zurückzog, im Sommer stundenlang außerhalb der Stadt an einem Teich lag und im Herbst und Winter innerhalb der Stadt nach stillen Orten suchte, an denen sie niemand kränken, niemand belästigen und niemand beschimpfen konnte. Damals entdeckte sie die Friedhöfe und Kirchen und hockte sich, wenn es kalt war, auch in einer Ecke der Leichenhalle gegenüber dem städtischen Krankenhaus mit ihren Schulheften nieder. Die Toten fürchtete Elfie nicht, und wenn eine Beerdigung stattfand, reihte sie sich in den Trauerzug ein, denn im Gleichschritt der getragenen Musik der Grubenkapelle überkam sie das Gefühl einer tiefen Geborgenheit.

Die Welt erschien Elfie böse. Bei den Nachbarn galt sie als Ausländerin – tatsächlich sprach sie kein Wort Polnisch, und das Spielen mit polnischen Kindern war ihr vom Vater untersagt. Der Weg zum Kindergarten geriet täglich zur Mutprobe, denn die polnischen Kinder beschimpften sie als »Germanin«, warfen Steine nach ihr und hetzten auch manchmal Hunde auf sie. Als sie mit sieben Jahren in die Grundschule am Wilhelmsplatz kam, stieg sie täglich bis unter das Dach, wo die Angehörigen der deutschen Minderheit deutschsprachigen Unterricht erhielten. Der Umgang mit den polnischen Kindern sei unerwünscht, gab ihnen der deutsche Rektor unnötigerweise zu verstehen – angesichts der Bedingungen wäre sowieso jede Kontaktaufnahme zum Scheitern verurteilt gewesen. Denn die »Ausländer« erhielten in den Pausen ein kleines eingezäuntes Stück Erde in der äußersten Ecke des Schulhofs wie einen Hundezwinger zugewiesen, während die Polen auf einem großen Platz spielten und ganz beiläufig ihre Witze über die Ausgegrenzten machten oder sie mit Steinen bewarfen. Vor der Welt, so meinte Elfie, müsse man sich schützen und die Menschen meiden.

Als der Krieg ausbrach und Elfie die Wehrmacht Anfang September in Myslowitz einmarschieren sah, atmete sie auf. »Nun brauchte sie keine Kinder mehr zu fürchten. Endlich frei, in den Straßen, in der Schule«, hielt sie in ihrer Biographie fest. »Eine schöne große Schule stand zur Verfügung. Elfie empfand ein Glücksgefühl, das sie bis zu diesem Zeitpunkt nicht kannte.« Im August 1939 hatte sie noch tagelang verängstigt mit der Mutter, mit Schwester Martha und Bruder Alfred im Wohnzimmer gesessen, während der Vater unruhig am Schlafzimmerfenster gehockt und die Straße beobachtet hatte, wo sich die aufgestaute Wut der Polen entladen hatte. Zwanzig Deutsche, angeblich Verbündete des Hitler-Regimes, waren hinter der Schlossmauer erschossen worden – auch Vater Maximilians Name soll sich auf der Liste befunden haben, doch irgendein Zufall rettete ihm das Leben. Die deutschen Soldaten, die dann Anfang September mit Motorrädern und Panzern ins Stadtzentrum einfuhren, mussten die Polen als Besatzung erleben. Für sie hingegen brachten sie die Befreiung. Endlich brauchte sie nicht mehr mit der Häme der polnischen Kinder zu rechnen. Endlich konnte sie herumlaufen, ohne Schimpfworte oder Steine fürchten zu müssen.

Mit dem Krieg wurde für die Familie Scholz alles besser. Sie tauschte die enge Wohnung in der Lustigstraße gegen eine geräumige Wohnung in der Moltkestraße, aus der eine polnische Familie gerade zwangsweise ausgewiesen worden war. Sie verfügte wieder über Einnahmen, denn Elfies Vater, der unter den Polen seine Konzession für ein Hotel und Restaurant in Kattowitz verloren hatte, da er dem deutschen Volksbund Versammlungsräume zur Verfügung gestellt hatte, erhielt eine Stelle als Angestellter im Finanzamt. Er blieb nicht länger der gedemütigte Mann, der zur Aushilfe gekellnert oder gemeinsam mit seinem Schwager Hans im Café »Roma« aufgespielt hatte. Die Familie gewann wieder Selbstbewusstsein, ihre Mitglieder liefen nicht mehr mit gesenktem Kopf umher.

Doch sehr schnell erschütterten Detonationen die Stadt. Die Synagoge neben Elfies Schule wurde gesprengt. »Mehrere Lastautos brachten Männer und Frauen zur Stelle«, halten die Aufzeichnungen fest. »Diese trugen Armbinden mit einem Stern. Elfie kannte sie fast alle. Es waren Geschäftsleute aus der

Hauptstraße. Jedes Jahr in der Vorweihnachtszeit wurden die deutschen Kinder zu diesen Familien eingeladen. Was waren das für unvergessliche Feste! Eine große Tafel mit Kakao und Kuchen war aufgebaut. Es gab schöne Geschenke, vor allem warme Wintersachen.« Nun plötzlich schoben diese reichen und karitativ orientierten Männer und Frauen, die Deutsch sprachen wie sie, auf Schubkarren den Schutt aus dem Trümmerhaufen. Und ihre Kinder, die bis gestern die Schulbank mit ihr geteilt hatten, verschwanden von einem Tag auf den anderen.

Elfie ging auch zum Bahnübergang, schaute zu den langen Zügen mit Viehwaggons, in denen Menschen eingepfercht waren, und winkte ihnen zu. Auschwitz war ihr Ziel, das etwa zwanzig Kilometer entfernte Konzentrationslager. Benno, Elfies Klassenkamerad, wusste sogar, dass der süßliche Geruch verbrannter Leichen über dem Lager hing, denn sein Vater hatte dort als Postangestellter Telefonleitungen verlegt. Völlig entsetzt war er nach Hause zurückgekehrt und hatte sich für zwei Tage krank gemeldet. Da waren sie gekommen und hatten ihn kurzfristig verhaftet, weil der Verdacht bestand, er habe den Strom kurzzeitig ausgeschaltet, um einem Häftling die Flucht zu ermöglichen. Zweimal fuhr Benno mit nach Auschwitz und sah und roch den Rauch selbst. Erzählt hat er damals niemandem darüber. Was hätte es denn genützt?

Das war eine eigenartige Zeit: Während andere litten, fühlte Elfie sich frei und gewürdigt. Wegen ihrer schönen Handschrift durfte sie unbekannten Soldaten Briefe an die Front schreiben, und aus der Parallelklasse fand sich der erste Verehrer, den sie mit den Kleidern der älteren Schwester betörte. Das böse Erwachen kam erst nach fünf Jahren, als die Schule geschlossen und zu einem Lazarett umfunktioniert wurde, Bruder Alfred mit der Nachbarin in Berlin Sicherheit suchen sollte und der Vater zu einer Dienstreise nach Breslau fuhr, von der er nie zurückkehrte. Erst im Sommer 1949 sollte die Nachricht aus Oppeln kommen, dass »Maksymilian Szolc, geb. 12. 9. 1894, im hiesigen Gefängnis am 3. 10. 1945 gestorben ist«: Aktenzeichen 4169/A/49, Gefangenennummer 2148. Die genauen Umstände des Todes hat Elfie nie erfahren. Sie konnte sie nur imaginieren: Vielleicht starb er nach Folter bei Verhören, vielleicht aufgrund von Hunger oder Typhus. Vielleicht war er nach Monaten in einer dunklen, nassen Zelle einfach auch so entkräftet und hoffnungslos, dass ihn nichts mehr am Leben hielt.

Anderthalb Jahre hatte sie nach Kriegsende mit der Mutter noch auf seine Rückkehr gewartet, dann hatten beide einen Ausreiseantrag gestellt. Für die Deutschen, das hatte Elfie begriffen, als sie nach einer kurzen Flucht bis Österreich in die alte Heimat zurückgekehrt war, gab es keine Zukunft mehr in Oberschlesien. Die Wohnung ihrer Familie war inzwischen von Polen übernommen, der Onkel ins Arbeitslager Jaworzno bei Kattowitz eingewiesen und die Tante als Zwangsarbeiterin beim neuen polnischen Bahnhofsvorsteher von Myslowitz beschäftigt. Ihre Mutter und sie selbst entgingen einer Internierung nur dadurch, dass die eine sich als Haushaltshilfe und die andere als Mädchen für alles bei einer polnischen Geschäftsfrau unentbehrlich machten. Eine Perspektive hatte dieses Leben jedoch nicht.

Doch statt wie die meisten Deutschen tatsächlich ausgewiesen zu werden, fanden sich Mutter und Tochter im Arbeitslager der oberschlesischen Stadt Gleiwitz wieder: Sie schliefen auf Holzpritschen, begnügten sich mit einem Stück trockenen Brots morgens, einem Stück trockenen Brots abends und einer Graupensuppe mittags. Morgens, wenn russische Soldaten und polnische Bauern oder Staatsbeamte zur Beschaffung von Arbeitskräften erschienen, standen sie in Reih und Glied an. Holprige Wagen karrten sie auf Felder zur Ernte von Kartoffeln und Rüben oder zum Be- und Entladen von Waggons mit

Kohle, zur Beseitigung der Trümmer in der Stadt oder zur Reinigung von Marktplatz, Gefängnis und Fabriken.

Einmal schien die Ausreise schon zum Greifen nah. Lastautos hatten sie bereits dicht an die deutsch-polnische Grenze ins Kloster von Leobschütz geschafft. Nach einigen Wochen endlosen Wartens hieß es jedoch, die Transporte nach Deutschland seien eingestellt. In einem nur mit Stroh ausgelegten Viehwaggon kam Elfie zurück nach Gleiwitz: Wieder stand sie zum Appell an, wieder wurde sie zu verschiedenen Arbeiten geholt. Und bei einem Einsatz auf einer Baustelle in Myslowitz stieß sie am 15. Februar 1948 erstmals auf Jan Jaszczenko. Als Baumeister der verantwortlichen staatlichen Hoch- und Tiefbaufirma nahm er zugleich die Funktion des Bauleiters ein.

»Ein mittelgroßer Mann, Mitte dreißig, mit einem runden, roten Mädchengesicht, auf dem kein Bart wuchs. Er trug eine dicke, dreiviertellange Jacke, Reithosen und Gummistiefel. Elfie und vielen anderen Frauen schoss die Bezeichnung ›Schweinetreiber‹ durch den Kopf. Erst kam das Abzählen wie beim Militär, dann musste jedes Mädchen der Reihe nach vortreten, seinen Namen und Geburtsort nennen. Elfie war die Dreizehnte. Glück oder Unglück?, dachte sie. Sie wagte zu erklären, dass ihr Vater Deutscher war und deshalb auch seine Kinder Deutsche wurden. Daraufhin schrie er, dass er ihr so lange in den Hintern treten würde, bis ihr das Deutschtum vergehe. So etwas Ordinäres hatte sie noch nie erlebt.«

So hielt Halina die erste Begegnung in ihren Aufzeichnungen Anfang der neunziger Jahre fest. In einem Brief an die Kattowitzer Lokalzeitung *Dziennik Zachodni* am 13. März 1994, der bei vielen älteren Myslowitzer Lesern helle Empörung auslöste, stellte sie ihm jedoch ein anderes Zeugnis aus. »Der Aufenthalt wurde durch ihn erträglicher«, konstatierte Halina dort und fügte weiter hinzu, »dass mein früherer Ehemann zu meiner Zeit keiner Fliege etwas zu Leide getan hat«.

So wollte Halina sich in der Beziehung sehen: als das beschwichtigende Element, das Jaszczenko humaner, weicher, weniger cholerisch, weniger grausam werden ließ. Zuerst sah sie sich selbst seinen Schikanen ausgesetzt, da der »Kommandant« in ihr die Tochter des gleichnamigen Baumeisters Scholz vermutete, bei dem Jaszczenko während einer Hausdurchsuchung Hitler-Bilder gefunden hatte. Ein Schulfreund von Elfies Bruder hatte ihr eine warme Hitlerjugend-Hose zukommen lassen, die sie mit Sicherheitsnadeln am Körper festhielt, und schickte regelmäßig kleine Lebensmittelpakete. Sobald Jaszczenko von den Zuwendungen erfuhr, behielt er das Brot und die Krakauer Wurst und begann mit seinen Schikanen: Sie musste seine Gummistiefel oder ihren eigenen Essnapf drei-, vier-, fünfmal putzen, weil sie selbstverständlich nie glänzten; sie musste so viel von dem verhassten Graupenbrei essen, bis sie erbrach; sie wurde mit der Strafkolonne am Gleiwitzer Bahnhof eingesetzt, wo schwerer nasser Schnee von den Gleisen zu schippen war. Geschwächt durch das schlechte Essen, die schweren Arbeitseinsätze, durch die Plage von Läusen und Flöhen in der Baracke bekam sie eines Tages hohes Fieber. Sie konnte und wollte nicht mehr.

»Doch da begann«, meint Halina, »sein Gesinnungswandel.«

Jeden Morgen erhielt sie aus der Küche heiße Milch, Brot und Krakauer Wurst. Sie wurde nur noch zu leichten Arbeiten eingesetzt und manchmal zum »Kommandanten« ins Büro gerufen. »Er erkundigte sich über ihre Kindheit, Eltern, Verwandte«, schreibt Halina in ihren autobiographischen Aufzeichnungen. »Er erzählte von seiner Familie, dass er verheiratet sei, doch seit Jahren getrennt lebe. Dass er eine Lebensgefährtin habe. Elfie war überrascht. Dieser Mann hatte zwei Wesen in sich. Wenn sie von seinen Kollegen in seinem Büro gesehen wurde, dann log er sie an, dass sie die Post für die Lagerinsassen übersetze. Dabei konnte sie Polnisch weder lesen noch schreiben, da sie keine polnische Schule besucht hatte.« Sogar die Mitinternierten profitierten von seiner milden Stimmung. Einmal beispielsweise lud der »Kommandant« alle Frauen ohne Bewachung zu einem Waldspaziergang ein und duldete, dass sie den »Sonnenuntergang an der weiten Wolga« nicht nur auf Polnisch, sondern auch auf Deutsch sangen.

Sie habe, meint Halina, diesen Menschen von einer ganz anderen Seite kennen gelernt – mitfühlend und väterlich. Sie habe, meint Halina, sogar einen Beschützer in ihm gesehen, denn er habe verhindert, dass sie von einem anderen Bauleiter missbraucht wurde. Als der »Kommandant« sie allerdings einmal selbst zu liebkosen begann, erzählte sie ihm in ihrem Schreck von einer angeblichen Geschlechtskrankheit nach einer Vergewaltigung, so dass sie ungeschoren davonkam. Wirklich bedroht fühlte sie sich nicht. Sie erinnerte vielmehr die Tränen, mit denen er sie, die immer noch in durchbrochenen Schuhen lief und immer noch auf dem zerschlissenen Mantel die Nummer 72 trug, die sie als Deutsche auswies, bei Beendigung des Arbeitseinsatzes verabschiedete. Ganz offenbar bedeutete sie ihm etwas.

Es dauerte tatsächlich nicht lange, da erschien Jaszczenko mit einigen Herren aus Kattowitz im Arbeitslager von Gleiwitz, um ihr zu eröffnen, dass er sie aus dem Lager herausholen und, da sie noch minderjährig sei, die Sorge für sie übernehmen wolle. Sie habe die Wahl, sagten die Herren, entweder mit Jaszczenko nach Myslowitz oder als Deutsche nach Sibirien. Bedenkzeit gab es nicht, Halinas ehemalige Klavierlehrerin, die mit ihr in derselben Baracke saß, redete ihr zu, und noch am selben Tag saß die Siebzehnjährige mit dem Mittdreißiger im Zug nach Myslowitz. Er hatte sie – das erfuhr sie aber erst einige Wochen später – mit zwanzigtausend Zloty freigekauft.

»Sie hörte kein Wort von Sympathie oder gar Liebe, wie sie es aus ihren Jungmädchenbüchern kannte«, beschwert sich Halina später. Also hoffte sie auf wirkliche Liebe?

»Nach dem Essen bereitete er (im Büro) ein Nachtlager auf dem Fußboden vor. Arbeitsklamotten wie Jacken und Hosen dienten als Unterlage. In dieser Nacht hatte er Kondome dabei, so konnte Elfie keine Ausreden mehr vorbringen. Er bediente sich ihrer, wie er es geplant hatte, und schlief danach zufrieden ein.« Also war ihre Ablehnung gar nicht oder nur gering vorhanden?

Es begann eine Zeit zwischen extremer Anziehung und Abstoßung. Wenn Jaszczenko sie später in der nur notdürftig möblierten Wohnung allein ließ, ihr den Umgang mit deutschen Freunden von früher verbot, wenn er abends stark betrunken nach Hause kam oder ganze Nächte wegblieb, dann weinte sie und hasste ihn. Wenn er einen Bauern beauftragte, ihr jeden Morgen einen Liter Milch zu bringen, damit sie zu Kräften komme, wenn er sie mit Delikatessen verwöhnte, sie mit Geld ausstattete, damit sie sich kaufte, wonach ihr der Sinn stand, als er auch ihre Mutter aus dem Lager herausholte und ihr eine Einzimmerwohnung anmietete und Halina im Lohnbüro seiner Firma eine Anstellung besorgte, dann empfand sie ihn als liebenswert, aufmerksam und fürsorglich. Auf einem Foto, das das »uneheliche Ehepaar« am dritten Tag ihres Zusammenlebens auf einer Straße von Myslowitz zeigt, hat sich eine glücklich lächelnde junge Frau bei dem kleinen, aber stolzen und selbstbewussten Mann an ihrer Seite vertrauensvoll eingehakt.

Wer ihr »Kommandant« wirklich war, erfuhr Halina erst nach und nach durch ihre Mutter, die sich nicht von ihren früheren Bekannten isolieren ließ. Fast täglich kam sie mit neuen Schreckensnachrichten nach Hause – eine wilde Mischung aus Gerüchten und Tatsachen, aus Wahrheiten, Halbwahrheiten und reinen Phantasiegebilden.

»Weißt du eigentlich, dass dein Geliebter Tante Lenas Mann

ins Arbeitslager Jaworzno geschickt hat?«, berichtete sie eines Abends entsetzt und gleichzeitig angriffslustig. »Weißt du eigentlich, dass er sich gleich bei Kriegsende eine der schönsten Stadtvillen unter den Nagel gerissen hat, um dort seine Saufgelage und Orgien zu feiern?

Weißt du eigentlich, dass er im Ort mit bewaffneten Leibwächtern herumlief und seiner Bernhardinerhündin ›Asta‹ ein deutsches Mutterkreuz umhängte, weil sie so viele Junge zur Welt gebracht hat? Hast du nicht gehört, dass er Deutschen und überlebenden Juden Geld und Schmuck abgenommen und in die eigene Tasche gesteckt hat? Dass er deswegen sogar im Knast saß, aber wieder freikam, weil man ihm nichts nachweisen konnte? Weißt du etwa nicht, wie er Jan Czarnecki behandelt hat?«

Czarnecki musste sich, wie alle, die als »eingedeutschte« Oberschlesier Dienst in der Wehrmacht geleistet hatten, nach seiner Rückkehr beim Sicherheitsdienst melden. »Jaszczenko hatte eine Peitsche vor sich liegen und einen Hund neben sich, außerdem eine Flasche Alkohol und Gläser auf dem Tisch«, erzählte Czarnecki später dem Myslowitzer Historiker Alfred Sulik.

»Guten Tag, ich melde mich als Bürger dieser Stadt zurück.«

»Dann melde dich so, wie du dich bei Hitler gemeldet hast«, befahl Jaszczenko.

»Aber wir sind schon wieder polnisch.«

»Ich sage dir: Du machst jetzt, was ich dir sage«, schrie er zurück.

Erschrocken streckte ich den Arm vor und rief: »Heil Hitler!«

»Na, siehst du«, sagte Jaszczenko. »Darauf trinken wir jetzt einen!«

»Ich vertrage das nicht.«

Da bekam er einen cholerischen Anfall und zerschlug mir das Glas auf dem Kopf, so dass mir das Blut herunterlief, erzählte Czarnecki.

Anders als viele ältere Myslowitzer bis heute denken, war Jaszczenko während seiner Zeit im polnischen Sicherheitsdienst aber nicht Kommandant im Lager »Rosengarten«, wo seit dem 5. Februar 1945 deutsche Zivilisten interniert wurden, denn die im Standesamt erhaltenen Sterbeurkunden unterzeichnete ein Lagerleiter, dessen Name deutlich erkennbar mit den Buchstaben Sko ... begann. »Er war so etwas wie der Leiter für deutsche Angelegenheiten«, weiß seine dritte und letzte Ehefrau von ihm selbst, »und hat im ›Wożniak‹ gearbeitet.« So nannte sich nach dem früheren Besitzer das Gebäude in der Myslowitzer Hauptstraße, das der Sicherheitsdienst unmittelbar bei Kriegsende als seinen Sitz requiriert hatte. Für diese Version sprechen auch die Aussagen von Zeugen, die sahen, wie er Jagd auf Deutsche machte, Häuser und Wohnungen durchsuchte und Soldaten verhörte, die aus der Gefangenschaft, aus der Wehrmacht oder einfach nur aus dem Westen zurückkehrten.

»Was ihm die Leute immer alles in die Schuhe schieben wollen!«, empört sich seine dritte Ehefrau zwar, aber letztlich bestreitet sie nicht die Tatsachen, sondern nur seine Alleinschuld: »Er kannte sich doch gar nicht aus in Myslowitz! Er konnte doch nur die aufstöbern und verhaften, die von anderen denunziert worden waren!«

»Er war bekannt für seine Primitivität«, sagt der Historiker Alfred Sulik. »Er engagierte sich im Sportklub und bewarf Jugendliche der gegnerischen Mannschaft mit Steinen. Einmal ging er zum Klub 06 Myslowitz auf den Platz, wo ein Oberschlesier namens Hanf spielte. Jaszczenko schrie: ›Du verfluchter Germane!‹ Dabei hatte Hanf nicht einmal in der Wehrmacht gedient, weil er im Bergwerk unabkömmlich war. Das nächste Mal kam Hanf in einer polnischen Uniform und mit einem Karabiner auf den Sportplatz und sagte: ›Wenn du nicht die Klappe hältst, erschieße ich dich. Dann zahl ich dir den ‚Germanen' heim!‹«

»Ich selbst habe Jaszczenko erst 1952 kennen gelernt«, sagt Henryk Bednorz aus Kattowitz, der mit ihm in der Hoch- und Tiefbaufirma zusammenarbeitete. »Das war ein ordinärer Typ. Er versuchte es mit den Leuten auf dem Bau wie früher im Lager. Über seine Heirat erzählten sie hier in Myslowitz so: Ihre Eltern saßen im Lager. Sie selbst auch. Da hat er gesagt: Wenn sie ihn heiratet, lässt er die Eltern frei. Und so geschah es auch. Das wussten alle in Myslowitz.«

»Die Menschen haben noch andere Lügen verbreitet«, sagt Halina. »Einige haben 1994 in der Kattowitzer Lokalzeitung *Dziennik Zachodni* behauptet, dass Jaszczenko mich mit der Pistole gezwungen hätte, seine Frau zu werden.«

In vollem Ausmaß hat sich Halina den Verwicklungen ihres Mannes in die Verfolgung der Deutschen erst über fünfzig Jahre nach den Ereignissen gestellt. Erst da besuchte sie das verwahrloste Gelände des ehemaligen Lagers »Rosengarten« dicht hinter dem Bahnhof, in dessen drei Baracken während der deutschen Okkupation jeweils bis zu tausendzweihundert Polen zusammengepfercht wurden und das die Polen nach dem Einmarsch der Roten Armee sofort weiter zur Internierung der Deutschen nutzten. »Oberschlesier, verdächtigt des Verrats wegen der Aufnahme in die Deutsche Volksliste Gruppe 1 oder 2, und deutsche Staatsbürger wurden hier in Haft genommen«, liest Halina nun gemeinsam mit Schulfreund Benno auf der Gedenktafel, dessen Text Alfred Sulik entworfen hat und auch ins Deutsche übersetzen ließ. »Bis zur Liquidierung des Lagers 1947, als Folge der fatalen sanitären und Lebensbedingungen und grausamer Behandlung, sind in diesem Lager 2331 Personen verstorben.«

Erst da verstand Halina, warum Jaszczenko den Prozess gefürchtet haben muss, der wegen dieses Massensterbens gegen ihn angestrengt worden sein soll. Damals – so hat er Halina wenigstens erzählt –, überredete er seinen Freund, den Lagerarzt

Dr. Fryszkowski, ihm Unzurechnungsfähigkeit nach Paragraph 51 zu bescheinigen: Schizophrenie. So konnte er das Verfahren und die Strafe umgehen, musste sich aber auch von einer Karriere im Sicherheitsdienst verabschieden. Mit Schizophrenie wäre er nicht mehr tragbar gewesen. Also reichte er seine Entlassung ein.

In Jaszczenkos Unterlagen, die die dritte Ehefrau nach seinem Tod in der Kattowitzer Dreizimmerwohnung aufbewahrt, befindet sich die Erklärung Nr. 750628 von ZBoWiD, dem Verband der Kämpfer für Freiheit und Demokratie. Aus ihr geht hervor, dass Jan Jaszczenko vom 17. März 1945 bis zum 18. Mai 1946 den »Kampf zum Erhalt der Volksmacht (Sicherheitsdienst)« geführt hat und dafür mit einer Zulage von monatlich fünfzig Zloty belohnt worden ist.

Ende der vierziger Jahre verbuchte Halina all die Schreckensmeldungen mit den zwei Seelen in Jaszczenkos Brust. »Die eine beherrschte ihn bis zum fünfunddreißigsten Lebensjahr«, heißt es in den autobiographischen Aufzeichnungen. »Die andere, eine völlig gegenteilige, als Elfie in sein Leben trat.« – »Zu meiner Zeit ist er ein Mensch geworden«, sagt Halina noch heute. »Er hat sich selbst nicht mehr erkannt.«

Nicht ohne Stolz posierte Halina Ende der neunziger Jahre vor dem inzwischen heruntergekommenen Gründerstilhaus in der ulica Grunwaldska, der Myslowitzer Hauptstraße, in dem Jaszczenko, als Halina schwanger wurde, eine große Wohnung renovieren ließ. An der Übernahme dieser Wohnung stieß sich Halina damals nicht, weil sie einem Juden gehört hatte, der von den Nazis enteignet und später vermutlich umgebracht worden war. Anstoß nahm sie zunächst ein wenig an der unmittelbaren Nachbarschaft des »Woźniak«, in dem der Sicherheitsdienst residiert hatte, befanden sich doch unten im Keller jene Zellen, in denen Deutsche gesessen hatten und verhört worden waren. Sollte ihr Sohn nun dort im Sandkasten und auf der Rutsche spielen, wo einst die Gefangenen Ausgang hatten? »Die Nachbarn haben erzählt, dass Jaszczenko im Hof jeden Morgen Appelle mit den Häftlingen durchgeführt und Hunde auf sie gehetzt hat«, sagt Halina. »Aber solange ich mit ihm zusammen war, wollte ich das gar nicht wissen – das hat mich so belastet.« Sie blendete die Schattenseiten so weit wie möglich aus und versuchte, nur die angenehmen Seiten zu genießen, den Luxus der neuen Wohnung und die neue Rolle als Ehefrau.

Halina Jaszczenko alias Elfie Scholz glänzte an seiner Seite, wenn ihr Mann seine gesellschaftlichen Verpflichtungen in der Kattowitzer Vereinigten Bauindustrie, der Kommunistischen Partei, in der Gewerkschaft und vor allem als Präsident des Myslowitzer Sportklubs »Lechia« wahrnahm. Sie trug maßgeschneiderte Kleidung und verbrachte zur Anprobe von Innenpelzmantel, Kostüm, Kleidern, Blusen, Nachthemden oder Morgenröcken ganze Tage bei der Modellistin. Sie genoss den Dienstwagen mit Chauffeur, mit dem sie einmal zusammen in Urlaub fuhren, und war begeistert von den fünf Kutschen zum Wallfahrtsort Panewnik, die Jaszczenko zum Jahrestag von Andrzejs Taufe genehmigte, obwohl er Atheist war. Und trotzdem wurde sie zunehmend streitsüchtig, mäkelig, unsicher und depressiv. Denn seit der Hochzeit führten sie eine Ehe zu dritt.

Am Tag vor der Trauung hatte eine verheiratete Kollegin aus der Baufirma bei den Vorbereitungen für das Fest geholfen. Jaszczenko brachte sie nach Hause – und kehrte erst am nächsten Morgen zurück. Am Tag der Geburt des Sohnes wollte Halina den frisch gebackenen Vater von der freudigen Nachricht in Kenntnis setzen – doch Jaszczenko war den ganzen Tag und die ganze Nacht nicht zu erreichen. Nachdem sie aufgrund des hohen Fiebers, das daraufhin einsetzte, zwei weitere Wochen im Krankenhaus verbracht hatte, fand sie bei ihrer Rückkehr die Kleider der Geliebten im Schrank. C. habe inzwischen den Haushalt geführt, hieß es. Und fortan werde sie sich auch um das Kind kümmern, denn sie – Halina – sei nicht reif für die Mutterpflichten. So durfte Halina ihr eigenes Kind nicht baden, seine Wäsche nicht waschen, keine Verantwortung für den Jungen übernehmen. Die Rolle der erwachsenen Frau übernahm die Geliebte C., die zehn Jahre älter war als Halina, selbst ein Kind von zweieinhalb Jahren besaß und nur mäßig von einem Mann in Anspruch genommen wurde, der aufgrund einer Lungenkrankheit einen großen Teil der Zeit in Sanatorien verbrachte.

»Nie«, sagt mit schriller Stimme die inzwischen achtzigjährige, hagere C., die bis zu Jaszczenkos Tod im selben Haus nur ein paar Stockwerke über ihm wohnte, »nie bin ich seine Geliebte gewesen. Das kann ich vor Gott schwören. Ich bin eine praktizierende Katholikin! Ich habe bei ihm nur gearbeitet. Denn arbeiten durfte Halina ja nicht. Und während sie in der Schwangerschaft nur Mandeln und Rosinen essen wollte, damit das Kind schöne Haut bekommt, musste ich mich zu Hause von Kartoffeln ernähren!«

»Da gingen am Sonntag regelmäßig zwei Männer und eine Frau auf der Promenade«, weiß der Historiker Sulik aus vielen Erzählungen. »Das waren Jaszczenko, seine Geliebte und der Mann der Geliebten. So lebten sie offenbar.«

Für die Myslowitzer wurde das Dreiecksverhältnis ein Grund, sich je nach Temperament zu erregen, zu mokieren oder zu amüsieren. Manchmal flanierten Jaszczenko und seine Geliebte die Promenade von der Quelle beim Sportplatz bis zum Schlösschen vom Fürsten Sułkowski gerade hinunter, während Halina denselben Weg mit einer Freundin heraufkam. Sohn Andrzej lief – hin- und hergerissen zwischen zwei Müttern und dem Vater – von einer Seite auf die andere.

»Lass dich doch scheiden!«, sagte Jaszczenko, wenn sie bettelte, weinte, schrie. »Lass dich ruhig scheiden! Deinen Sohn siehst du dann nie wieder. Denn das Gericht steht auf meiner

Seite, wenn es von deiner deutschen Abstammung erfährt!« (Tatsächlich sprach das Gericht Kattowitz bei der Scheidung am 30. März 1963 den Sohn dem Vater zu und verpflichtete Halina, den Minderjährigen an ihn zu übergeben. Da wohnte sie allerdings bereits neun Jahre auf der anderen Seite des Eisernen Vorhangs.)

»Du bringst mich noch so weit, dass ich dich umbringe!«, schrie er ein anderes Mal. »Treib es nicht zu weit! Denn mir wird nichts passieren!« Er habe nämlich Paragraph 51: Schizophrenie – und einen Freund, der ihm dies noch einmal bestätigen würde.

Mit einundzwanzig Jahren hatte Halina die erste schwere Gallenkolik. Der Notarzt verfügte ihre sofortige Einweisung ins Städtische Krankenhaus. Nach sechs Monaten folgte die nächste schwere Kolik. Halina lag im selben Zimmer, im selben Bett, überließ wieder der Rivalin das Feld und bestätigte, was ihr Mann ihr einredete: wie unfähig sie als Frau und Mutter sei und wie unerlässlich die Hilfe von Frau C. Von nun an rettete sich Halina regelmäßig in die Krankheit. Das Krankenzimmer wurde zu einem Zufluchtsort vor der Realität, der sie sich nicht gewachsen fühlte. Und Frau C. kümmerte sich so nachhaltig um Ehemann, Haushalt und Sohn, dass Andrzej eines Tages erklärte, Frau C. sei besser zu ihm als die eigene Mutter.

Halina schien die Situation ausweglos – bis der Brief aus Deutschland kam. Solange Halina denken konnte, war das Verhältnis zu ihrer Schwester gespannt. Dennoch durchzuckte sie eine freudige Erregung, als sie eine Einladung nach Hamburg in den Händen hielt, wo Martha seit der Ausreise aus Myslowitz eine neue Existenz aufgebaut hatte. In Polen herrschte politisches »Tauwetter«. Nach dem Ende des Stalinismus und dem Machtantritt von Władyslaw Gomułka waren Reisen ins westliche Ausland plötzlich wieder möglich. Halina wollte fahren. Aber Jaszczenko wollte sie nicht lassen. Er fürchtete, sie könnte für immer dort bleiben. So packte er in den Koffer Kleidung für gerade einmal zwei Wochen, alle Schmuckgegenstände mussten zurückbleiben – selbst der Ehering. Doch der Sohn durfte mit.

Erstes Foto – Jan Jaszczenko mit der Geliebten C. im Kurort Bad Reinerz: »Dein Vater trinkt das Heilwasser.« (Halina: »Sehen Sie, dass die Geliebte dabei ist!«)

Zweites Foto – Jan Jaszczenko mit einer kleinen Gießkanne mit spitzem Schnabel in der Hand: »Vater gießt die Blumen im Wohnzimmer.« (Halina: »Wenn nur *er* zu sehen ist, hat *sie* geknipst!«)

Drittes Foto – Jan Jaszczenko, umgeben von Teddybären: »Vater mit den Spielsachen von Andrzej.« (Halina: »So hat er Andrzej immer gelockt.«)

Viertes Foto – Jan Jaszczenko lesend auf einer Couch neben dem Kühlschrank in der Küche: »Vater entspannt.« (Halina: »Wir sollten denken, dass er ohne uns nur so dahinvegetiert und in der Küche lebt.«)

Aus verschiedenen Ecken ihrer Darmstädter Zweizimmerwohnung zieht Halina Fotos hervor, mit denen Jaszczenko Sehnsucht und Einsamkeit demonstrierte, nachdem klar war, dass sie ihn verlassen hatte und in Deutschland bleiben würde. Im Bücherregal findet sie das Schulbuch »Arithmetik 1«: »Meinem lieben Sohn – ein polnisches Buch für ein polnisches Kind. 20. 8. 1958« und eine Fibel: »Dem geliebten Kind aus Anlass des Schulbeginns vom Vater. Lerne Polnisch zu sprechen und zu schreiben, damit du deinem Vater einen Brief auf Polnisch schreiben kannst, und vergiss nicht, dass du ein Pole bist, dass in dir polnisches Blut fließt und dein Vaterland Polen ist. Denk daran, dass die Deutschen seit Jahrhunderten versucht haben, dein heldenhaftes Volk zu brechen, und niemals ist es ihnen gelungen. Möge auch dein Geist die schreckliche Unfreiheit überstehen!«

Jaszczenko bat, flehte, fluchte, drohte, lockte. Zu ihrem Geburtstag 1958 erreichte Halina der Roman mit dem beziehungsvollen Titel »Die Geschichte der Sünde« von Stefan Żeromski. »Der geliebten Frau zu ihrem Geburtstag«, lautete die Widmung. »Viel Glück und eine schnelle Rückkehr nach Hause wünscht der immer noch liebende Ehemann.«

Es gab aber auch Zeiten, da fühlte Halina sich geradezu verfolgt. Regelmäßig folgte ihr Ende der fünfziger Jahre ein unbekannter Mann. Nachdem sie die Kripo eingeschaltet hatte, stellte sich heraus, dass er über seine in Polen lebende Frau Informationen an Jaszczenko lieferte. Da verstand sie, warum in einem Brief gestanden hatte: »Wie kannst du nur in einem Zimmer leben, wo doch hier ein Haus auf dich wartet!« Später fühlte sie sich von einem Mann im Haus gegenüber beobachtet, der, so hieß es nach der Wende 1989, ein Spitzel der Stasi gewesen sei. »Jaszczenko hatte seine Mittelsmänner überall«, ist Halina überzeugt. Zumindest in ihrer Phantasie verlieh sie ihm eine solche Machtfülle, dass sie nicht einmal in einer Entfernung von tausend Kilometern und auf der anderen Seite des Eisernen Vorhangs zur Ruhe kommen konnte. Sie klebte weiter an ihm. Innerlich und formell. Als sie 1962 von einem anderen Mann ein Kind erwartete, verweigerte Jaszczenko die Scheidung. Erst als sie Anfang der siebziger Jahre das alleinige Sorgerecht für diese Tochter beantragte und entsprechende Papiere an das Justizministerium in Warschau richtete, erfuhr sie, dass Jaszczenko sich seinerseits 1963 hatte scheiden lassen – damals wollte er wieder heiraten.

Erstes Foto – Andrzej mit Schultüte: »Dem geliebten Vater zur Erinnerung an meinen ersten Schultag.«

Zweites Foto – Andrzej mit Halina: »Dein Sohn mit seiner Mutter.«

Drittes Foto – Andrzej mit Mutter und einem unbekannten

Mann: »Zur Erinnerung – Andrzej, Mama und sein künftiger Vater. 30. 9. 1960.«

Die dritte Ehefrau hat in ihrer Kattowitzer Dreizimmerwohnung einen Großteil von Jaszczenkos Korrespondenz aufgehoben. In Briefen aus dem Frühjahr und Sommer 1977 schreibt Halina auf Polnisch im Namen des Sohnes: »Ich will dich sehen, aber ich habe Angst, dass sie mich (wegen meines polnischen Passes) verhaften. Können wir uns nicht auf neutralem Boden sehen?«

Jan Jaszczenko wollte, aber nie klappte es. Er schlug Treffpunkte in der DDR vor, in der Tschechoslowakei, in Ungarn; doch dem Sohn kam immer etwas dazwischen. Im Sommer 1988 ließ Andrzej eine bereits getroffene Verabredung wieder rückgängig machen. Der fast achtzigjährige Jaszczenko war vor Enttäuschung unfähig, am Telefon zu reden. Er schluchzte nur. Im Spätherbst 1989 war Andrzej sogar schon in Kattowitz. Angesichts offener Grenzen plante er einen Autohandel mit Oberschlesien. Doch selbst dieses Mal ließ er durch eine Polin am Telefon erklären, er sei schon auf dem Rückweg, erst in sechs Wochen komme er wieder.

»Jeden Tag danach begann er von Neuem: Wann kommt er endlich?«, sagt seine dritte Ehefrau. »Er saß im Sessel, betrachtete die alten Bilder und meinte resigniert: Ich werde ihn wohl nicht mehr sehen.«

In seinen fortgeschrittenen Jahren soll sich Jan Jaszczenko sozial engagiert und dafür auch Auszeichnungen erhalten haben. Einige Myslowitzer haben ihn deswegen wohl auch geschätzt. Im Gedächtnis der Älteren aber blieb er der Sadist, der Choleriker, der Deutschenhasser, dem sie nicht einmal einen gewöhnlichen Tod gönnten. Für den zahnlosen Alten mit der Zigarettenkippe zwischen den vergilbten Fingern, dessen Onkel im »Rosengarten« umkam, endete Jaszczenko durch ein Attentat in der Straßenbahn. Für einen Leser des *Dziennik Zachodni* ist er in Deutschland ermordet worden, als er seiner Frau nachreiste. Für einen ehemaligen Arbeitskollegen aus der Kattowitzer Baufirma starb er wie ein räudiger Hund – einen halben Tag soll er auf dem Bürgersteig gelegen haben, bevor Passanten den angeblich Betrunkenen der Polizei meldeten. Tatsächlich, so erzählt seine dritte Ehefrau, ging er am 16. Dezember 1989 wie jeden Tag gegen elf Uhr zu einem kleinen Spaziergang hinaus. Als er nach einer Stunde nicht zurückgekehrt war, suchte sie ihn auf dem üblichen Weg rund um die nahe gelegene Kirche. Sie fand ihn nicht, denn er war bereits auf der Rettungsstation eingeliefert – ein unbekannter alter Mann mit Spazierstock, Brille und Anorak: An der Kościuszko-Straße hatte er gelegen, in genau entgegengesetzter Richtung zur Kirche.

Als Andrzej in den ersten Januartagen 1990 wieder in Kattowitz erschien, lag das Begräbnis bereits zwei Wochen zurück. Er konnte nur noch das frische Grab besuchen.

Halina empfand gegenüber diesem Zusammenspiel der Ereignisse eine tiefe Genugtuung. Sie, die sich Jaszczenko gegenüber immer ohnmächtig gefühlt hatte, sah jetzt auch die Folgen ihrer Macht über ihn: der Macht, ihm seinen Sohn vorzuenthalten und ihn dadurch leiden zu lassen. »Sie war vom Schicksal auserkoren«, heißt es in den autobiographischen Aufzeichnungen, »ihn für all seine Schandtaten zu bestrafen.«

Der Sohn aber begriff die Mutter nicht als Vollstreckerin historischer Gerechtigkeit; er fühlte sich nach dessen Tod vielmehr endgültig um den Vater betrogen. Ein tiefer Groll stieg in ihm auf. Hätte ihm ein Vater, dem der Staat sogar Auszeichnungen verlieh, nicht einen ganz anderen Aufstieg ermöglicht als eine Mutter, die sich zeitlebens als kleine Angestellte durchschlug? Bitterkeit wallte in ihm hoch über all die Entbehrungen, die er ohne die polnische Tradition in der Familie erlitten hatte – und der Wunsch nach Entschädigung.

Vor dem Gericht in Kattowitz erstritt sich Andrzej, der mit

dem breiten Oberkörper und dem kantigen Gesicht so aussieht wie sein Vater, der so jähzornig ist wie er und wie er aus allem Geld zu machen versteht, seinen Pflichtanteil an der kleinen Dreizimmerwohnung im Betonblock von Kattowitz, die sich das Ehepaar Jaszczenko 1983 mit den Geldern der Tochter der dritten Ehefrau gekauft hatte. »Andrzej will Geld«, sagt die dritte Ehefrau, »ganz einfach Geld«, und wartet voller Angst auf seinen nächsten Schachzug. Auch von dem kleinen Fiat, den sie besaß, fordert er seinen Pflichtanteil. Doch vom Erlös des Fiat hat sie längst den Grabstein gekauft.

Kurz nach ihrer ersten Rückreise nach Polen 1997 hatte Halina einen Traum: Jaszczenko erschien ihr als kleiner zweijähriger Junge – schön herausgeputzt in Sonntagskleidung. Er griff nach ihrer Hand, zog sie zu einer Tür, und als die Tür aufging, saß ein bereits deutlich vom Alter gezeichneter Jaszczenko dahinter, der sie gütig anlächelte und fragte: Wie geht es dir?

Seitdem kann Halina die Vergangenheit wieder aus den Untiefen ihrer Seele heraufholen und offen über sie sprechen. Seitdem scheut sie sich nicht mehr, die Erinnerung an ihre Myslowitzer Heimat auch zum Bestandteil ihres Lebens im hessischen Darmstadt zu machen. Sie schreibt für den *Oberschlesier* über Heimatgeschichte, Veranstaltungen und Reisen, besucht die Kolendefeier der Darmstädter Landsmannschaft, mit der die oberschlesische Tradition der Besuche des Priesters bei seinen Pfarrkindern am Anfang eines neuen Jahres fortgesetzt wird, und empfängt regelmäßig Vertreter von Deutschen Freundschaftskreisen aus Polen. Fast rund um die Uhr ist sie beschäftigt, Informationen einzuholen, Wissenslücken aus der Vergangenheit zu schließen, neue Kontakte zu knüpfen und alte aufzufrischen. Nur bei vertriebenen Myslowitzern stieß sie auf verschlossene Türen. »Warum heißen Sie immer noch Halina Jaszczenko und nicht längst wieder Elfriede Scholz?«, empörte sich Werner Slonina aus Dortmund, als sie sich Anfang 2000 nach dem Heimattreffen erkundigt hatte. »Warum wollen Sie in Polen begraben werden, und warum leben Sie jetzt in Deutschland? Ich kann Ihnen bei solchen Voraussetzungen nicht empfehlen«, legte er ihr nahe, »zu unserem Myslowitzer Treffen zu kommen. Es muss befürchtet werden, dass Ihre Anwesenheit bei unserem friedlichen, harmonischen Treffen nur böse Erinnerungen und Diskussionen weckt. Lohnt sich das?«

Bitter für Halina Jaszczenko war nur, dass auch ihre Geschwister sich dieser Meinung anschlossen und ohne sie zum Treffen fuhren.

Zoja Perelmuter

Ich bin Polin, weil es mir so gefällt

Das Wichtigste war, dass sie genügend Zigaretten dabei hatte. Nur ein paar Stunden dauerte das Picknick mit jenen Gleichaltrigen, die wie sie 1968 aus Polen emigriert waren. Aber konnte auf der Rückfahrt von Jerusalem nach Tel Aviv nicht ein Stau auftreten? Oder ein Unfall den Verkehr lahmlegen? Wie sollte sie sich dann ohne Zigaretten beruhigen? Wie die Spannung in der sich quälend langsam vorwärts schiebenden Autokolonne aushalten?

Noch zwei Päckchen lagen ungeöffnet in Zojas Handtasche zwischen Portemonnaie, Kamm, Kugelschreiber, Visitenkarten und einem Feuerzeug. Nur zwei Päckchen. Vor einigen Jahren, als sie in der Peace-Now-Bewegung mitarbeitete, war die Tasche immer randvoll gepackt – für den Fall, dass sie verhaftet würde. Allein der Gedanke daran, sie könne stunden- oder gar tagelang in einer Zelle eingesperrt sein, hatte Panik in ihr ausgelöst und traumatische Bilder heraufbeschworen, die nicht ihren eigenen Erfahrungen entsprungen sein konnten. Denn auch in ihrer früheren Heimat Polen hatte sie nie im Gefängnis gesessen, hatte nie den grellen Schein einer Lampe auf sich gerichtet gesehen und nie die Aufforderung gehört, die Schuld für ein Verbrechen einzugestehen, das sie nicht begangen hatte. Nie hatte sie die Versuchung gespürt, ein gefälschtes Protokoll zu unterzeichnen, nur um anschließend den Rauch einer Zigarette einzusaugen. Woher also kam die Panik? Als Reaktion auf Geschichten vom Vater, der den Krieg im Süden der Sowjetunion überlebt hatte? Oder von der Mutter, die Erfahrung mit deutschen Henkersknechten im Getto und im Konzentrationslager gesammelt hatte? Zoja weiß es nicht. Sie kennt die Angst, aber sie kennt nicht ihre Ursache. Doch seit der Arzt ihr riet, lieber bei Zigaretten zu bleiben, statt zu härteren Drogen zu greifen, erlaubt sie sich ihr tägliches Quantum Nikotin fast ohne Selbstvorwürfe.

Zigaretten gehören für Zoja seit ihrem dreizehnten Lebensjahr genauso zum Alltag wie der Alkohol. Sie rauchte und trank, wenn sie sich mit Bekannten zum Bridge traf. Sie rauchte und trank, wenn sie sich mit Freundinnen im Café verabredete oder auf Partys feierte. Auch am 8. März 1968, als sie, aus dem Café »Gwiazdeczka« in der Warschauer Altstadt kommend, die Krakowskie Przedmieście hinunterlief und hinter dem verbarrikadierten Tor der Universität die streikenden Studenten sah, dachte sie als Erstes: Wie lange halten sie ohne Zigaretten aus? Und Zoja lief zum Kiosk, zählte alles Taschengeld auf den Tresen, das sie bei sich trug, und spürte, wie die Erleichterung derer, denen sie die Päckchen durch das Gittertor in die Hände drückte, sich auf sie übertrug. Mit Zigaretten hatte das bedrohliche Aufgebot von Milizfahrzeugen und Wasserwerfern in den angrenzenden Straßen zumindest etwas von seinem Schrecken verloren.

Im März 1968 stand Zoja kurz vor dem Abitur. Als aufgeweckte und politisch interessierte Schülerin beteiligte sie sich, obwohl nicht Mitglied des Sozialistischen Jugendverbandes, am »Kreis der jungen Rationalisten«, in dem die Elite unter den Schülern kontroverse Themen diskutierte. Mit sieben Jahren hatte sie zwar den Pfadfindern angehört, weil sie Jacek Kuroń verehrte, jene charismatische Gestalt unter den jungen Kommunisten, die die Jugend begeisterte und faszinierte. Noch Jahrzehnte später, als sie ihn in Israel erstmals persönlich traf, überzog tiefe Schamesröte ihr Gesicht, als sie ihm gestand, wie verliebt sie als kleines Mädchen in ihn gewesen sei. Doch damals war ihr Ideal weit und die Realität des Verbandes ernüchternd. Als sie, als eine unter vielen grauen Mäusen, bei einem Pfadfindereinsatz im Schweiße ihres Angesichts auf dem Friedhof Unkraut jäten musste, während die jungen Funktionäre untätig herumstanden und diskutierten, hatte sie wutentbrannt ihr Halstuch auf den Tisch geworfen und mit einem trotzigen »Ihr könnt mir den Buckel herunterrutschen« die Organisation verlassen. Nie wieder im Leben wollte sie einer Vereinigung beitreten. Selbst gutes Zureden und sanfter Druck in der Schule konnten sie später nicht zur Mitgliedschaft im Sozialistischen Jugendverband bewegen. Wenn Zoja nicht wollte, wollte sie nicht. Sie war eigenwillig und in keine hierarchische Struktur zu pressen. Doch überraschenderweise fand sie auch in einem Land des demokratischen Zentralismus außerparteiliche Möglichkeiten, für Gerechtigkeit zu streiten.

Und es war nicht gerecht, ein Stück vom Spielplan des Warschauer Nationaltheaters zu nehmen, nur weil das Publikum antizaristischen Stellen des Stückes minutenlangen Beifall zollte. Es war nicht gerecht, Studenten zu schlagen, nur weil sie abweichende Meinungen vertraten. Zoja hatte die beanstandete Aufführung der »Ahnen« von Adam Mickiewicz bei einer Schülervorführung selbst gesehen. Wie konnte das Regime sich anmaßen, den polnischen Nationaldichter der Zensur zum Opfer fallen zu lassen, nur weil seine Bemerkungen über die Dummheit der »Moskalen« immer noch als zeitgemäß empfunden wurden! Als sich am dritten Streiktag in Zojas Schule die Gruppe »Solidarität mit den Studenten der Warschauer Universität« gründete, schloss sie sich ihr sofort an und stellte sogar die elterliche Wohnung als Treffpunkt zur Verfügung – denn bei den Eltern konnte sie auf Unterstützung hoffen.

Im Prinzip sei der Sozialismus eine gute Sache, hatten sie ihr immer wieder erklärt und damit begründet, warum sie der Partei die Treue hielten, obwohl sie in der stalinistischen Ära zeitweilig selbst verstoßen worden waren. Fehler seien auf dem Weg ins Paradies eben unvermeidlich, der ununterbrochene Kampf gegen Dummköpfe und Doktrinäre die Verpflichtung eines jeden Genossen. Als Journalistin hatte die Mutter in der Zeit des »Tauwetters« nach 1956 in der Zeitschrift *Po Prostu* für Reformen gefochten, zehn Jahre später aus derselben kritischen Loyalität heraus die Tochter ermuntert, den bereits gemaßregelten Philosophieprofessor Leszek Kołakowski in den »Kreis der Rationalisten« einzuladen: Notfalls war der Partei der rechte Weg eben von außen aufzuzwingen.

Und so ließ Zojas Vater nach alter konspirativer Methode ihre Mitschüler jeweils nur in Dreiergruppen auf die Straße, damit sie nicht aufflogen, bevor sich die Demonstration der Studenten formierte. Die Schulembleme fest an die Ärmel ihrer Hemden genäht, damit die Miliz nicht auf die Idee käme, es handele sich um Radaubrüder, sickerten sie bis zum Universitätsgelände vor und ließen sich nicht einschüchtern, obwohl die Miliz prügelte und Rauchbomben warf.

Erst später merkte Zoja, dass in jenen Tagen zwei grundverschiedene Spiele auf ein und demselben Schauplatz ausgetragen wurden. Während die Studenten für die Freiheit des Wortes stritten, führten die Nationalisten in der Partei einen Kampf gegen die »fünfte Kolonne«. Demonstranten mit jüdischen Namen wie Michnik und Szlaifer und Blumsztajn lieferten ihnen den Vorwand, eine Unterwanderung des sozialistischen Vaterlandes durch angeblich illoyale jüdische Mitbürger zu behaupten. Plötzlich erschien, was sich als Engagement für die Verbesserung des Systems verstand, als eine besonders raffinierte Taktik zu seiner Zersetzung. »Für Zionisten ist der Weg frei nach Israel«, schrieben Arbeiter aus Warschauer und Kattowitzer Großbetrieben auf Transparente, mit denen sie ihrer angeblich spontanen Empörung auf Massenversammlungen Luft machten. Juden sollten raus aus Polen.

Plötzlich war Zoja keine Polin mehr, sondern eine Jüdin. Plötzlich zählten nicht mehr die Sprache, die Kultur, der Freundeskreis, sondern der Name Sztatler (nach dem Vater) und die Tradition (nach der Großmutter). Plötzlich stand die ganze Familie auf der Abschussliste, obwohl sich auch die Eltern als assimilierte Polen verstanden. Als Erstes wurde ihr Vater entlassen – dabei bekleidete er eine völlig unpolitische Stelle im Institut für Industriedesign. Anschließend flog die Mutter heraus – dabei arbeitete sie in der weitgehend unpolitischen populärmedizinischen Zeitschrift *Żyjemy dłużej*. Schließlich verschloss sich auch vor Zoja eine Tür nach der anderen – weder die Universität noch die Fachhochschule wollten sie zum Studium zulassen. Die medizinische Fakultät empfahl ihr noch vor Beginn der Aufnahmeprüfungen, die Bewerbung zurückzuziehen; die Pharmazie ließ sie zwar die fachliche Eingangsprüfung bestehen, lehnte aber ihre Teilnahme am politischen Examen ab; und in der Krankenschwesterschule zuckten sie gleich bei der Bewerbung bedauernd mit den Schultern. Wohin sich Zoja auch wandte – überall weckte sie Argwohn mit dem jüdischen Namen, und überall verfolgten sie die Papiere aus der Schule, die ihr ein aufsässiges Verhalten wie bei der Einladung von Kołakowski bescheinigten. Es war, als laufe sie mit einem unsichtbaren Stigma herum, das sie vom Leben ausschloss und alle Fäden, die sie mit der Welt verbanden, durchschnitt und sie zurückwarf auf sich selbst. Wie unter einer bedrückend engen Glasglocke glaubte sie, ersticken zu müssen. Doch da Zoja nicht klein beigeben und nicht demütig zu Kreuze kriechen wollte, da ihr Ehrgefühl ihr verbat, eine Loyalität beweisen zu sollen, die für sie nie in Frage gestanden hatte, erklärte sie eines Tages mit dem Trotz eines Kindes: Wenn sie uns schon als Juden denunzieren, reisen wir eben als Juden aus. Dabei hatte sie keine Ahnung, was es bedeutete, eine Jüdin zu sein.

Dass sie aus einer jüdischen Familie stammt, hat Zoja immer

gewusst. Sie wurde nicht erst wie viele andere durch die Parteipropaganda darauf gestoßen. Doch die Großeltern, arme, jiddisch sprechende Bauern aus Galizien, kannte sie nur aus den Erzählungen. Die Großmutter, eine orthodoxe Jüdin mit Perücke, die alle Reinheitsgebote einhielt, hatte den Haushalt geführt, während der Großvater, Atheist und Kommunist, im Gefängnis gesessen hatte. Beide hatten den Krieg nicht überlebt. Großmutter war aus dem Krakauer Getto nach Bełżec geschickt und dort umgebracht worden; Großvater von den Deutschen erst auf offener Straße gedemütigt und dann erschossen worden.

Zojas Mutter zählte mit ihren drei Schwestern hingegen zu den wenigen, die das Krakauer Getto und die Lager in Płaszów und Auschwitz überlebten und kurz vor Kriegsende ins Innere des Deutschen Reiches transportiert wurden. Dünn wie ein Strich, mit kahl geschorenem Kopf, war sie nach Polen zurückgekommen – in einem dicken Wollpullover mit Schweizer Muster über einem dünnen schwarzen Taftrock, der ihr bis zu den Knöcheln reichte, und in Schuhen mit hohen Absätzen, die sie bei der Rückreise meist in der Hand trug, da sie in ihnen nicht laufen konnte. Diese Kleidung hatte sie sich in den verlassenen deutschen Häusern ausgesucht, in denen sie bei der Entlassung nehmen durften, was sie brauchten.

Seit jener Zeit bewegte sich Zojas Mutter in der Spannung zwischen Alpträumen und Lebenshunger, zwischen Erinnerung und Zukunftsphantasie, und wie eine Verpflichtungserklärung für das Leben trug sie die Vergangenheit vor sich her. Als die Kommunistische Partei sie bat, ihren jüdischen Namen Sarah Fleischfarb abzulegen, da sie in der Agitation eingesetzt war und nicht das gängige Klischee bestätigen sollte, die Kommunistische Partei sei eine Partei von Juden, wählte sie programmatisch den Namen Obozowicz (obóz = Lager). Doch während sie wohl hoffte, die Erinnerung verstärke ihren

Wunsch zu leben, hielt sie nur die Bitterkeit in ihr wach. Noch Jahrzehnte später, wenn sie in den Bussen von Tel Aviv auf kichernde halbwüchsige Mädchen stieß, verzogen sich ihre Mundwinkel nach unten. Sie verachtete bei anderen jene unbeschwerte Lebensfreude, die sie selbst hatte entbehren müssen.

Die Verfolgungen während des Krieges waren es jedoch nicht, wodurch sich Zojas Familie von denen der Klassenkameraden unterschied, denn aus fast jeder polnischen Familie hatte jemand im Lager gesessen, war zur Zwangsarbeit verschickt oder ins Gefängnis eingesperrt worden. Verhaftungen, Erschießungen und Todesangst zählten zum kollektiven Gedächtnis der gesamten Nation. Anders hingegen war Zoja durch ihren Vornamen, den die Mitschüler selbst dann, wenn ihnen die von den Deutschen erschossene Sowjetheldin Zoja Kosmodem'janskoja nicht vertraut war, sofort als russisch erkannten: Ihre Eltern mussten also Kommunisten sein. Und anders war Zoja auch, weil sie nicht wie die anderen betete und nicht am Religionsunterricht teilnahm. Ein paarmal hatte sie zwar den katholischen Gottesdienst besucht, weil sie krank war vor Neid, als die Klassenkameradinnen in hübschen weißen Kleidern zur Kommunion gingen. Doch als die Tante ihr zum Trost eine silberne Kette schenkte, baumelte – welch armseliger Ersatz für ein Kreuz – nur ein vierblättriges Kleeblatt daran.

Lange Zeit waren Zoja diese Kleinigkeiten kaum aufgefallen. Auch in ihrer Familie stand Weihnachten ein schön geschmückter Tannenbaum im Wohnzimmer, auf dem Grammophon drehten sich Schallplatten mit Weihnachtsliedern, und Vater verteilte – als Nikolaus verkleidet – die Geschenke. Dass der »gefillte Fisch« und andere jüdische Leckerbissen auf dem Tisch den Einfluss noch einer anderen Tradition verrieten, merkte sie nicht, denn sie kannte keine anderen Weihnachtsgerichte. Erst, als ihr auf dem Hinterhof der Sohn eines polnischen Offiziers »Du räudige Jüdin« hinterherschrie, fragte sie, die noch auf die Grundschule ging, die Eltern verunsichert: »Was sind denn Juden?« Und seit jener Zeit ist Zoja eine Jüdin nach Tuwim'scher Definition.

Ich bin Pole, weil es mir so gefällt, hatte Julian Tuwim in seinem Text »Wir polnischen Juden« geschrieben: weil ich in Polen geboren wurde, weil meine Mutter mich polnische Gedichte und Lieder lehrte, weil ich mit Stottern und voller Glück meine erste Liebe auf Polnisch beichtete, weil mir Chopin und Mickiewicz näher sind als Shakespeare und Beethoven und mein Hass auf polnische Faschisten größer ist als auf die Faschisten aller anderen Nationalitäten. Und Jude? Als Jude, schrieb Tuwim, fühle ich mich aus Gründen des Blutes – nicht jenes Blutes, dem Rassisten geheimnisvolle Kräfte jenseits der Physiologie zuschreiben, sondern jenes, das millionenfach unschuldig vergossen wurde: Als Jude bin ich ein Bruder von Erschossenen, Vergasten, Gequälten, der Bruder einer ermordeten Nation.

So definierte sich auch Zoja fortan: als Polin, weil es ihr so gefiel. Und als Jüdin, weil sie die Enkelin einer ermordeten Großmutter und die Tochter einer für die Vergasung vorgesehenen Mutter war.

»Aber wer ist sonst noch Jude?«, fragte sie die Mutter.

»Tante Jadwiga, Tante Helena, Onkel Wiktor, Onkel Leszek …«

»Heißt das, dass alle Polen Juden sind?«, wunderte sich Zoja.

Plötzlich stellte sich heraus, dass die Eltern in einem fast ausschließlich jüdischen Freundeskreis verkehrten und dass, als Zoja sich in einen Polen verliebte, der Vater Bedenken äußerte: »Mir wäre doch lieber, du nimmst einen Juden als Mann.«

»Warum?«

»Weil du sonst nie sicher sein kannst, dass er dir nicht eines Tages ›Du räudige Jüdin‹ ins Gesicht schleudert.«

Zoja war die untergründige Angst der Eltern fremd. Sie fühlte sich sicher in der polnischen Umgebung. Als ein Mitschüler einmal die Bemerkung wagte: »Schade, dass Hitler nicht alle Juden vergast hat!«, wurde er sofort von der Schule geworfen. Erst nach dem Sechstagekrieg 1967 nahm sie – mehr unbewusst – eine Stimmungsveränderung wahr. Solange der eigens zu einem Vortrag in die Schule geladene Universitätslehrer nur die Israelis anklagte, fühlte sich Zoja nicht betroffen: Israel war weit weg, ein ihr fremdes, unbekanntes, gleichgültiges Land. Erst als er zu erläutern begann, woran man Juden erkennt, tauchten vor ihrem inneren Auge Karikaturen aus dem *Stürmer* auf. Sie bohrte die Fingernägel so tief in die Handflächen, dass Blut aus ihnen floss. Dann wurde sie ohnmächtig.

Woher die Angst kam, da sie sich doch als Polin fühlte? Bis heute weiß Zoja nicht, auf welche geheimnisvolle Weise manchmal etwas aus ihr spricht. Wie bei jenem Silvesterfest 1967, als sie, schon etwas angetrunken, bei der Musik von »No Milk Today« plötzlich zu weinen anfing und ihren Klassenkameraden prophezeite: In einem Jahr werde ich nicht mehr unter euch sein. Tatsächlich reiste sie am 21. Dezember 1968 aus Polen aus.

Die Entscheidung ist nicht in ihr gewachsen. Sie hat sie eines Tages im Sommer 1968 ganz einfach gefällt. Und danach gab es schon kein Zurück mehr.

Die Eltern wollten nach Schweden, Zoja wollte nach Israel. Dabei verband sie mit Israel nur Zitronen und Orangen, einen schönen Mittelmeerstrand, einen wunderbaren Zweisitzer namens »Sabra« und natürlich die Wüste, die blüht. Aber so eigensinnig, wie sie war, sagte sie: »Wenn wir schon als Juden gehen, gehen wir nach Israel.« Und da die Eltern ihre Sturheit kannten, fügten sie sich. Denn in schwierigen Situationen, so lautete ein Gebot, bleibt die Familie zusammen.

Die letzten Wochen verflogen wie im Rausch. Da galt es, bei der holländischen Botschaft die Ausreiseanträge zu stellen, da mit Israel keine diplomatischen Beziehungen bestanden; da galt es, die Umzugsfirma zu organisieren und die Packer mit

Wodka, Hering und Gurken bei Laune zu halten, damit sie die Gläser sorgfältig verpackten; da galt es, sich in der letzten Woche notdürftig bei Freunden einzurichten, da sie von den Nachmietern schon aus der eigenen Wohnung vertrieben worden waren. Da sich über all diese Dinge nur noch mit Juden reden ließ, veränderte sich auf einmal ihr Bekanntenkreis. Damals begann ihre Romanze mit Kuba. Kuba, den sie als uninteressanten Kollegen ihres Cousins immer vernachlässigt hatte. Den sie hässlich fand, auch wenn ihr beim Bridge-Spiel seine Hände aufgefallen waren, die schlank waren wie bei einem Pianisten. In dem sie immer nur den Kumpel gesehen hatte, selbst wenn er sie, als er nach dem März 1968 aus dem Polytechnikum hinausgeworfen worden war, zu Aufführungen ins Nationaltheater einlud. Erst als sie im Sommer 1968 gemeinsam die Ausreise vorbereiteten, begann in ihrem Innern etwas zu beben. Gott sei Dank endlich eine Jüdin, empfing sie ihre künftige Schwiegermutter, und Zoja fühlte sich peinlich berührt. Liebte sie Kuba etwa, weil er ein Jude war?

Als er im November ausreiste, war Zoja verzweifelt, denn sie wusste nicht, ob sie ihn je wiedersehen würde. Noch hatte sie selbst keine Ausreisegenehmigung. Berauscht von Wacholderschnaps hängte sie sich an den abfahrenden Zug und fand den Absprung nur, weil ein Bekannter die Betrunkene herunterriss.

Nicht nur Zoja trank viel in jenen Tagen. Auch ihre Eltern versuchten den Schmerz im Alkohol zu ertränken. In der Nacht vor der Ausreise verkroch sich die Mutter in ein dunkles Zimmer und deklamierte wie eine tragische Heldin: »Ich sterbe ohne die Tannen! Ich sterbe ohne die Weiden! Ich sterbe ohne die Pappeln!« Trotzdem saß sie tags darauf, umringt von Dutzenden von Freunden und mindestens ebenso vielen Sicherheitsbeamten, deren Blitzlichter in der Dunkelheit des Dezemberabends im Sekundenabstand aufflammten, pünktlich mit Ehemann und zwei Töchtern im Zug, der sich um 19.10 Uhr vom Danziger Bahnhof in Warschau Richtung Wien in Bewegung setzte. Zwei Tage später stand Zoja im Café »Arabeska« im österreichischen Übergangslager Schönau verzückt vor einer Musikbox, dem Symbol der Freiheit, das sie nur aus amerikanischen Filmen kannte, kaufte sich eine Coca-Cola, obwohl sie ihr wie Jodtinktur schmeckte, wählte für den Rest der fünf Dollar, die sie hatte ausführen dürfen, alle Lieder aus dem Film »Doktor Schiwago« und dachte beglückt, weil man bereits gefällte Entscheidungen nicht bereuen darf: Ich bin im Westen!

Wie wird man jüdisch? Indem man am Sabbat Cholent isst, das fette, schwere osteuropäische Eintopfgericht aus Kartoffeln, Bohnen, Grütze, Gänseschmalz und Rindfleisch, auch wenn es, wie damals in Schönau, kalt gereicht wird und nahezu ungenießbar ist? Oder indem man in hilfloser Nachahmung der israelischen Helfer Knoten in die vier Enden des Taschentuchs bindet und es als Kipa auf den Kopf legt? In Zojas Kopf verwirrte sich all das Fremde, das auf sie einstürmte. Was war westliche Kultur, was jüdische, was war kapitalistisch? Als sie im israelischen Flugzeug nach dem Hauptgang mit Hühnerfleisch einen schwarzen Tee mit Milch bestellte, spürte sie am strafenden Blick der Stewardess, dass sie gegen die Regeln des Judaismus verstoßen hatte. Aber woher hätte sie das wissen sollen? In Gedanken war die Familie noch immer in Polen. Wir wollen auf das neue Jahr anstoßen, sagte der Vater eine Woche nach der Ankunft zu seiner Schwester in Haifa, bei der sie untergekrochen waren.

»Was für ein neues Jahr?«, erregte sich Cyla. »Das jüdische neue Jahr ist im September! Was geht uns das neue Jahr der Gojim an?«

»Kannst du mir demnach sagen, welchen Tag wir heute nach dem jüdischen Kalender haben?«, fragte der Vater ungehalten zurück, und als sie schwieg, stieß er nach: »Also, gib etwas zu essen und stell den Wodka auf den Tisch!«

Zoja fühlte sich in den ersten Monaten hin- und hergerissen. Einerseits hörte sie auf, Polnisch zu reden, um sich ganz auf das Hebräische konzentrieren zu können, so dass der Vater weinte, wenn sie am Wochenende nach Hause kam – als hätte sie Verrat begangen. Andererseits grenzte sie sich gegen das israelische Selbstverständnis ab, weil es ihr wie Selbstverleugnung vorgekommen wäre. Als sie, um ein Stipendium zu erhalten, ein Formular ausfüllen musste, antwortete sie bei der Frage nach der Nationalität zwar mit jüdisch, doch auf die Frage nach der Religion sagte sie:

»Ohne.«

»Was heißt: Du hast keine Religion?«, erkundigte sich der Israeli. »Welche Religion hat denn deine Mutter?«

»Auch keine.«

»Und deine Großmutter?«

»Die war eine orthodoxe Jüdin.«

»Also bist du mosaischen Glaubens.«

Das sind neue Rassengesetze, schoss es Zoja durch den Kopf, und sie schleuderte dem verdutzten Israeli ein scharfes »Willkommen, Nürnberg!« entgegen. Die Luft wurde eisig, doch Zoja gab nicht nach. Eigenwillig beharrte sie darauf, sich der jüdischen Nationalität zuzurechnen, ohne mosaischen Glaubens zu sein. Denselben Konflikt focht sie auch bei den Kindern aus, als in den Geburtsurkunden automatisch die Religionszugehörigkeit vermerkt wurde. Sie korrespondierte so lange mit der Behörde, bis hinter der Rubrik Religion eine Leerstelle blieb. Sie ließ den Sohn auch nicht beschneiden. Erstens wollte sie nicht einen Ritus übernehmen, der ihr nichts bedeutete, und zweitens steckte ganz tief in ihr die Angst, vielleicht könnte ihm eines Tages irgendjemand wieder befehlen, die Hose herunterzulassen. Vielleicht könnten eines Tages wieder einmal Tod oder Leben davon abhängen.

Zoja brauchte Zeit, um sich zwischen dem Wunsch nach Verankerung in der neuen Gesellschaft und dem Bedürfnis nach Sicherung ihrer polnischen Tradition neu zu orten. Je mehr sie sich zu integrieren wünschte, desto mehr suchte sie Rückhalt in ihrer polnischen Tradition. Deswegen heiratete sie schon mit neunzehneinhalb Jahren, obwohl sie sich in der Pubertät geschworen hatte, nie würde sie sich vor dem fünfundzwanzigsten Lebensjahr binden. Und sicher heiratete sie deswegen auch Kuba, weil er aus Polen stammte wie sie, dieselbe polnische Literatur gelesen, über dieselben Witze gelacht hatte und Opfer derselben Umstände geworden war wie sie.

Sie trank weiter viel in jener Zeit. Alle aus ihrer 68er-Emigration tranken viel. Die einen behaupteten, sie tränken vor Glück; die anderen wussten, sie tranken aus Kummer. Kuba neigte, wenn er betrunken war, zum Vandalismus. Er lief Amok im Alkoholrausch und riss das Waschbecken aus der Wand. Zoja zog sich umgekehrt zurück und schlief betrunken unter einem Strauch. Alkohol erleichterte ihr die Kontaktaufnahme. Und Kontakte suchte jeder Immigrant, denn jeder musste einen neuen Freundeskreis aufbauen. Erst als Zoja 1975 schwanger wurde, reduzierte sie den Alkoholkonsum radikal.

In der ersten Zeit aber suchte sie im Rausch auch Abstand zu den alltäglichen Erwartungen. Sie sollte gleich eine hundertprozentige Israelin sein: ohne Erinnerung, ohne Zerrissenheit, ohne Sehnsucht. Sie sollte aufhören, Polnisch zu sprechen und polnische Literatur zu lesen. Sie sollte sich nur noch mit Gegenwart und Zukunft beschäftigen und die Vergangenheit vergessen. Aber Zoja wollte nicht. Wenn sie sich mit ihren Warschauer Freunden schon nicht mehr treffen und nur unter großen Mühen den Kontakt mit ihnen aufrechterhalten konnte (sie schickte die Briefe, damit sie nicht von der Zensur geöffnet oder zurückbehalten würden, über Frankreich und meldete Telefongespräche zehn Stunden vorher an), dann wollte sie wenigstens ihr Recht auf Sehnsucht verteidigen. Zu Hause mit

Kuba redet sie ausschließlich Polnisch; auf den Bücherregalen stehen bis heute vor allem polnische Bücher; die meisten Ölbilder und Zeichnungen an den Wänden stammen von polnischen Freunden. Als einmal eine polnische Katholikin zu Besuch kam, gestand sie am zweiten Tag mit unverkennbarer Enttäuschung in der Stimme: Ich glaubte, in einen jüdischen Haushalt zu kommen. Und was sehe ich? Überall *Cepelia*!

Zoja lebt inzwischen fast doppelt so lange in Israel, wie sie in Polen gelebt hat. Aber auf dem Tisch liegt ein bunter Läufer aus dem polnischen Kunstgewerbeladen *Cepelia*; auf dem Regal stehen geschnitzte Christusfiguren von polnischen Bildhauern, Weihnachten steht regelmäßig ein Tannenbaum neben den Chanukkaleuchtern, und seit es Satellitenschüsseln gibt, sehen Zoja und Kuba mehrfach in der Woche polnische Nachrichten, polnische Spielfilme und polnische Folkloregruppen. Im Unterschied zu Kuba blieb Zoja auch beruflich mit der polnischen Sprache verbunden. Erst arbeitete sie jahrelang bei einer polnischen Zeitschrift, jetzt übersetzt sie israelische Literatur ins Polnische. Und schon seit Jahren trifft sie sich jeden Samstagvormittag um zehn Uhr mit Immigranten aus Polen in der Espresso-Bar an der Ecke Sderot Ben Zion und Ha-Malech Georg – solange Mundek Neustein noch lebte, der Ende der fünfziger Jahre die einzige polnische Buchhandlung von Israel in der Unterführung der Alenby-Straße von Tel Aviv gründete, empfand sie ihn sogar wie einen Vater.

Es dauerte lange, bis Zoja und Kuba Israel als ihr Land annahmen. Es erschien Kuba zwar normal, dass er sein Land verteidigen musste, als es im Oktober 1973 von allen Seiten angegriffen wurde. Damals zog er erstmals für ein halbes Jahr in den Krieg. Aber erst als zwei Jahre später der Sohn geboren wurde, begann er sich ernsthaft zu fragen: Ist das Land so, wie du es als Zukunft für deinen Sohn wünschst? Was kannst du selber tun, um dieses Land für deine Kinder lebenswert zu machen?

Den Krieg mit Libanon 1982 hielt er moralisch nicht mehr für gerechtfertigt. Das war kein Verteidigungskrieg mehr, das war Besetzung von fremdem Territorium. Wenn er der Einberufung dennoch folgte, obwohl er damals nicht der Einzige gewesen wäre, der verweigerte, so lag das an seinem staatsbürgerlichen Pflichtgefühl. »Denn wo kommen wir hin«, argumentierte er gegenüber Zoja, »wenn jeder verweigert, dem die Regierungspolitik nicht gefällt? Soll das heißen, dass morgen andere verweigern, wenn wir eine andere Regierung haben?« Außerdem wollte er nicht in die Attitüde der Orthodoxen verfallen – am Rande stehen, wenn andere ihr Leben riskieren. Zoja hingegen geriet wieder einmal in jenen Erregungszustand, der sie fast süchtig eine Zigarette nach der anderen inhalieren ließ. »Wenn du den Militärdienst nicht verweigerst, schneide ich mir die Pulsadern auf oder spiele die hysterische Ehefrau«, drohte sie. Oder sie lockte: »Selbst wenn du für die Verweigerung ins Gefängnis kommst – das ist keine unehrenhafte Haft! Ich trage lieber Päckchen ins Gefängnis als Blumen auf den Friedhof!«

Wirklichen Einfluss aber hatte sie weder auf Kuba noch auf ihren Sohn. Auch der Sohn ging zum Militär, weil er seit frühester Kindheit in Kindergarten, Schule, durch Fernsehen und Presse auf die Landesverteidigung vorbereitet worden war. Er litt jedoch unter dem Selbstmord eines Kollegen und den Strapazen in der Ausbildung. Erst versagten ihm die Beine, dann verfiel er in Depression – er sollte in psychiatrische Behandlung. Da setzte Zoja durch, dass er frühzeitig entlassen wurde und sich zu Hause regenerieren konnte – ganz ohne psychiatrische Behandlung.

So wurde Zoja zunehmend von Israels Konflikten und Hoffnungen absorbiert und konnte doch die Erinnerung an Polen nicht aufgeben. Von dem Land, das sie vertrieben hatte, hatte sie sich nicht wirklich verabschiedet; in dem Land, das sie gewählt hatte, war sie nicht wirklich angekommen. Sie sei eben – so formuliert es Zoja, da sie die Sachverhalte lieber positiv betrachtet – in zwei Länder gleichzeitig verliebt. Was nicht nur Zerrissenheit bedeutet, sondern auch größere Sensibilität.

Vor allem für die Vorbehalte, die sie in Israel gegenüber Polen spürt. Da ist einerseits die Arroganz. »Ich habe mich geschämt«, sagt Zoja, als sie davon hörte, dass Mitarbeiter der Holocaust-Gedenkstätte Yad Vashem Wandmalereien des polnisch-jüdischen Schriftstellers Bruno Schulz illegal aus seinem einst polnischen und heute ukrainischen Heimatort Drohobycz entwendet hatten. Dass das Erbe von Juden nach Israel gehöre, Israel gar ein »moralisches Recht« auf dieses Erbe habe, kann sie nicht akzeptieren. Für sie ist das Verhalten »ganz einfach jüdische Chuzpe«. Denn für sie gehört das Erbe an den Ort seiner Entstehung.

Regelrecht empört aber war sie, als der Sohn eines Tages aus der Schule kam und fragte:

»Wer hat eigentlich die Juden umgebracht – die Polen oder die Deutschen?«

»Wie kommst du denn darauf?«, fragte Zoja erschrocken zurück.

»Weil ein Überlebender in der Schule war, der immer nur erzählte: die Polen, die Polen, die Polen.«

Auch auf den so genannten Auschwitz-Touren hören die israelischen Schüler weder etwas über die Wannsee-Konferenz noch über die Täter in Wehrmacht, SA und SS, stattdessen stoßen sie ununterbrochen auf die Polen. Gemäß der Logik, die hinter der ständig wiederkehrenden Frage in israelischen Kreuzworträtseln steckt: Wo war der größte jüdische Friedhof in Europa? Selbstverständlich in Polen. Zoja kennt bis zum Überdruss die Erzählungen zurückkehrender Touristen, die von frisch gemalten Galgen an den Mauern polnischer Städte berichten, an denen Davidsterne baumeln. Aber sie ertrug jene

Lehrerin nicht mehr, die, als an einer Baracke in Majdanek das Schild »remont« auf Instandsetzungsarbeiten verwies, die Barackentür gewaltsam mit dem Bein aufstieß, da sie es als unerträglich empfand, dass ihnen, den Juden, der Zutritt zu dieser Baracke verweigert wurde. Sie hatte einen Streit mit den Arbeitern ausgelöst, der nur durch gewaltsame Trennung der Konfliktparteien behoben werden konnte.

Wie nur konnte es geschehen, sinniert Zoja, dass viele Juden heute weniger Vorbehalte gegenüber Deutschland haben als gegenüber Polen? Lässt sich der Mensch so schnell durch Entschädigungszahlungen kaufen? Als sie beispielsweise einem Bekannten erzählte, dass sie nach zwanzig Jahren wieder nach Polen fahre, reagierte er mit verächtlicher Miene, ob sie nichts Besseres zu tun habe? Da konterte sie, ohne nachzudenken:

»Wann warst du das letzte Mal in Deutschland?«

»Ich fahre jedes Jahr dorthin.«

»Und das bereitet dir keine Probleme?«

Es stellte sich heraus, dass der Bekannte jedes Jahr einen Sanatoriumsaufenthalt in Deutschland finanziert bekam und dieser Wohltat wegen sogar hingenommen hatte, in einem Zimmer mit einem Deutschen zu wohnen, der während des Krieges in Polen eingesetzt war. Mit großer Wahrscheinlichkeit hatte er als Soldat der Luftwaffe jene Straße bombardiert, auf der Zojas Bekannter von Lodz nach Warschau geflüchtet war.

»Wie konntest du weiter in einem Zimmer mit ihm wohnen? Du hast ihn nicht gehasst?«

»Nein, denn ich habe ihn im Krieg nicht gesehen. Nur Polen habe ich direkt ins Gesicht geblickt.«

Zoja kann dieser Logik nicht folgen, denn sie hat umgekehrt Probleme mit den Deutschen, *weil* sie nie einen deutschen Soldaten oder SS-Mann sah. Als sie bei der ersten Fahrt nach Polen keinen Direktflug von Tel Aviv nach Warschau erhielt, wollte sie lieber gänzlich auf die Reise verzichten, als in München zwischenzulanden. Noch nie ist sie in Deutschland gewesen, und nie wird sie nach Deutschland fahren. Allein der Gedanke daran treibt ihr Schweißperlen ins Gesicht. Sicher würde im Bus ein älterer Herr neben ihr Platz nehmen, dem ein Bein fehlte – ein Bein, das er bestimmt bei Kämpfen im Warschauer Aufstand verloren hätte. Wie könnte sie das aushalten, ohne laut zu schreien?

Schon als auf dem Rückweg von Yad Vashem einmal zufällig eine Gruppe deutscher Touristen hinter ihr herlief, trat sie zitternd beiseite, um die Menschen vorbeizulassen. Die Sprache war es, die den Schock in ihr auslöste. Die Sprache, die sie aus den frühen Filmen in der Volksrepublik Polen erinnert: Achtung, Achtung! Hände hoch! Schnell, schnell! Aber konnten Filme allein solche Panik auslösen?

Wie besessen hat die Mutter immer vom Lager erzählt. Wie besessen die Baracke im Zigeunerlager von Birkenau ausgemalt, in der sie wegen Überbelegung der anderen Abteilungen untergebracht war – Zoja kannte den Raum mit seinen Etagenbetten, seinen Läusen, seinen ausgemergelten Gestalten so genau, dass sie, als sie einer Überlebenden einmal half, ihre Erinnerungen niederzuschreiben, plötzlich behauptete: »Du warst in der Baracke meiner Mutter.«

Die Bekannte hatte, wie sich herausstellte, tatsächlich in derselben Baracke gesessen. Um mit dieser Baracke nicht konfrontiert zu werden, verweigerte Zoja sogar die Teilnahme an einem Schulausflug, auf dem ihre Mutter Zojas Klassenkameraden als Zeitzeugin durch Birkenau geführt hatte. Zoja wollte weder diese noch irgendeine andere Baracke sehen. Sie wollte überhaupt kein Konzentrationslager sehen und hat bis heute keines besucht. Warum sie sich so sträubt? Sie weiß es nicht. Denn Schreckliches hat die Mutter doch gar nicht erzählt. Sie hat nur gesagt, dass sie die Wangen mit dem Saft roter Rüben einrieb, um jung und hübsch auszusehen, und hat nicht gesagt, dass sie gesund aussehen wollte, um der Selektion zu entgehen. Sie hat nur gesagt, dass es aus Versehen Glaswolle war, die sie sich mit großer Mühe für die Tage ihrer Periode organisiert hatte, und hat nicht erzählt, dass ihr Körper die meiste Zeit so ausgemergelt war, dass die Periode völlig ausblieb. Sie hat auch kein Aufsehen davon gemacht, dass ihre drei Schwestern zu Experimenten von Doktor Mengele herangezogen wurden – danach wurde Zojas älteste Tante niemals schwanger, die zweite gebar ein Kind nur unter Todesgefahr, und die dritte bekam zwei Kinder, von denen der Älteste an einer unheilbaren Knochenkrankheit leidet. In dem, was Mutter erzählte, war Auschwitz immer nur eine Kulisse für Geschichten mit wunderbarem Ausgang. Wieso konnte sie trotzdem das Grauen vor den Deutschen weitergeben?

Gegenüber Polen hat Zoja nie Grauen oder Angst verspürt. Vielleicht, weil sie nie ein Pogrom erlebte wie einige aus der älteren Emigration, weil sie nie auf gesonderten Plätzen im Hörsaal der Universität Platz nehmen musste wie die jüdischen Studenten in den dreißiger Jahren, auch nie während der deutschen Besatzung den prüfenden Blick eines polnischen *szmalcownik* spürte, der sie gleich in einen Hauseingang ziehen und erpressen würde: Geld oder Auslieferung an die Deutschen. Zoja fühlte vielmehr einen nagenden Groll, eine wütende Empörung gegenüber Polen, weil sie ungerecht behandelt worden war.

Sie war aus einem Land verstoßen worden, das sie als ihre Heimat empfunden hatte und war bestraft worden, obwohl sie es nicht verraten hatte. Sie hatte keine Schuld auf sich geladen. Noch lange spürte sie einen stechenden Schmerz in ihrem Innern, wenn sie sich an die Kränkung erinnerte, als man ihr die wärmende Geborgenheit entzog und ihre ehrliche Liebe zurückwies.

Als Zoja nach zwanzig Jahren das erste Mal nach Polen zurückkehrte, saß aber nur noch ein kleiner Trotz in ihr: Sie sollten sehen, dass die Ausgestoßene nicht als Bittstellerin zurückkam, sondern eher wie die reiche Tante aus Amerika. Anderthalb große Koffer packte sie voll mit Geschenken – nicht Strumpfhosen oder Kaffeedosen, die in Zeiten der kommunistischen Mangelwirtschaft auch dankbar angenommen worden wären. Nein, sie kaufte Armbanduhren mit Computern und andere Luxusgüter des Kapitalismus. Als sie jedoch sofort in der ersten Nacht die alte Vertrautheit mit den Freunden wiedergewann, verflog selbst dieser Trotz. Die Reise war Balsam für Zojas Seele, und wie früher löste der Alkohol ihre Zunge. Sie trank und erzählte, erzählte und trank, und die Kinder waren bei allen Einladungen dabei und hörten, was nicht unbedingt für die Ohren von Minderjährigen bestimmt war.

Doch die Kinder spürten die Erregung der Eltern und kamen ihnen in einer Weise entgegen, die im israelischen Alltag undenkbar gewesen wäre. Mit ihnen gemeinsam besuchten sie nicht nur das Warschauer Königsschloss, die malerische masurische Seenlandschaft, einen polnischen Bauernhof mit Schweinen, Kühen, Hühnern und Hunden und bestaunten polnische Weiden, polnische Pappeln und polnische Birken. Sie gingen mit ihnen auch zum Denkmal des Getto-Aufstands in Warschau, wo Zoja bis zur Ausreise regelmäßig der Großmutter, des Großvaters und der Cousins gedacht hatte, da sie doch keine Gräber hatten, die sie hätte pflegen können; und sie besuchten mit ihnen die Synagoge auf dem Warschauer Grzybowski-Platz, obwohl sie in Israel nie ein jüdisches Gotteshaus betreten hatten. Und als der alte Mann, der sie führte, Zojas Sohn darum bat, ihm aus der hebräischen Bibel vorzulesen, trat der Dreizehnjährige nach kurzem Zögern an das Lesepult und zitierte mit klarer Stimme aus den Psalmen. Zoja stiegen die Tränen in die Augen. Hatte sie bis Polen fahren müssen, um ihm eine erste Begegnung mit dem Judentum zu ermöglichen?

Vor kurzem erkundigte sich der Sohn bei ihr, wie teuer ein Flug nach Berlin sei.

»Wieso, willst du nach Berlin?«

»Über Berlin nach Posen.«

»Warum nach Posen?«

»Dort gibt es eine ausgezeichnete Techno-Szene.«

Da spürte Zoja, wie sie eine große, warme Erleichterung durchströmte. Genau das hatte sie sich gewünscht. Der Sohn mied nicht den Kontakt zu dem Land mit dem größten jüdischen Friedhof in Europa. Der Sohn assoziierte nicht als Erstes die Galgen mit den Davidsternen an den Hauswänden, denn er kannte auch ihre Schulfreunde, den Bauern aus Masuren und die Pappeln, die Weiden und die Birken in ebener, grüner Landschaft. Und während all das durch ihren Kopf schoss, sagte sie ruhig: »Du solltest dich im Reisebüro erkundigen.«

Stanisław Lagun

Anwalt der Entrechteten

Er löschte die Feuer zwischen den Ruinen, bestattete tote Soldaten und Zivilisten, stellte das erste Amateurtheater auf die Beine, gründeten Fußballklubs, schuf ein Puppentheater, führte Touristen durch die Stadt, ließ ein Denkmal für die Opfer setzen, die der Krieg noch in der gesetzlosen Zeit nach seinem Ende gefordert hatte, trat als Zeitzeuge über die Anfänge des polnischen Stettin in Schulen und im Fernsehen auf – doch als das inzwischen demokratische Stettin im Frühjahr 2001 Preise für hervorragende Pioniertätigkeiten verlieh, ging er leer aus. Er spricht nicht darüber. Aber die Geringschätzung tut ihm weh.

»Ich heiße Stanisław Lagun und lebe seit dem 8. Mai 1945 in Stettin. Ich habe erst die sowjetische, dann die deutsche Besatzung überlebt. Kurz nachdem die Rote Armee am Morgen des 19. September 1939 in meinen Geburtsort Wilna einmarschiert war, wurde mein Vater verhaftet.«

»Warten Sie. Nicht alles auf einmal. Wir wollten doch zuerst über Ihr Verhältnis zu den Deutschen sprechen ...«

»Das kommt später. Erst erzähle ich Ihnen, was mir am wichtigsten ist. Von jenen Ereignissen, die als Alpträume bis heute zu mir zurückkehren.«

Stanisław Lagun sitzt aufrecht am Tisch seines Einzimmer-Apartments im Stettiner Altersheim; einem neuen, dem wohl modernsten Altersheim in Polen. Aber eben doch einem Altersheim. Noch in kommunistischen Zeiten angefangen, war es ursprünglich für die alte Nomenklatura gedacht. Jetzt nimmt es jeden auf, der es sich leisten kann. Stanisław Lagun kann es sich eigentlich nicht leisten. Aber wenn er die billigen Mahlzeiten im Heim einnimmt, sich draußen weder einen Kaffee noch ein Bier gönnt, wenn er auf neue Kleidung und Kino und Schuhe und Reisen verzichtet, dann, ja dann reicht es gerade – nur gut hundert Mark (zweihundert Zloty) bleiben ihm, um sich manchmal ein bisschen Obst, eine Zeitung oder für den Gast Kuchen zu kaufen. In der Regel quälen Stanisław Lagun seine finanziellen Verhältnisse allerdings nicht. Denn seine Gedanken kreisen um die Vergangenheit.

»Die Nachbarin stürzte herein: Sie verhaften euren Vater. Vater war ein Kaufmann, also ein Volksfeind. Ich lief auf den Hof und sehe Vater auf einem Lastwagen stehen. Ich will mich von ihm verabschieden, ihm die Hand küssen. Doch das Auto fährt los. Ich kralle mich fest, versuche seine Hand zu greifen. Da stößt mir ein sowjetischer Sicherheitsagent den Gewehrkolben vor die Brust. Ich torkele zurück, spucke Blut und falle mit dem Gesicht nach unten auf die Erde. Bis heute erinnere ich den Augenblick, als Mama herbeieilte, sich zu mir beugte, meinen Kopf umdrehte und ich Vater wie durch einen Nebel entschwinden sah.«

Lagun hält inne, drängt die aufsteigenden Tränen zurück und schließt die Episode wie in einer Theaterinszenierung mit einer Stimme, aus der zwar alle Kraft gewichen ist, die aber dennoch einen dramatischen Schlusspunkt zu setzen weiß.

»Das war das letzte Mal, dass ich Vater gesehen habe. Und seit jenem Kolbenhieb und jenem Blutsturz weiß ich, was das bedeutet: Sowjetunion.«

Stanisław Lagun hat seine Geschichten schon oft erzählt und sie noch öfter überdacht. Er hat ihnen eine feste, fast literarische Form gegeben und die Gefühle damit in einen Rahmen gepresst, der ihm beherrschbar erscheint. Dünnhäutig ist er auch nach sechzig Jahren noch. In Minutenschnelle füllt sein wach gehaltener Groll den kleinen Raum mit einer bleiernen Schwere. Lagun hat den Grundakkord seines Lebens angeschlagen: einen dunklen, depressiven, einen mächtigen Ton, der selbst dann fortschwingt, wenn sich beim Lachen hellere Töne darüber legen.

»Einen Monat nach meinem Vater wurde ich selbst verhaftet, erst zum Tode verurteilt und dann zu zwanzig Jahren Zwangsarbeit in der Taiga vor Irkutsk ›begnadigt‹. Ich hockte in einem der ersten Viehwaggons, die im Dezember 1939 von Wilna gen Osten rollten. Etwa hundertzwanzig Werst nordöstlich von Irkutsk warfen sie uns in die Schneelandschaft – ohne jegliche Bewachung. Denn niemand wäre weit gekommen, bei vierzig Grad Frost. Woher ich weiß, dass es vierzig Grad waren? Das haben uns die Einheimischen gelehrt: Wenn die Spucke schon gefroren ist, bevor sie auf dem Schuh landet, dann ist das Thermometer unter vierzig Grad gefallen.«

Von den dreitausend Männern, mit denen Lagun um die Jahreswende 1939/40 in der Taiga ankam, lebten ein Jahr später gerade noch vierundsiebzig. Die Übrigen waren einfach verschwunden. Kein Grab, kein Kreuz. Wer hier erfror, von dem zeugten am nächsten Morgen höchstens noch ein paar Haare. Den Rest hatten sich die Wölfe geholt. Die ersten beiden Kameraden, die Lagun erfroren am Baumstamm fand, trug er noch in die Erdhöhle und versuchte, ihre Beine mit warmem Wasser und einem Hammer gerade zu richten. Später bemühte er sich nicht mehr darum. Wozu auch? Die Toten kamen ja doch in keinen Sarg.

Nachdem Stanisław Lagun die sowjetischen Verhöre und die Zwangsarbeit in der Taiga überlebte, glaubt er fest daran, einen besonderen göttlichen Beistand zu genießen. Wie hätte er sonst im Gefängnis standhaft bleiben können, als ihn der sowjetische Geheimdienst NKWD mit Folter zur Denunziation seiner Kollegen zwingen wollte? Warum wurde er nicht schwach, als ein betrunkener Verhörer immer und immer wieder die Spitze eines Füllfederhalters unter seine Fingernägel bohrte? Woher kam die Kraft, mit der er jede Aussage selbst dann verweigerte, als sie ihm durch das Korridorfenster seine Mutter im Gefängnishof zeigten und behaupteten, nur er könne sie, die den Gewehrlauf schon an der Schläfe spürte, durch ein Geständnis vor dem Tod bewahren?

»Ich muss ins Jahr 1927 zurückgehen«, fährt Stanisław Lagun mit bewegter, feierlicher Stimme fort, »in jenes Jahr, in dem die Muttergottes auf dem Platz der Kathedrale von Wilna gekrönt wurde. Von allen Seiten waren die Gläubigen in Festtagskleidung zusammengeströmt, in den zweiunddreißig katholischen Kirchen der Stadt läuteten gleichzeitig die Glocken. Und da, als der Erzbischof von Wilna der Muttergottes die Krone aufsetzte, da neigte sich meine Mutter zu mir und sagte: ›Stasiek, heute übergeben Vater und ich dich der Obhut Marias, der *Matka Boska Ostrobramska*.‹ Ich begriff ihre Worte nicht mit meinen zehn Jahren, glaubte, sie wolle mich verstoßen, und begann fürchterlich zu weinen: ›Aber ich liebe euch doch!‹ Heute allerdings bin ich davon überzeugt, dass die Muttergottes damals auch meine Mutter wurde. Und das macht mich glücklich und hoffnungsfroh.«

Ohne ihre schützende Hand, sagt Lagun, hätte er in der tiefen Taiga keinen sowjetischen Lastwagenfahrer gefunden, der es riskierte, ihn versteckt unter den gerodeten Holzstämmen bis zu einer Bahnstation mitzunehmen. Ohne ihre Fürsorge hätte er die Tausende von Kilometern nicht in der Uniform eines sowjetischen Eisenbahners überwinden und mit einem gefälschten Ausweis nach Wilna zurückkehren können.

»Wenn Sie meinen Glauben nicht verstehen, werden Sie auch mein Verhältnis zu den Deutschen nicht verstehen. Der Glaube hat mich begleitet von Kindesbeinen an. Im selben Jahr, in dem ich geboren wurde, ist meine Schwester im Alter von zwei Jahren verhungert. Es gab nichts zu essen am Ende des Ersten Weltkrieges. Meine Mutter hatte aufgeplatzte Beine. Um sich etwas Salz zuzuführen, kochte sie Fischknochen aus. Sie gab mir, weil Lebensmittel fehlten, die Brust noch, als ich schon laufen konnte. Da erbarmte sich Großmutter und nahm mich mit aufs Dorf. Morgens bekam ich Milch von der Kuh und abends Milch von der Ziege, und zwischendrin lehrte mich Großmutter ihren Glauben. So sagte sie immer wieder: ›Denk an den Menschen – der Mensch ist das Wichtigste.‹ Und sie sagte: ›Nähert sich dir der andere mit dem Herzen, nähere auch du dich ihm mit dem Herzen.‹«

Dass der Mensch das Wichtigste ist, lernte Stanisław auch, als er mit sieben Jahren ins Elternhaus zurückkehrte und den Pfadfindern beitrat. *Mam szczerą wolę / pełnić służbę Bogu i Polsce / nieść chętnie pomóc bliźniemu / i być posłusznym prawu harcerskiemu**, lautete der Eid, den der Junge mit tiefer Überzeugung ablegte und als Richtschnur seines Handelns verstand.

Dem Nächsten zu helfen, so lernte er, bedeute Beistand nicht nur für den Freund, sondern auch für einen in Bedrängnis geratenen Feind. Damals, vor dem Krieg, erschien Lagun diese Interpretation nur als selbstverständliches Gebot spielerischer Fairness: Im Notfall war beim Fußballspiel auch einem Spieler der gegnerischen Mannschaft beizustehen. Dann aber, während des Krieges, spürte er die große Herausforderung, die in dieser Regel lag. War es nicht eine unzumutbare Anforderung, dass er, der Zwangsarbeiter in der Textilfabrik von Karl Henschel in Hessisch-Lichtenau mit dem »P« auf der Kleidung, auch noch Mitgefühl mit jenen Herrenmenschen entwickeln sollte, die ihn als Meister oder Gendarmen schikanierten und quälten?

»Es gab auch gute Deutsche«, sagt Lagun fast trotzig und erzählt von Brandt. Brandt, dem verständigen, ruhigen Meister,

* Ich habe den aufrichtigen Wunsch / Gott und Polen zu dienen / Dem Nächsten gern zu helfen / Und dem Pfadfinderrecht zu gehorchen.

der nie schrie, nie schlug, sogar Gespräche mit den Zwangsarbeitern zuließ und sich auch auf Späße einließ.

»Habt ihr überhaupt Fabriken?«, fragte Brandt beispielsweise den lustigen Kutla aus Lodz, der immer die große Halle fegte.

»Ja«, sagte Kutla und wirbelte den Besen, den Stiel zum Boden gewandt, um sich selbst.

»Habt ihr auch Elektrizität?«

»Nein«, sagte Kutla. »Wir erzeugen Strom mit Pferden, die im Kreise laufen.« Dabei marschierte er, den Besen vor sich herstoßend, wie ein Pferd um den Meister herum.

Später fuhr Brandt selbst nach Litzmannstadt. Als er zurückkam, drohte er Kutla lachend mit dem Finger: Ja, ja, die Pferde.

»Also hatten Sie es ganz gut in Hessisch-Lichtenau?«

»Das habe ich nicht gesagt. Aber die ganze Wahrheit will ich auch nicht sagen. Deswegen spreche ich über manches nicht.«

Zum Beispiel will Lagun nicht den Namen jenes Meisters nennen, der ihn für jedes Kilo, das morgens nach der zwölfstündigen Nachtschicht an dem Soll von 260 Kilogramm Seidengarn fehlte, mit Schlägen bestrafte. Will auch jenen Gendarmen nicht verraten, der ihn überraschte, als er auf dem Herd in der Waschanstalt vier gestohlene Kartoffeln zu kochen versuchte. Mit wutverzerrtem Gesicht hatte der Deutsche nach einer der schweren, gusseisernen Schüsseln gegriffen und sie ihm gewaltsam über den Kopf gestülpt. Die harte Kante brach Lagun den Kiefer und riss ihm eine Wunde, die mit vier Stichen genäht werden musste. Wenn er lacht, verzerrt die Narbe seine rechte Gesichtshälfte bis heute, und auf dem rechten Auge ist er fast blind.

»Warum wollen Sie den Gendarmen schützen? Hatten Sie keine Wut auf ihn? Sannen Sie nicht auf Rache?«

»Im ersten Anflug: ja. Aber dann erinnerte ich mich an Christus am Kreuz. Den Blick nach oben gewandt, bat er: Vater, vergib ihnen, denn sie wissen nicht, was sie tun! Als ich einem amerikanischen Leutnant polnischer Herkunft die Geschichte nach der Befreiung erzählte, wollte er den Mann sofort bestrafen – er wohnte nah bei der Fabrik. Doch ich sagte nein. Er hat eine Tochter in meinem Alter. Ich will nicht, dass sie sagt: Ein Pole hat meinem Vater Unrecht zugefügt.«

Erkennbar leben bis heute zwei unvereinbare Bilder von den Deutschen in Laguns Gedächtnis. Einerseits überschatten ihn die Erinnerungen an Hunger, Angst und Demütigungen. Auch die Bilder von dem Posener Polen, der sich in eine deutsche Arbeiterin verliebt hatte. Als das Paar erwischt wurde, schor man der Frau vor versammelter Belegschaft die Haare, während der Pole kurzerhand unter der Decke in der großen Halle aufgehängt wurde. »Das steht jedem bevor, der an eine deutsche Frau auch nur denkt«, drohte eine Tafel vor seiner Brust mit einer Inschrift in Russisch, Polnisch und Französisch. Und alle mussten an ihm vorbeimarschieren. Wenn diese Bilder allzu mächtig werden, könnte Lagun *alle* Deutschen verfluchen und es *jedem* Deutschen heimzahlen. Dann muss er sich mit aller Kraft wieder Brandt ins Gedächtnis rufen. Brandt, der nie schrie und nie schlug. Brandt, der niemandem Leid zugefügt hatte und dennoch eines Tages als gebrochener Mensch auf der Arbeit erschien. Sein Sohn, den er während eines Fronturlaubs stolz im Betrieb vorgezeigt hatte, sein Sohn, dessen er sich gerühmt hatte, weil er wegen seiner Verdienste an der Westfront befördert worden war, dieser Sohn war kurz nach der Versetzung an die Ostfront gefallen.

»Ich erinnere Brandts Gesicht. Das Gesicht eines Vaters, der seinen Sohn verloren hat.«

Da denkt Lagun nicht daran, dass der Sohn vielleicht gegen seine polnischen Landsleute eingesetzt gewesen sein könnte. Da fühlt er bis heute nur Mitleid mit dem Vater, der litt, ohne selbst schuldig geworden zu sein. Noch heute füllen sich seine Augen mit Tränen, wenn er davon erzählt. Brandt – das war ein

Mensch wie er, ein einfacher Bürger, den die Geschichte zum hilflosen Objekt degradiert und bestraft hatte, ohne dass er ein Vergehen begangen hätte. Auf solche Menschen hat sich Laguns Empathie zeitlebens konzentriert.

Als er bei Kriegsende auf dem Rückweg von Hessisch-Lichtenau nach Polen am 8. Mai 1945 in Stettin ankam und die Leichen all jener Soldaten sah, die noch bei den Kämpfen Ende April gefallen waren, half er selbstverständlich, sie in die Bombentrichter zu werfen, mit Kalk zu bestreuen und zuzuschütten, obwohl die meisten von ihnen Deutsche waren. Da packte er nicht nur zu, weil Seuchen drohten. Da wollte er auch diesen Menschen eine letzte Ehre erweisen. Denn daran, wie sich Völker gegenüber den Toten verhalten – so hatte ihn der Vater gelehrt – kannst du ihre Zivilisation erkennen. Für jene junge Frau, die er ohne Schusswunden oder andere Zeichen von Gewalt tot an einem Straßenrand fand, die Hand des Kindes, das Schutz bei ihr suchte, fest an sich gepresst, für jene Frau hob er sogar ein Einzelgrab am Straßenrand aus. Nur er kennt die Stelle, nur für sie und ihr Kind stellt er dort jedes Jahr an Allerheiligen Kerzen auf: Auch sie verkörpert für ihn eine der Namenlosen und Unbekannten, die unter die Räder der Großen Geschichte gerieten.

»Meine Helden sind keine Märtyrer. Meine Helden sind die Männer, die in der Taiga verendeten, und die Kinder aus Kassel, die im Keller ihrer Schule ertranken.«

Besonders die Kinder haben sich Lagun in der Seele eingebrannt, Kinder, die in Kassel in den Keller ihrer Schule geflüchtet waren, um sich vor den Bombenangriffen der Alliierten zu schützen. Als Lagun mit anderen Zwangsarbeitern abkommandiert worden war, um nach einem dieser Flächenbombardements eine beschädigte Fabrik am Stadtrand vom Schutt zu befreien, hatte er an ihnen vorbeimarschieren müssen. »Hilfe«, hatten die Kinder geschrien und die Hände aus den vergitterten

Kellerfenstern gesteckt. »Hilfe!«, denn sie waren verschüttet. Einige Zwangsarbeiter aus seiner Kolonne, die spontan zu Hilfe eilen wollten, waren von den Wachmännern brutal wieder in die Reihen gescheucht worden: Jemand anders würde sich um die Kleinen kümmern. Doch als Laguns Kolonne nach sechzehn Stunden Arbeitseinsatz wieder an der Schule vorbeimarschierte, drang nur noch Wasser aus den vergitterten Fenstern. Bomben hatten die Kanalisation zerstört. Die Kinder waren ertrunken.

Ja, Lagun hatte Mitleid mit ihnen, obwohl sie der Nation angehörten, die seine Nation überfallen hatte. Ja, es tat ihm Leid, diesen Unschuldigen nicht geholfen zu haben. Waren nicht auch sie hilflose Opfer der Umstände wie er? Wofür wurden sie bestraft? Wo blieb die Gerechtigkeit auf Erden? Lagun zürnt mit dem Schicksal und dem unverständlichen Willen Gottes. Lagun ist erbost über die Tatsache, dass die Welt keine ausgleichende Gerechtigkeit zu kennen scheint. Warum werden die Unschuldigen sogar doppelt bestraft, da sich nicht einmal jemand ihres Opfers erinnert? Nein, mit diesem Umstand wird er sich niemals abfinden.

Lagun muss sich beruhigen. Einen Schluck Tee mit einer vor Erregung zitternden Hand trinken. Sich zurücklehnen. Tief Luft holen. Eine Pause einlegen, damit sich das Herz beruhigt. Immerhin ist er schon 84 Jahre alt. Obwohl ihm das nicht alt erscheint. Lagun hat sich vorgenommen, mindestens 108 Jahre alt zu werden, damit seine Großmutter, die im Alter von 107 Jahren starb, nicht den Triumph behält, die Älteste in der Familie zu sein. Ein Lächeln stiehlt sich schon wieder auf sein Gesicht. Sich mit Witzen aus Momenten der Rührung herauszuholen, hat Lagun jahrzehntelang erprobt. Er will sich von seiner Enttäuschung nicht in die Depression treiben lassen. Wenn andere nicht dafür sorgen, muss wenigstens er all seine Kraft dafür einsetzen, das Gedenken an die Leiden Unschuldiger hoch zu halten.

Jahrelang hat er nach Namen und Daten geforscht, Biographien untersucht und nach Todesursachen gesucht. Wenigstens 182 unter den Hunderten von Menschen, die in den ersten Nachkriegsmonaten im »wilden« Stettin umkamen, hat er dem Vergessen entrissen und ihnen Namen und eine Geschichte gegeben. Teofil Firlik beispielsweise, dem polnischen Feuerwehrmann, der bei einem der ersten Einsätze in der immer und immer wieder von Bränden heimgesuchten Stadt von einem sowjetischen Militärfahrzeug überfahren wurde. Auch der jungen Frau, die er auf der Toilette beim Hafentor gefunden hatte, Gesicht und Brust zerkratzt, den Oberkörper mit einem Bajonett durchstochen. Oder dem neunzehnjährigen Soldaten, der zwar die Kämpfe um Kolberg überlebt hatte, aber dann im Einsatz gegen kriminell-mafiöse Plünderer erschossen wurde. Nicht zuletzt jenen, die aufgrund von Hunger oder Epidemien starben oder Opfer von nächtlichen Schießereien oder Raubüberfällen in den Wohnungen wurden. Auch Deutsche waren darunter. Nun sind ihre Namen eingraviert in die riesigen Erinnerungstafeln, die auf Laguns Drängen Mitte der neunziger Jahre auf dem Quartier der Pioniere des Stettiner Zentralfriedhofs aufgestellt wurden. »Sie starben, damit in die Fundamente der Stadt der Sauerteig des Opfers eingehe. Wir sind tief zur Dankbarkeit jenen gegenüber verpflichtet, die ihr Leben opferten«*, sagte Erzbischof Marian Przykucki, als das Monument am 9. Mai 1995 eingeweiht wurde. Das war Lagun aus der Seele gesprochen. Die scheinbar unscheinbaren Helden – Polen, Russen, Deutsche – hatten Anerkennung erfahren, und damit auch Lagun, ihr scheinbar unscheinbarer Sachwalter.

* »Zginęli, aby w fundamentach miasta był zaczyn ofiary. Jesteśmy zobowiązani do spłacenia długu wdzięczności tym, którzy złożyli swe życie w ofierze«

»Eines Tages wurde ich zum Genossen Grzeszczuk gerufen, dem Vorsitzenden der Kreiskommission der Gewerkschaft, in der ich die Entwicklung der Sportklubs betreute. Ich war verwundert, als ich bei ihm zusätzlich auf zwei Sicherheitsbeamte stieß. Sie waren zwar in Zivil, doch ich erkannte sie sofort an ihren Schaftstiefeln.

›Bürger Lagun, Ihr werdet Leiter des Deutschen Kulturhauses‹, sagte einer von ihnen.

›Nein‹, sagte ich, und Angst stieg in mir hoch.

›Ihr seid mit euren organisatorischen Fähigkeiten am besten für diesen Posten geeignet‹, beharrte er.«

Doch Lagun sah sich plötzlich seelisch überfordert. Er dachte daran, wie Frankfurter Bürger Zwangsarbeiter bespuckt und als »polnische Schweine« verflucht hatten, als der polnische Untergrund einen deutschen Transportzug in die Luft gesprengt hatte. Er dachte an den Arbeiter aus Posen, der in der Halle gehangen hatte, weil er eine deutsche Frau geliebt hatte, und an den Gendarmen, dessen Sadismus sein Gesicht bis zum Lebensende gezeichnet hat.

»Nein, sagte ich, ich kann kein Deutsch.«

Aber sie gaben keine Ruhe. Kurze Zeit später forderten sie ihn auf, mit einem Übersetzer wenigstens die Renovierung des Gebäudes und die erste Planung zu übernehmen. Auf diesen Kompromiss ließ Lagun sich ein – er sei glimpflich davongekommen, dachte er.

Schon eine halbe Stunde nach dem Gespräch betrat er das Gebäude hinter der deutschen Schule in der Wawrzyniak-Straße 7a, wo sich früher ein Krankenhaus befunden hatte, das nach dem Krieg von der deutschen Minderheit mit Erlaubnis der sowjetischen Besatzungsmacht als Freizeitzentrum hergerichtet worden war.

»Im Parterre ein einziger großer Saal in äußerst behelfsmäßigem Zustand. Im großen Ofen in der Mitte des Raumes verglühten zerbrochene Stühle, Papier, Bohlen und Sägespäne, der Rauch ging durch ein Rohr zum Fenster hinaus. Mit einem solchen Zustand hatte ich nicht gerechnet. Und während ich noch stehe und überlege, wie lange es braucht, um hieraus ein funktionierendes Kulturhaus zu machen, höre ich hinten aus einer Ecke plötzlich Kinderstimmen nach ›Hilfe‹ rufen.«

Diese Kinder baten um die Unterstützung des erwachsenen Mannes, um Matratzen für ihren Gymnastikunterricht in den Saal zu tragen. Doch in Laguns Erinnerung tauchten sofort die Bilder aus Kassel auf. Sollte er wieder abseits stehen, wenn Kinder um Beistand flehten? Konnte er diesen Kindern seine Mitarbeit verweigern, obwohl sie keinerlei Anteil an dem Unrecht hatten, das andere Deutsche ihm zugefügt hatten?

»Ich bleibe und übernehme die Kinderarbeit«, entschied Lagun, obwohl er ihre Sprache nicht verstand und auch nicht zu lernen beabsichtigte. – »Auch ohne Sprachkenntnisse weiß ich, was Kinder wollen.«

»Aber warum haben Sie nie Deutsch gelernt?«

»Bei der Zwangsarbeit gab es keine Gelegenheit. Nachts, wenn ich arbeitete, hatte ich niemanden, mit dem ich hätte üben können, und tagsüber schlief ich. Außerdem spürte ich einen Unwillen gegenüber dieser Sprache, die mir nur Befehle diktierte. Und im Deutschen Kulturhaus war mir meine Unkenntnis (selbst wenn sie mir niemand abnahm) sogar sehr recht. Der Sicherheitsdienst saß mir sowieso dauernd auf den Fersen. Solange ich alle Gespräche mit Dolmetschern führen musste, konnte er nicht unterstellen, ich spielte ein doppeltes Spiel.«

Lagun begeisterte sich für die Arbeit mit den Kindern, organisierte Spiele, Wettbewerbe, einen kleinen Chor, ein kleines Theater und am Silvesterabend ein wunderschönes Kostümfest. Den Erwachsenen gefiel Laguns Arbeit so sehr, dass sie, als das Haus von den Sowjets an die Polen abgegeben wurde, beim

Stettiner Gewerkschaftssekretär vorstellig wurden, um ihn als Leiter dieser Kulturstätte vorzuschlagen, die nun programmatisch die »deutsch-polnische Freundschaft« im Namen trug. Einerseits freute Lagun das Vertrauen, das ihm die Deutschen entgegenbrachten, andererseits hatte er aus eben diesem Grund gegenüber vielen Landsleuten keinen leichten Stand.

In ganz Polen gab es keine ähnliche Institution wie das Deutsche Kulturhaus in Stettin. Und auch dieses Haus hätte es nicht gegeben, wären die Deutschen nicht von der Sowjetarmee beschäftigt und – geschützt worden. Als Fachkräfte im Stinnes- und im Freihafen, in den sowjetischen Kasernen, in Bäckereien oder auch bei der KEO, der russischen Bauabteilung, der alle von Sowjets verwalteten Gebäude unterstanden, waren die Deutschen relativ sicher vor solchen Überfällen wie an einem Faschingsdienstag vor Laguns Zeit, als Fenster, Türen und Mobiliar von Polen demoliert wurden. Während die Deutschen im übrigen Land ausgewiesen wurden, in Internierungslagern verschwanden oder eingeschüchtert ihrer Arbeit nachgingen, organisierten sie in Stettin ihre eigene Schule, ihre eigene Fußballmannschaft, ihre eigene Kapelle, ihre eigenen Tanzgruppen und scheuten keine öffentlichen Auftritte. Für viele Polen eine schwer zu ertragende Privilegierung dieser »hitlerowcy«. Wie konnte Lagun so schnell die Kriegsverbrechen vergessen und sich für sie einsetzen?

Lagun selbst fiel die Arbeit auch nicht leicht. Auf der einen Seite erlebte er die konkreten Menschen – Herrn Jahnke, Herrn Humke, Herrn Kühn, Herrn Zierke oder auch Frau Gertrude Mindow, seine Übersetzerin –, die mit bewundernswertem Elan aus dem Nichts Musik- und Tanzabende organisierten, einen Fußball- und einen Boxklub gründeten, die Mauern durchbrachen, Schutt abtrugen, Fenster zunagelten und in über viertausend Arbeitsstunden ein hundert mal vierzig Meter großes Fußballfeld bauten. Diesen begeisterten Aktivisten wollte er helfen, nicht mehr in Krepppapier auftreten zu müssen, wenn sie Tanzvorführungen organisierten, auf besseren Instrumenten spielen zu können, wenn sie in ganz Hinterpommern bis hinauf nach Stolp auftraten.

Und so fuhr er denn im Herbst 1951 nach Warschau zur Gewerkschaftszentrale, um Gelder für diese einzigartige Freundschaft Polen – DDR einzufordern. Doch als er aus dem Zug ausstieg, verließ ihn angesichts der Schutt- und Ruinenfelder seiner Hauptstadt der Mut. Schon Stettin war sehr zerstört gewesen, aber Warschau war völlig dem Erdboden gleich gemacht. Sein Gewissen meldete sich. Warum widmete er seine Zeit und Energie den Deutschen, die doch sein Vaterland angegriffen hatten? War er ein Verräter?

»Im ganzen Land arbeiteten die Menschen schwer, um die Folgen des Krieges zu beseitigen. Im ganzen Land sammelten sie Geld und Steine für den Wiederaufbau Warschaus. Und ich? Ich wollte diese Anstrengungen behindern und Geld ausgerechnet für die Deutschen abziehen? Wollte eine Summe für ihre Unterhaltung abzweigen, für die man ein oder zwei Häuser in Warschau hätte bauen können?«

Mühsam musste sich Lagun wieder die Prinzipien der Großmutter ins Bewusstsein rufen. Nein, er wollte nicht verallgemeinern und nicht Menschen bestrafen, die keine Schuld trugen. Nein, er wollte nicht Gleiches mit Gleichem vergelten und keine Rache an Unschuldigen üben. Wieder kehrte er in Gedanken zu den Kindern in Kassel zurück. Ja, er wollte helfen. Wollte beweisen, dass sein Volk weder rachsüchtig noch gefühllos war.

Seine Haltung muss die Gewerkschaftsführung überzeugt haben – jedenfalls kehrte Lagun nicht ohne Geld nach Stettin zurück. Das ganze Kulturhaus wurde renoviert. Bald gab es im Deutschen Haus eine Bibliothek mit deutschen und polnischen Büchern, neue Fußbälle, neue Turnanzüge, eine Mundharmonika- und eine Mandolinengruppe, Posaunen, Trompeten und sogar ein Klavier. Der Chor und die Tanzgruppe erhielten einheitliche Kostüme und Trachten aus echtem Stoff und der Theatersaal eine neue Bestuhlung.

1953 bildete das Deutsche Kulturhaus mit tausend Personen den größten Block auf der 1.-Mai-Demonstration und den am besten organisierten dazu. Freudig erregt hielten sich die Deutschen an den Händen und marschierten im Rhythmus, den die Kapelle vorgab, stolz mit deutscher und polnischer Fahne die Hakenterrasse entlang. »Für Frieden und Freundschaft« stand auf ihren Transparenten auf Deutsch und auf Polnisch zu lesen – und das meinten sie auch so.

1954 sollte es wieder so sein. Lagun hatte die Genehmigung für den deutschen Block beim Wojewoden eingeholt, die Akkordeonspieler probten bereits die Märsche, in Heimarbeit wurden die Transparente genäht – da warteten unmittelbar vor dem großen Ereignis zwei Sicherheitsbeamte auf Lagun in seiner Wohnung und führten ihn ab zum Verhör. Ihr Auto – ein verräterischer Citroën, den damals nur der Sicherheitsdienst und die Miliz benutzten – hatten sie zwei Straßen weiter geparkt.

»Die Deutschen werden nicht an der 1.-Mai-Demonstration teilnehmen.«

»Wieso nicht? Ich habe die Erlaubnis.«

»Sagen Sie Ihren deutschen Freunden, dass sie keinen Platz unter uns haben.«

»Das werde ich ihnen nicht sagen.«

»Das werden Sie ihnen sagen. Sonst kann es Sie teuer zu stehen kommen …«

Die klassische Situation, in der Lagun sich aufbäumt: Wieso können am Tag der Arbeiterklasse nicht deutsche Arbeiter neben polnischen Arbeitern demonstrieren? Wieso spielt die Nationalität für die Arbeiterklasse eine Rolle? Und wieso kann etwas untersagt werden, was erlaubt war? Lagun regte sich auf, und wenn er sich aufregt, wird er trotzig. Als sich die Deutschen am Morgen des 1. Mai vor ihrem Kulturhaus versammelten, trat er tatsächlich nicht selbst vor die Menge, sondern gab die Nachricht über das Demonstrationsverbot an seine Übersetzerin weiter. Wenn ihr losgeht, holen sie mich sofort ab.

»Was denkt ihr?«, fragte Heinrich Schmidt daraufhin die in Tirolertrachten und Sonntagsanzügen gekleidete Menge. »Soll Lagun bei uns bleiben, oder soll er uns verlassen?«

Unruhe breitete sich aus, bittere Worte der Enttäuschung fielen trotz der Anwesenheit zahlreicher Spitzel. Doch über die Entscheidung gab es keinen Streit. Die Männer nahmen ihre roten Krawatten ab, die Musiker packten ihre Instrumente ein, Frauen riefen ihre Kinder herbei – und die Menge verlief sich. Kein Einziger aus dem Deutschen Kulturhaus wechselte zum Block seines Betriebes über.

Es war nämlich nicht das erste Mal, dass Lagun mit dem Sicherheitsdienst zusammenstieß. Einmal hatten sie ihn nach einem Fußballspiel gerufen. Er verrate die sozialistische Gemeinschaft und dulde Propaganda für das revanchistische Deutschland. Lagun verstand die Anwürfe nicht. Was ihm als künstliche Naivität unterstellt wurde, hatte er tatsächlich nicht realisiert: dass die deutsche Fahne der Fußballmannschaft ohne Hammer und Zirkel als Bekenntnis zu Westdeutschland ausgelegt werden konnte.

»Aber wissen Sie, Politik interessiert mich im Grunde bis heute nicht.«

Wenige Wochen nach dem 1. Mai 1954 holten sie ihn ein weiteres Mal.

»Wir können den Leiter des Deutschen Kulturhauses nicht halten, wenn wir kein Vertrauen zu ihm haben. Entweder Sie arbeiten in Zukunft mit uns zusammen, oder Sie müssen gehen.«

»Dann gehe ich.«

Er kam in eine Zelle im Keller des Sicherheitsdienstes und wurde Nacht für Nacht unter Druck gesetzt:

»Hier, auf der wiedergewonnenen Erde, ist eine besondere Aufmerksamkeit erforderlich. Ihr seid doch ein Patriot. Warum wollt Ihr dem Vaterland nicht dienen?«

Sie schlugen ihn nicht, sie quälten ihn nicht. Sie steckten ihn nur mit einem jungen Mann zusammen, der wegen antikommunistischer Untergrundtätigkeit zum Tode verurteilt worden war und deswegen in einer mit KS (kara śmierci*) gekennzeichneten Zelle saß.

»Wenn er Selbstmord begeht, werdet Ihr wegen Beihilfe angeklagt.«

Lagun saß schon aufrecht im Bett, wenn der Todeskandidat sich nachts auch nur rührte. Er war nervlich am Ende. Schließlich, nach einigen Wochen, nachdem das Gnadengesuch des jungen Mannes abgelehnt und das Todesurteil vollstreckt worden war, kam Lagun ins Gefängnis in der Kaszubska-Straße. Er habe, so hieß es in der Anklageschrift, einem Deutschen ein Paar Schuhe und zwei Hemden gestohlen: »Ihr habt Eure Autorität missbraucht«, sagte der Staatsanwalt. »Die kulturelle Tätigkeit war für Euch nur ein Vorwand. Im Grunde verfolgtet Ihr kriminelle Absichten.«

Während der Verhandlung erschien tatsächlich ein deutscher Besucher des Kulturhauses, der als angeblich Geschädigter seine Anschuldigung wiederholte. Die Deutschen im Zuschauerraum protestierten: Das könnten sie sich nicht vorstellen.

»Er hat uns sein Herz zugewandt«, sagte eine Deutsche zu seiner Entlastung vor Gericht. »Ohne ihn wüsste mein Sohn nicht, was deutsch-polnische Freundschaft ist.«

Am zweiten Verhandlungstag kam Lagun nach etwa dreimonatiger Untersuchungshaft tatsächlich frei. Doch zu Hause

* Todesurteil

fand er ein Einschreiben vor: Er war als Leiter des Deutschen Kulturhauses entlassen.

Kurze Zeit darauf klopfte es an die Wohnungstür. Ob Herr Lagun zu Hause sei, fragte jemand in gebrochenem Polnisch. In der Türfüllung erschien der Deutsche, der ihn wegen Diebstahl angezeigt hatte.

»Herr Leiter«, sagte er. »Ich musste das machen. Als ich auf der Baustelle ein altes deutsches Heizgerät mitgehen ließ, haben sie mich erwischt. Auf der Miliz sagten sie mir dann: Deine Frau fährt mit den vier Kindern allein nach Deutschland, und du kommst ins Gefängnis. Da habe ich unterschrieben, dass ich für sie arbeite.«

Lagun blickt erwartungsvoll auf. Versteht seine Zuhörerin die menschliche Größe dieses kleinen Mannes? »Er hat es doch für die Familie getan! Wenn er ein Schwein gewesen wäre, wäre er nicht gekommen. Aber er hatte ein Gewissen, und ich bewunderte ihn dafür, dass er den Mut zur Beichte fand. Als er ausreiste, bin ich zum Erstaunen vieler Deutscher zu seiner Verabschiedung auf den Turzyner Bahnhof gegangen. Dorthin, wo Hunderte weiterer deutscher Familien darauf warteten, in heruntergekommenen Viehwaggons nach Westen abgeschoben zu werden. Sogar Schuhe hatte ich ihm gekauft und ein Jackett, denn er besaß nur einen Pullover. Ja, er war ein edler Mensch!«

»Warum entschuldigen Sie ihn so vorbehaltlos? Im Unterschied zu diesem Mann haben Sie sich nicht zur Zusammenarbeit mit dem Sicherheitsdienst bereit gefunden und damit riskiert, dass Ihre Familie allein zurückbleibt, wenn Sie ins Gefängnis kommen!«

Über seine Familie zu sprechen, fällt Stanisław Lagun schwer. Seine Familie hat er, so ist er heute überzeugt, grob vernachlässigt. Seine Frau war im Spätsommer 1945 schon hochschwanger, da hatte er immer noch keine eigene Wohnung in Stettin, so dass sie bei ihren Eltern in Zentralpolen wohnen musste.

»Andere nehmen sich eine Villa oder quartieren sich einfach bei den Deutschen ein«, herrschte ihn sein Schwager an. Aber Lagun konnte eine Dreizimmerwohnung nicht einfach besetzen, obwohl sie ihm zugewiesen worden war, weil ihn die deutsche Bewohnerin, eine ältere Dame, an seine Mutter erinnerte. Schließlich requirierte er eine leer stehende, ausgeraubte Wohnung ohne Badezimmer und mit Toilette auf halber Treppe – kein Komfort, aber immerhin ein Dach über dem Kopf.

Wichtiger als die Familie war ihm immer der Dienst an der Gemeinschaft. Wichtiger als die eigenen Kinder waren ihm immer die Kinder anderer. Mit ihnen arbeitete er nicht nur im Deutschen Kulturhaus zusammen; für sie stellte er später das Puppentheater »Rusalka« auf die Beine, und mit ihnen brachte er als Leiter des Kulturhauses der Eisenbahner Theateraufführungen zustande, die sogar im lokalen Fernsehen übertragen wurden. Seine eigenen Kinder hingegen lagen schon im Bett, wenn er nachts um zwölf nach Hause kam, und wenn sie morgens in die Schule gingen, schlief er noch. Er ging nicht zum Elternsprechtag, brachte die Tochter nicht zum Klavierunterricht, pflegte nie eines der Kinder, wenn sie krank waren.

»Ich habe meinen Kindern und meiner Frau großes Unrecht zugefügt, weil ich ununterbrochen unterwegs war«, sagt er heute. »Zu spät habe ich verstanden, dass die Kinder auch einen Vater brauchen.«

Auch weil er glaubt, man dürfe von anderen keine Fürsorge erwarten, die man ihnen selbst nicht hat zukommen lassen, hat er sich im Altersheim eingemietet.

»Ich will niemandem zur Last fallen«, sagt er. »Ich will niemanden aus meiner Familie um Hilfe bitten, da auch ich ihnen meine Hilfe verweigert habe.«

Nachdem er sich aus der Familie zurückgezogen und freiwillig auf ihre Wärme und Geborgenheit verzichtet hatte, war seine Sehnsucht nach öffentlicher Anerkennung aber noch mehr gewachsen. War ihm die Welt nicht tatsächlich auch noch etwas schuldig nach all dem, was er für die Welt getan hatte? Hatte das, was er gegeben hatte, nicht viel mehr Gewicht als das, was er bekommen hatte? Als Renate Jachow, einst Bibliothekarin im Deutschen Kulturhaus, 1995 plötzlich vor seiner Wohnungstür stand, schien es, als würde sich die leichtere Waagschale endlich doch zur Gerechtigkeit hin neigen. Ihm wurde warm ums Herz. Er war nicht vergessen! So wie er die namenlosen Pioniere ins Gedächtnis zurückgeholt hatte, so holten ihn jetzt die Deutschen ins Gedächtnis zurück.

»Als die Deutschen mich nach fast dreißig Jahren wiedergefunden hatten, spürte ich eine große Genugtuung. Ich wurde als Gesprächspartner gesucht. Ich wurde geschätzt.«

Ganz banal hatte es begonnen. Weil Frau Jachow eine Bescheinigung über die Jahre ihrer Tätigkeit in Stettin für die Rente brauchte, hatte sie sich mit ihrem Mann ins Auto gesetzt und war losgefahren. Doch die erforderlichen Unterlagen waren bei den Arbeiterstreiks von 1970 verbrannt.

»Wenn Lagun noch lebte« – hatte die enttäuschte Renate Jachow im Gewerkschaftsarchiv bemerkt –, »er könnte es sicher bestätigen.«

»Wann ist er denn gestorben?«, fragte die Angestellte verwundert.

»Das muss schon einige Jahre her sein.«

»Ganz sicher nicht«, erwiderte die Angestellte. »Denn letzte Woche war er noch hier.«

So hatte Renate Jachow den Totgeglaubten gefunden und in langen Gesprächen erfahren, welchem Druck ihr Leiter seitens der Partei und des Sicherheitsdienstes ausgesetzt gewesen war. Umgekehrt erlebte Lagun, dass die Erinnerungen der Deutschen an Stettin und das Kulturhaus so gar nichts von jenen Revanchegelüsten enthielten, die ihnen die kommunistische Presse immer unterstellt hatte.

»Seine« Deutschen riefen ihn an, besuchten ihn, schrieben ihm regelmäßig Briefe, und die Ehepaare Jachow und Lemke holten ihn zu einem dreiwöchigen Aufenthalt nach Deutschland, wo er nach anfänglichem Zögern sogar die Fabrik besuchte, in der er als Zwangsarbeiter beschäftigt war. Sie kümmerten sich um ihn. Sie ließen ihn hoch leben. Sie sammelten sogar achtzehn Unterschriften unter einem Antrag für das Bundesverdienstkreuz. Die so lange vermisste öffentliche Würdigung schien greifbar nahe – da brachte Lagun sie selbst zu Fall. Er verweigerte einfach den Lebenslauf, der den Unterlagen beizulegen war.

»Für mich war es schon Auszeichnung genug, dass sie mir diese Ehre zukommen lassen wollten. Aber ich bat sie, die Sache nicht weiter zu verfolgen.«

So brachte er sich selbst um Wertschätzung und Trost. So wurde die Sehnsucht nach Anerkennung nie wirklich befriedigt. So kann er weiter nur bitter reagieren, wenn andere ungeniert in Anspruch nehmen, was er aus falscher Bescheidenheit ablehnt:

»Ich will nicht dünkelhaft erscheinen – aber ich bin stolz, dass ich wohl als einer der Ersten mit der deutsch-polnischen Versöhnung begonnen habe. Bei vielen von denen, die jetzt geehrt werden, würde ich gern nachfragen: Warum sind sie erst so spät klug geworden? Warum haben sie geschwiegen, als die deutsch-polnische Freundschaft nicht opportun war? Wieso können sie so ungeniert abkassieren, ohne von ihrem Gesinnungswandel zu reden? Nein, mit dieser Verlogenheit werde ich mich nicht abfinden!«

Und deswegen dürfte Stanisław wohl über die Ungerechtigkeit der Welt klagen und an der Geringschätzung seiner Person leiden, selbst wenn er 108 Jahre alt werden und seine Großmutter um den Triumph bringen sollte, die Älteste aus dem Geschlecht der Laguns zu sein.

Jerzy Hauptmann

Ich habe keine Schuhe nicht

Heute versteht sich Jerzy Hauptmann als Amerikaner polnischer Herkunft. Seit fünfzig Jahren lebt er in dem Land seiner Wahl, wie ein Amerikaner trinkt er alle Getränke möglichst mit Eiswürfeln, isst, sobald er das Fleisch klein geschnitten hat, nur mit der Gabel in der rechten Hand und bietet jedem nach kürzester Zeit das »Du« an.

Es gab aber auch Zeiten, da verstand sich Hauptmann als Pole deutscher Herkunft. Und je älter er wird, desto stärker drängen Erinnerungen in sein Bewusstsein, die ihn in diese weit entfernte Zeit in ein weit entferntes Land zurückführen. Mindestens einmal im Jahr ist er seit der politischen Wende 1989 nach Warschau, Allenstein oder Lodz gefahren. Und wäre nicht die Beinoperation gewesen, die ihn vorübergehend zwingt, einen Stock zu benutzen, hätte er sich auch im achtzigsten Lebensjahr bei seinem Europabesuch nicht auf Wien und Berlin beschränkt.

So ließ er die Polen zu sich kommen. Er lud eine polnische Bekannte nach Berlin ein und aß wie früher in Polen gebratene Pfifferlinge, die es in Amerika nicht gibt.

»Bei uns in Lodz«, sagt er, als wäre er erst vor einigen Monaten ausgereist, »bei uns in Lodz war die Identität keine Frage der Abstammung, sondern des Gefühls. Deswegen kann ich den deutschen Namen Hauptmann tragen und dennoch ein Pole sein. Deswegen bin ich evangelisch-lutherisch und dennoch kein Deutscher. Und deswegen konnten mich meine Eltern, obwohl sie sich als Deutsche fühlten, 1920 auf den polnischen Vornamen Jerzy taufen, denn die nationale Zugehörigkeit hatte für sie keinen entscheidenden Stellenwert.«

Jerzy Hauptmann zählt zu der Minderheit in der deutschen Minderheit, die sich für das Polentum entschied und von den Polen als Pole anerkannt wurde.

Als er geboren wurde, entsprach die Familie allerdings noch dem gängigen Schema. Die Eltern – ihre Vorfahren waren aus Sachsen und Schlesien ins damals russische Lodz eingewandert – verstanden sich als Deutsche, sprachen mit den Kindern Deutsch und waren selbstverständlich evangelisch. Sein Vater arbeitete sogar als Küster bei der Lodzer Trinitatis-Gemeinde und schickte den Sohn auch auf die deutsche Volksschule. Erst mit Jerzys Aufstieg zum Gymnasium bahnte sich der Wechsel an.

»Wir hatten zwei Werthierarchien in der deutschen Minderheit«, sagt Jerzy. »Die einen meinten: An erster Stelle steht das Bekenntnis zum evangelisch-lutherischen Glauben, erst danach folgt das Bekenntnis zur Nation.«

Für die anderen hingegen stand an erster Stelle das Bekenntnis zur Nationalität, und ein echter Deutscher war selbstverständlich auch evangelisch. Ihnen galt die Wahrung des Deutschtums als wichtigste Erziehungsaufgabe, und entsprechend schärfte Pastor Schedler dem Schüler Jerzy ein: »Ein deutscher Tischler ist mir lieber als ein polnischer Gymnasiast.«

Nach Meinung der Eltern sollte der begabte Sohn jedoch mehr als ein Tischler werden, und so schickten sie ihn auf das Gymnasium – das polnische notgedrungen, denn die polnische Kopernikus-Schule kostete nur halb so viel Schulgeld wie die deutsche, was für eine arme Küsterfamilie einen bedeutenden Unterschied darstellte.

Wenn die Familie am Sonntagnachmittag mit Dutzenden anderer Familien zum Friedhof hinauspilgerte, spielte es keine Rolle, wer den evangelischen, den katholischen oder den jüdischen Teil ansteuerte. Und wenn sie im Helenenhof der Musik lauschte oder Kahn fuhr, dann machte es keinen Unterschied, ob die Nachbarn Deutsch, Polnisch oder Jiddisch sprachen. Doch wenn Jerzy sich an gewöhnlichen Wochentagen auf dem Deptak, der Promenade auf der Piotrkowska-Straße, herumtrieb und den Mädchen hinterherschaute, dann wies ihn seine Mütze als polnischen Schüler aus, der sich von den deutschen Gymnasiasten schon auf den ersten Blick abhob.

Die Unterschiede zwischen den Nationalitäten waren ein fester Bestandteil des Alltags, auch wenn die Sprache manchmal eine reibungslose Vermischung zwischen Polnischem, Deutschem und Jüdischem vorgaukelte. Jerzy Hauptmann schmunzelt, wenn ihm das Kauderwelsch von damals einfällt: »Stell deine Valise nicht in den Blotte!«*, kommt ihm in den Sinn und: »Ich habe keine Schuhe nicht« – die doppelte Verneinung, die das Lodzer Deutsch aus dem Polnischen übernahm – und die Antwort des Hausmeisters im evangelischen Gemeindehaus, eines Deutschen, der auf die Frage, wo der Pastor wohne, mit dem Finger nach oben zeigte: »Tu, tu, do góry, cztery Treppen in die Höhe.«** »Wenn du einen Satz auf Deutsch anfängst«, hatte ihm seine Mutter in der Kindheit eingeschärft, »musst du ihn auch auf Deutsch beenden. Und wenn du polnisch anfängst, dann sprich auch polnisch zu Ende!«

Wann es begann, dass er sich als Pole fühlte, vermag Jerzy Hauptmann heute nicht mehr zu sagen. Da war schon in der deutschen Volksschule Pani Machejda, die evangelische Polnischlehrerin aus Schlesien, bei der er die polnische Sprache lieben lernte. Da war auch sein um elf Jahre älterer Bruder, der

* Stell deinen Koffer nicht in den Dreck!

** Hier, hier, nach oben, vier Treppen in die Höhe.

das polnische Gymnasium bereits beendet, in Warschau evangelische Theologie studiert und eine – selbstverständlich evangelische – Polin geheiratet hatte. Evangelisch und polnisch zu sein, war zwar selten, in Lodz aber keine Ausnahme. Fast alle polnischen Pastoren trugen deutsche Namen wie Sachs oder Friszke (Frischke) oder Gloc (Glotz) oder Preiss. Und Pastor Gundlach hatte um die Jahrhundertwende die Mehrheit der deutschen Lieder für das polnische Gesangbuch übersetzt.

Jerzy besuchte in der Regel den polnischsprachigen evangelischen Gottesdienst. Die Pastoren verstanden die Jugend nicht nur im Religionsunterricht in den Schulen anzusprechen. Es gab auch eine Schülergemeinde, kleine Studiengruppen und sogar Theateraufführungen. In den seltenen Fällen, in denen er zu den deutschsprachigen Pastoren ging, ärgerte er sich nur. Die wetterten in ihren Predigten gegen die antideutschen Maßnahmen der polnischen Rechten und mischten die Seelsorge ungeniert mit Politik. Ein Pastor aber, so Jerzys Meinung, sollte sich nur mit der Religion befassen – so wie sein Bruder, als er zwei Jahre lang in der *Neuen Lodzer Zeitung* Jerzys Erinnerung nach nur das Evangelium interpretierte. Ob sein Bruder politisch tatsächlich so enthaltsam war, haben andere bezweifelt. Immerhin ließ er beim Gottesdienst ein Kirchenlied nach der Melodie der »Rota« singen, dem aggressiv-antideutschen Lied der polnischen Schriftstellerin Maria Konopnicka, das sie als Antwort auf Bismarcks Kulturkampf zu Beginn des 20. Jahrhunderts schrieb.* Und das ausgerechnet am 3. Mai, dem Feiertag der polnischen Unabhängigkeit! Die nationalistische deutschsprachige *Freie Presse* empörte sich jedenfalls über diesen Vorfall, Jerzy hingegen erschien er nicht einmal als Sünde.

* Die dritte Strophe beginnt mit den Zeilen: »Nicht mehr wird der Deutsche uns spei'n ins Gesicht, die Kinder uns nicht germanisieren …«

Jerzy maß mit zweierlei Maß, und bis heute reagiert er auf den deutschen Nationalismus wesentlich sensibler und aggressiver als auf den polnischen. Der polnische Nationalismus, so meint er, sei doch nur eine Reaktion auf die deutsche Bedrohung gewesen. Im Übrigen habe er gar nicht so deutlich registriert, dass in anderen Orten deutschsprachige Schulen und deutschsprachige Klassen an polnischen Schulen geschlossen wurden oder deutsche Großgrundbesitzer durch die Agrarreform einen großen Teil ihres Besitzes verloren. Waren die Polen nicht die Unterlegenen, die Abwehrenden, und die Großen und Mächtigen Deutsche wie der Lodzer Fabrikant Scheibler?

Für Hauptmann war das Deutschtum in Lodz identisch mit dem deutschen Nationalismus; der polnische Nationalismus hingegen gehörte für ihn nicht zum Polentum. Und zwischen einem Deutschland, das identisch war mit seiner extremen Rechten, und einem Polen, aus dem die extreme Rechte per definitionem ausgeklammert war, fiel die Wahl nicht schwer. Jerzy Hauptmann wurde Pole – der einzige Pole unter vier Mitschülern evangelisch-lutherischen Bekenntnisses in seiner Klasse. »Arndt und Blaschke«, sagt Hauptmann, »waren Nationalisten; und Karl Dedecius, der spätere Übersetzer«, sagt Hauptmann, »war politisch neutral.«

»Für mich«, bestätigt Karl Dedecius, »waren Philosophie und Lyrik schon damals wichtiger als Nation und Geschichte. Geschichte ist mir suspekt. Meine Familie war liberal, tolerant, christlich, aber unpolitisch. Sie schickte mich auf das polnische Gymnasium, weil es im Unterschied zum deutschen mit seiner stark kaufmännischen Orientierung ein humanistisches Gymnasium war. Da spielte ich Geige solo und Violoncello im Schulorchester. Jerzy Hauptmann hingegen, der Primus in der Klasse, war schon damals leidenschaftlich mit der Politik verbunden.«

Angesporn von Lehrern, die mit romantisch-aufbegehrenden Geschichtsdarstellungen und kämpferischen Romanen und Gedichten glühende Patrioten erzogen. Darüber, dass er in der Schule antideutsche Romane las und im Geschichtsunterricht in Preußen-Deutschland den Erbfeind sehen lernte, sprach Jerzy Hauptmann zu Hause nicht. Das deutsche Elternhaus und die polnische Schule bildeten zwei voneinander getrennte Welten. Und seine Präferenz war eindeutig. Im Jahre 1938, als Hitler die Tschechoslowakei überfiel und Polen die Gelegenheit nutzte, um sich das Teschener Schlesien anzueignen, wäre der Abiturient am liebsten ins Feld gezogen. »*To jest nasze*«*, wiederholt Hauptmann mit funkelnden Augen die Losung von vor sechzig Jahren, wobei er vom Deutschen ins Polnische fällt. »*Tam są Polacy i na dodatek … ewangelicy.*«** Außerdem: Wenn es sich die Polen nicht geholt hätten, hätten es sich die Deutschen noch zusätzlich unter den Nagel gerissen. Doch der Direktor des polnischen Lyzeums zügelte den feurigen Patrioten: »Das erledigen andere. Du musst noch lernen.«

Im Mai 1939 machte er Abitur, doch den vom 1. Oktober an vorgesehenen Dienst auf der Offiziersschule trat er nicht an, denn am 1. September bombardierte die Wehrmacht Polen.

Weil damit sein gesamtes Leben einen anderen Verlauf nehmen und der Krieg seine Vertreibung aus Polen zur Folge haben sollte, trägt Jerzy Hauptmann tief in der Seele bis heute einen Groll gegen die Deutschen. »Wenn die Politiker in den letzten Jahren so viel über Versöhnung zwischen Deutschen und Polen reden, dann meine ich: ›*Powoli, powoli, nie tak prędko.*‹*** So leicht sollen es die ›*szkopy*‹**** doch nicht haben.«

* Das gehört uns!
** Dort leben Polen, und sie sind auch noch Protestanten!
*** Langsam, langsam, nicht so schnell.
**** Verächtliche Bezeichnung für die Deutschen.

Der Kriegsausbruch erwischte ihn auf der Rückreise aus den Sommerferien in Nowy Targ bei Zakopane im Zug in der Nähe von Kattowitz. Was sollte er tun? Eine militärische Ausbildung besaß er noch nicht, also ging er in Lodz als Beobachter zur Flugzeugabwehr, und am 6. September, als das Radio alle wehrpflichtigen Männer aufforderte, sich in Richtung Osten zu bewegen, packte er etwas Wasser und ein Paar Socken in einen Beutel und machte sich zu Fuß auf den Weg nach Warschau, wo er Unterschlupf in der Wohnung der Eltern seiner Schwägerin fand – die drei Zimmer teilten sich vierzehn Personen. Die meiste Zeit war er damit beschäftigt, Essen für die große Familie zu organisieren.

»Die Frau eines Bruders meiner Schwägerin wurde durch eine Bombe getötet«, sagt er. »Und auch die evangelische Kirche wurde zerstört. Sonst war alles ganz normal in diesen ersten Kriegswochen.«

Anfang Oktober kehrte er nach Lodz zurück. Wieder stand er vor der Frage: Was tun? Die meisten evangelischen Pastoren polnischer Nationalität hatten sich irgendwo versteckt, um einer Verhaftung zu entgehen. Nur sein Bruder war aus Treue bei seiner Gemeinde geblieben. Es war nur eine Frage der Zeit, wann die Deutschen ihn holen würden. Schon am 10. Dezember war es soweit.

»Man musste sich damals entscheiden«, sagt Karl Dedecius. »Entweder man blieb bei der Familie, oder man tauchte unter.«

Für Dedecius, der bei Kriegsausbruch nach Lemberg geflohen war und erst Ende 1939 nach Lodz zurückkehrte, stand die Entscheidung fest. Er blieb bei seiner krebskranken Mutter. Dadurch erhielt er automatisch die Volksliste, die seine Zugehörigkeit zur deutschen Nation bescheinigte und ihn in den Augen der Polen zum Parteigänger der Okkupanten werden ließ. Jerzy Hauptmann und sein Bruder hingegen entschieden sich für das Polentum und damit in gewissem Sinn auch gegen die Familie. Sein Vater wurde als deutscher Küster entlassen, die Wege von Eltern und Kindern trennten sich.

Am Abend desselben 10. Dezember, an dem sein Bruder verhaftet wurde, mussten auch Jerzy und seine Schwägerin mit zwei kleinen Kindern ihre Sachen packen – wegen politischer Unzuverlässigkeit wurden sie, wie es hieß, ausgesiedelt ins Generalgouvernement.

»Als Erstes brachten sie uns ins Lager nach Radogoszcz«, erzählt Hauptmann. »Die zwei Deutschen, die zwei Juden und Karl Dedecius nicht mitgerechnet, waren wir fünfzehn in der Klasse. Und von den fünfzehn traf ich acht unter den Ausgesiedelten. Die Deutschen hatten eine exakte Liste – natürlich von den einheimischen Volksdeutschen zusammengestellt.« Ein einheimischer Deutscher, dem er einmal Nachhilfeunterricht in Latein erteilt und damit in die nächste Klasse befördert hatte, war es denn auch, der ihn beim Registrieren anbrüllte und beschimpfte. Jerzy fühlte sich in seiner Meinung bestätigt: Für die jungen Leute aus der deutschsprachigen evangelischen Trinitatisgemeinde, die hier in SA- und SS-Uniformen herumliefen, hatte die Nation Vorrang vor dem Glauben und damit vor der Nächstenliebe. Von nun an war er auch ihr militärischer Gegner.

Während Karl Dedecius als Volksdeutscher in die Wehrmacht eingezogen wurde und schließlich in Stalingrad landete, ging Jerzy Hauptmann in den bewaffneten polnischen Untergrund. Aus zwei Klassenkameraden deutscher Herkunft waren Soldaten verfeindeter Armeen geworden.

Wie alle Ausgesiedelten wurde aus Jerzy Hauptmann nach Krakau transportiert und dann sich selbst überlassen. Wieder fuhr er nach Warschau. Wieder fand er Unterschlupf in der Familie seiner Schwägerin. Kurze Zeit arbeitete er in einer Chemiefabrik, dann holte ihn sein Cousin Adolf Hauptmann, der trotz des deutschen Namens kein Wort Deutsch sprach, in die Wasserwerke, weil ihn dieser kriegswichtige Betrieb vor der Verschickung zur Zwangsarbeit im Reich schützte. Und Bertek, der jüngste Bruder seiner Schwägerin, warb ihn für seine Fünfergruppe im Untergrund. Weil er schon seit dem neunten Lebensjahr eine Brille trug, erhielt er das Pseudonym »Okularnik«.*

»Wir bekamen eine Ausbildung mit dem Revolver, mit einem Gewehr, wir lernten, wie man Molotowcocktails bastelt und die Deutschen auskundschaftet – aber das alles war nicht interessant.«

Interessant empfand er dagegen die »kleine Sabotage«, deren Organisation sich in Anspielung auf zwei Orte, an denen Deutsche führende Köpfe hingerichtet hatten, »Wawer-Palmiry« nannte.

»Wir malten zum Beispiel ein riesiges, ineinander verschlungenes PW auf die Wände** und zu Hitlers Geburtstag Galgen, an denen das Hakenkreuz hing.«

Jerzy verklebte auch Sondernummern des *Nowy Kurier*, die im Untergrund gedruckt wurden und von ihm im Stadtzentrum verteilt werden mussten.

»Ich musste die belebteste Stelle beliefern: Jerozolimskie-Alleen/Ecke Marszałkowska-Straße. Da suchte ich mir einen Zeitungsjungen, der die Exemplare zu einem hohen Entgelt verkaufte.«

Als die polnische Anders-Armee, die an der Seite der Engländer kämpfte, Monte Cassino einnahm, verteilte er kleine Zettel mit dem Aufdruck: V = Monte Cassino. Und als im Westen die zweite Front errichtet wurde, verklebte er Zettel mit der siegessicheren Verheißung: II. Front.

* Okulary = Brille.
** Polska walczy (Polen kämpft).

»Die sollten wir nach der Polizeistunde verkleben. Doch ich sage: Während der Polizeistunde ist das unsinnig, da schnappen sie uns. Wir machen das in der größten Verkehrsdichte um fünf Uhr nachmittags, da gehen wir auf der Marszałkowska-Straße von den Jerozolimskie-Alleen in Richtung Koszykowa-Straße.

Der Erste hatte eine Hand in der Hosentasche, da war nichts drin. Der Zweite trug eine Büchse mit Klebstoff und strich die Wand an. Der Dritte zog die Aufkleber heraus und strich sie auf die entsprechenden Stellen. Die Vierte war eine junge Frau, die schaute, ob die Zettel gerade hängen und ästhetisch aussehen. Und der Fünfte war ich. Ich kontrollierte, ob alles gut ging, und hatte die Hand ebenfalls in der Hosentasche, in der nichts war.«

Als die Aktion beendet war, kauften die fünf jungen Untergrundkämpfer Rotwein und feierten in einer konspirativen Wohnung in der Altstadt, bis sie vor Müdigkeit und Weinseligkeit auf dem nackten Fußboden einschliefen. Doch statt Lob erntete Jerzy Hauptmann zwei Tage später von einem Offizier der Heimatarmee nur Schelte: Befehl sei Befehl – warum sie die Aktion nicht *nach* der Polizeistunde ausgeführt hätten?!

Während er noch in den Wasserwerken arbeitete, bekam Jerzy Hauptmann – wieder in einer Fünfergruppe – die Einweisung in die Offiziersschule der Heimatarmee.

»Unser Lehrer war ein Kapitän. Wir sagten also: Herr Kapitän!, und er rief uns mit unseren Pseudonymen. Der Lehrgang zog sich über mehrere Monate mit zwei Unterweisungen in der Woche. Dann kam die Prüfung. Was bedeuten die Abzeichen?, lautete die erste Frage des Oberst. Eine völlig unsinnige Frage, denn wer trug Abzeichen im Untergrund? Nach Fragen über den Straßenkampf kam zum Schluss die Frage über das ›taktische Verhalten‹: Stellt euch vor, ihr seid mit fünfzig, sechzig

Mann im Wald. Draußen sind Felder und Wiesen. Ihr habt nur Revolver und vielleicht ein MG. Da kommt eine Nachricht von der Exilregierung in London: Auf der Wiese vor dem Wald wird in der kommenden Nacht Munition abgeworfen. Leider wussten die in London aber nicht, dass inzwischen ganz in der Nähe viele und schwer bewaffnete Deutsche eingerückt sind. Was tut ihr jetzt?

Der Erste: ›Wir senden eine Radionachricht an London: Das soll verschoben werden.‹

›Das geht nicht mehr durch!‹

Der Zweite: ›Wir ziehen uns auf zuvor vorbereitete Stellungen zurück.‹

›Ihr kommt aus dem Wald nicht raus.‹

Der Dritte: ›Wir rufen andere Abteilungen zu Hilfe.‹

›Ihr habt keine Verbindung zu ihnen.‹

Der Oberst ist entsetzt. ›Ich sehe an euren Antworten: Die ganze polnische Tradition ist verloren gegangen.‹ Als Kleinster stand ich als Letzter in der Reihe.

›Also was schlägt Okularnik vor?‹

›Wir greifen an!‹

Der Oberst war begeistert. Das war die denkbar schlechteste Reaktion angesichts der Umstände. Aber er wollte sie. Ich hatte den polnischen Aufstandsgedanken hoch gehalten.«

Jerzy Hauptmann war jung – zweiundzwanzig, dreiundzwanzig Jahre alt. Er suchte das Abenteuer, und den Gedanken an tödliche Gefahren verdrängte er bei Ausflügen in die Umgebung und geselligen Treffen.

»Wir alle waren verliebt in Lili, die hübsche Tochter von Szulc, dem Verwalter vom evangelischen Friedhof, der sich ganz undeutsch mit sz und c schrieb. Vom Sänger Mieczysław Fogg stammte ein sehr bekanntes Lied: Najmilszą była mi bluzeczka twa zamszowa / pachnąca słodko Soir de Paris.* Und unser ›Soir de Paris‹ war eben Lili.«

Und dann war da noch Irena Piwowarczyk, eine Sekretärin aus Siedlce, die mit Hauptmann zusammen in den Wasserwerken arbeitete. Eine Zeit lang wehrte er ihre Annäherungsversuche beharrlich ab – war er doch genügend mit den Untergrundaktivitäten und dem Offizierslehrgang beschäftigt. Doch eines Abends erhörte er sie und ging stundenlang mit ihr an der Weichsel spazieren.

»Ich bekam gerade noch die letzte Straßenbahn. Zwei Haltestellen vor meiner Wohnung steigt ein Mitglied meiner Untergrundgruppe ein und sagt: Sofort rausspringen. Die Gestapo will dich verhaften. Sie wussten, wann ich üblicherweise nach Hause kam und hatten mich erwartet. Doch das Rendezvous hat mich gerettet.«

Ab jetzt lebte Jerzy Hauptmann illegal: verfolgt wegen der Beteiligung am Untergrund und verfolgt als Landesverräter. Er ging nicht mehr zur Arbeit in den Wasserwerken, er ging nicht mehr in die Wohnung der Schwägerin. Fast jede Nacht schlief er woanders – und oft bei Irena.

»Willst du sie etwa heiraten?«, fragte seine Schwägerin irritiert.

»Wie kann ich sie denn heiraten, wo ich doch nur falsche Papiere habe!«

»Es geht nicht um Papiere«, belehrte sie ihn. »Es geht darum, dass sie katholisch ist!«

Jerzy Krajewski alias Jerzy Hauptmann stand allerdings nicht der Sinn nach Heiraten. Er musste sich durchschlagen. Schon während seiner Zeit in den Wasserwerken hatte er zusätzlich Geld bei Herrn K. verdient, einem Volksdeutschen, der so schlecht Deutsch sprach, dass er einen Sekretär mit Deutschkenntnissen brauchte. Herr K. betrieb nämlich einen Schwarz-

* Am meisten liebte ich deine samtene Bluse / sie duftete so süß wie ein Abend in Paris (so hieß ein bekanntes Parfum).

markthandel mit Spritzen, Zangen und anderem für Zahnärzte unerlässlichen Handwerkszeug, das nur mit speziellen Genehmigungen aus dem Reich einzuführen war. So manches Mal fuhr Jerzy deswegen nach Krakau, um mit einem deutschen Beamten aus dem deutschen Gesundheitsamt in einer »Nur für Polen«-Kneipe entsprechende Formalitäten zu erledigen. Am Geschäft beteiligt war auch ein Gestapo-Offizier, der zusammen mit dem Ehepaar K. in einem Haus »Nur für Deutsche« wohnte. Es war der Geliebte von Frau K., und Herr K. duldete ihn nicht nur, weil er sich für seine junge Frau zu alt fühlte, sondern vor allem, weil er einen Gestapo-Offizier in brenzlichen Situationen für sehr nützlich hielt.

Als er untertauchen musste, sah Jerzy in einer weiteren Zusammenarbeit ein zu großes Risiko. Er rief, ohne seinen Namen zu nennen, bei K. an: »Es hat gewisse Komplikationen gegeben, ich werde die nächste Zeit wohl nicht kommen.«

K. schaltete sofort. »Mit wem habe ich die Ehre zu sprechen?«, gab er sich betont förmlich.

»Mein Name ist Jerzy Krajewski.«

»Herr Krajewski, brauchen Sie nicht zufällig eine Stelle?«

Aber wie sollte er mit meinem schlecht gefälschten Ausweis arbeiten und wie dem Gestapo-Mann begegnen?

Als der Gestapo-Mann zum Abendessen erschien, sagte K. schnell: »Darf ich Ihnen Herrn Krajewski, einen neuen Bekannten, vorstellen? Herr Krajewski braucht einen Ausweis, dass er in einem kriegswichtigen Betrieb arbeitet.«

Und der Gestapo-Mann bestellte ihn, ohne die Miene zu verziehen, für den nächsten Tag in die Aleja Szucha.*

Die Schwägerin erklärte Hauptmann für verrückt, als er erklärte, er werde sich auf das Spiel einlassen. Seine Freundin

* Aleja Szucha war die berüchtigte Adresse der Gestapo-Zentrale in Warschau, in deren Keller Leute zu Geständnissen erpresst wurden.

Irena meinte nur sarkastisch: »Ich werde schon mal eine Messe für dich bestellen.«

Jerzy Hauptmann aber ließ sich nicht beirren, verlangt e in fehlerfreiem Deutsch nach dem Gestapo-Offizier, trank mit ihm Cognac, während sie auf die Anfertigung des neuen Ausweises warteten, und war sich sicher, das Risiko richtig eingeschätzt zu haben. Der Gestapo-Offizier konnte ihn nicht auffliegen lassen, denn er steckte mit K. unter einer Decke und wollte seine Geliebte nicht verlieren. K. konnte ihn nicht auffliegen lassen, denn Hauptmann kannte alle seine Schwarzmarktgeschäfte: »Wir bildeten eine Interessengemeinschaft, und eine Interessengemeinschaft schafft eine stabile Basis.«

Ansonsten ging Hauptmann Kontakten mit den Deutschen aus dem Weg. Denn solche Kontakte hätten – besonders bei einem Menschen mit deutscher Herkunft – auf polnischer Seite Verdacht erweckt.

Am 1. August 1944 begann der Aufstand. Hauptmann traf sich mit seiner Gruppe auf dem evangelischen Friedhof.

»Die ersten Tage«, sagt er, »waren belanglos. Wir schnappten nur einige deutsche Lkw, nichts Interessantes.«

Dann bekam er eine Barrikade zur Verteidigung, gab ein paar Schüsse mit dem kleinen Revolver ab, der ihm zugeteilt worden war, erhielt selbst einen Streifschuss und musste sich, als die Deutschen vorrückten, in die große Druckerei PWPW* in der Altstadt zurückziehen. Er verteidigte den Block und warf Molotowcocktails auf Tanks, die vom Danziger Bahnhof herangeschafft wurden. Eines Tages stieß er auf einen Ingenieur von den Wasserwerken.

»Was machen Sie?«

* PWPW – Państwowa Wytwórnia Papierów Wartościowych

»Ich bin in der Druckerei.«

»Ab morgen machen Sie etwas anderes. Sie waren doch Sekretär des Direktors und kennen alle Kanalpläne in Warschau.«

So wurde Krajewski alias Hauptmann der Abteilung zugewiesen, die Verbindungen zwischen den Stadtteilen durch die Abwässerkanäle herstellen sollte. In Turnschuhen – das Wasser reichte nur bis zum Knöchel, da die Wasserwerke nicht mehr arbeiteten –, in Wehrmachtskleidung und mit rotweißen Armbinden bahnte er sich mit seinem Kollegen Jotka einen Weg von der Altstadt ins nördliche Zoliborz.

»In der Regel«, sagt Hauptmann, »war es nicht gefährlich. Ich ging nur tagsüber auf Erkundungstour. Da konnte ich sehen, wenn ein Deckel offen war und jemand von den Deutschen in die Kanalisation zielte. Diese Methode hat sich bewährt. Von meiner Truppe ist niemand umgekommen.«

Eines Tages war der so genannte Sturmwasserkanal trocken. In dem großen Kanal, in dem sie aufrecht gehen konnten, floss gar nichts mehr. Die Deutschen hatten einen Damm gebaut. Was tun? Gemeinsam mit einem Fachmann brachten Hauptmann und Jotka eine Dynamitladung an der Barriere an, stellten den Wecker auf zwanzig Minuten ein und liefen, so schnell sie konnten, zum Ausgangsloch zurück. Die Sprengung gelang. Fünf Minuten, nachdem sie aus dem Kanalnetz herausgekrochen waren, spülte die vor dem Damm aufgestaute Wassermenge Leichen und Gepäckstücke heraus: Menschen, denen die Flucht aus der Altstadt nicht mehr gelungen war. Denn die Altstadt war gefallen. Der Kanal war nicht mehr erforderlich. Dafür galt es nun, eine Verbindung zwischen dem nördlichen Zoliborz und der Stadtmitte herzustellen. Erst beim zweiten Anlauf gelang das Unternehmen nach zwei, drei Stunden. Oft – einmal pro Tag – liefen Jerzy und Jotka anschließend die Route, um Informationen, Verpflegung und Munition hin und her zu transportieren und eine Telefonleitung zu verlegen. Einmal hörten sie Geräusche im Kanal, Schritte von Menschen, die durch Wasser wateten. Sie kamen näher und näher.

»Stój! Kto idzie?«*, schrie Jerzy.

»Nasi! Nie strzelać!«**, schallte es zurück.

Es waren Juden, die sich in einem Seitenkanal verbunkert hatten und verzweifelt nach einem Ausweg suchten, denn sie wussten nicht, wo die Frontlinien verliefen. Jerzy und Jotka führten sie nach Zoliborz.

Als Zoliborz fiel, waren die beiden »Kanalratten« gerade in der Stadtmitte. Es galt, sich auf die Gefangenschaft vorzubereiten. Cousin Adolf Hauptmann sagte: »In der Gefangenschaft braucht man einen Blechnapf und einen Löffel.« Also besorgte sich Jerzy einen Blechnapf, einen Löffel und steckte zusätzlich fünf Flaschen Alkohol aus dem Geschäft von Jotkas Eltern in den Rucksack. Der Kampf war zu Ende. Auf dem Weg nach Pruszków summten die Soldaten von Hauptmanns Bataillon eine Polonaise von Ogiński: »*Pożegnanie ojczyzny****. Für Hauptmann war es tatsächlich der Abschied. Mit einigen Kameraden leerte er die erste Flasche.

Dann kamen sie ins Lager Lamsdorf nach Niederschlesien. Wenn man in Gefangenschaft geht, so riet einer aus der Abteilung, darf man nicht am Anfang und nicht am Ende stehen. Er stellte sich also in die Mitte. Und als er sah, dass die Deutschen den Gefangenen alle Flaschen abnahmen, regte sich sein Trotz.

»*Nie damy szkopom tego*«****. Bis er an der Reihe war, hatte Hauptmann die restlichen vier Flaschen mit einigen Kameraden geleert. Voller Wut warf sie der deutsche Soldat auf den Boden.

* Halt! Wer ist da?
** Welche von uns! Nicht schießen!
*** Abschied vom Vaterland.
**** Das geben wir den Deutschen nicht.

»Das Letzte war blauer Curaçao«, sagt Hauptmann und lächelt verschmitzt. »So etwas vergisst man bis zum Lebensende nicht.«

Anfang Oktober 1944 kam er, der in den letzten Tagen des Aufstands zum Leutnant ernannt worden war, als Jerzy Krajewski ins Offizierslager Murnau 7a nach Bayern. Schon am dritten Tag stellte sich hohes Fieber ein. Die Blutuntersuchung ergab Typhus. Doch es war kein Typhus, denn das Fieber verschwand und kehrte zurück. Verschwand und kehrte wieder zurück. Bis zur Befreiung Ende April 1945 lag Krajewski in der Krankenbaracke, denn erst die Amerikaner, die die Bangsche Krankheit diagnostizierten, konnten ihn heilen.

»Als das erste Mal die Visite erschien«, erinnert sich Hauptmann, »bekam ich einen Schreck. Neben dem deutschen Oberst steht ein polnischer Major: Doktor Bronikowski aus Lodz. Ich sah ihn jeden Tag, denn er wohnte direkt gegenüber unserem Lyzeum. Jeden Morgen um neun holte ihn eine Droschke zur Arbeit ab. Als Militärarzt war er bereits 1939 in Kriegsgefangenschaft geraten.«

Doktor Bronikowski blickte verwundert vom Namensschild auf den Patienten, schüttelte den Kopf und murmelte: »*Coś tutaj się nie zgadza!*«*

Hauptmann war verunsichert. Noch war er Krajewski. Sollte ihn Bronikowski jedoch in Anwesenheit seines deutschen Vorgesetzten als Hauptmann identifizieren, musste er mit einer Anklage der Deutschen wegen Landesverrat oder der sofortigen Einweisung in ein Konzentrationslager rechnen. Er kannte Fälle aus Warschau, in denen Polen mit deutschen Namen Ähnliches widerfahren war. Hauptmann entschloss sich, dem katholischen Priester im Lager seine Lage zu erklären und Bronikowski darüber zu informieren. Als Murnau im April von den Amerika-

* Hier stimmt was nicht.

nern befreit wurde, stellte sich heraus, dass der polnische Arzt sein Geheimnis tatsächlich gekannt und für sich behalten hatte.

Bronikowski endete tragisch. Wie viele andere wollte er, der im Vorkriegspolen ein glühender Anhänger des Sozialisten Piłsudski gewesen war, nicht in die von Kommunisten dominierte Heimat zurückkehren. Eines Tages meldete der Lautsprecher, über den täglich Nachrichten von den Familien verlesen wurden, dass auch Bronikowskis Frau nach ihm suchte und ihn zur Rückkehr aufforderte. Am nächsten Tag war Bronikowski tot. Er hatte sich mit einem Gürtel am Wasserbehälter über dem Klo erhängt.

»Mindestens zwei Selbstmorde hatten wir damals jeden Tag«, sagt Hauptmann. »Fast immer unter jenen, die nicht zurück wollten, aber auch glaubten, ihre Familie nicht im Stich lassen zu können.«

Nur etwa ein Fünftel oder ein Viertel der polnischen Offiziere sind nach Polen zurückgekehrt. Die Übrigen gingen entweder zur polnischen Anders-Armee, die das 2. Armeekorps der englischen Armee bildete, nach Italien, oder setzten sich einzeln in westliche Länder ab.

Für Hauptmann selbst war die Situation weniger dramatisch, denn er hatte noch keine eigene Familie in Lodz. Sein Bruder hingegen, den er nach Kriegsende aus dem KZ Dachau nach Murnau geholt und neben dem katholischen Priester zur seelsorgerischen Betreuung der polnischen Gefangenen hatte einsetzen lassen, kehrte im Spätsommer zu Frau und Kindern zurück.

»Meinen Eltern«, sagt Hauptmann, »ist bei Kriegsende nichts geschehen, obwohl sie doch Deutsche waren. Als ich 1963 erstmals wieder nach Polen fuhr, sagte Mutter nur: Es war nicht leicht.«

Doch im Unterschied zu anderen Deutschen wurden Hauptmanns Eltern weder enteignet noch zur Zwangsarbeit ins Internierungslager Sikawa gesteckt, und sie mussten das Land auch nicht verlassen.

Sein Klassenkamerad Karl Dedecius hingegen erfuhr, als er 1950 aus sowjetischer Kriegsgefangenschaft nach Lodz zurückkehrte, dass sein Vater unmittelbar nach Kriegsende umgebracht worden war. Bis heute weiß er nicht, wer der Täter war, welche Motive ihn bewogen, er kennt nicht das Datum des Todes und nicht einmal den Ort, an dem der Vater verscharrt liegt.

»Ich träumte einmal«, sagte Dedecius, »Vater sei mit Messern erstochen worden. Vielleicht von einem jener trüben Elemente, die in dem Nachkriegschaos ungehindert agieren konnten.«

Dedecius will glauben, dass der Mord bei einem Raubüberfall geschah. Diese Variante erschiene ihm nicht so bitter wie ein Mord aus politischen Gründen: Wenn sein Vater umgebracht worden wäre, nur weil er ein Deutscher war. Gegen einen Raubüberfall hingegen spricht, dass seine Familie arm war und sein ehemaliges Elternhaus inzwischen so aussieht, »dass ich nicht einmal Tiere darin unterbringen würde«.

»Ich denke, es wäre sehr schwer gewesen, etwas gegen Deutsche zu unternehmen, bei denen der eine Sohn als Pole im deutschen Konzentrationslager gesessen und der andere Sohn als Pole im Warschauer Aufstand gekämpft hatte«, versucht Hauptmann die bessere Situation seiner Eltern zu erklären. »Vom Bruder konnten sie als Beleg Karten aus Dachau vorlegen und von mir einen Brief aus Murnau. Dedecius hingegen war in die Wehrmacht eingezogen worden, und er war Volksdeutscher gewesen.«

Mochte den Eltern auch nichts geschehen sein und sein Bruder zurück zur Familie gehen: Hauptmann selbst kehrte nicht heim. Für den Konservativen war klar, dass er auf keinen Fall in einem kommunistischen Land leben wollte. Deutschland aber kam als Wahlheimat nie in Frage.

»Wenn ich einzelnen Deutschen begegne, dann ist alles in Ordnung. Der einzelne Deutsche ist höflich, gewissenhaft, anständig. Aber gegenüber den Deutschen als Masse habe ich bis heute meine Vorbehalte behalten.«

So zog er mit etwa hundert weiteren jungen Polen von Murnau in ein Studentenlager des polnischen Roten Kreuzes nach Innsbruck, studierte Politik und Nationalökonomie und nutzte 1950 innerhalb eines Pilotprojekts der International Refugee Organisation (IRO) die Möglichkeit zur Ausreise in die Vereinigten Staaten.

»Mein amerikanischer Freund, ein Jude aus Tomaszów Lubelski, hat einmal gesagt, es gebe vier Entwicklungsphasen«, sagt Hauptmann. »Wenn jemand aus Polen nach Amerika kommt, ist er zunächst nur Pole. Dann wird aus ihm ein Pole mit amerikanischer Staatsbürgerschaft, danach ein Bindestrich-Amerikaner – Polish-American – und schließlich ein Amerikaner polnischer Herkunft. Nach fünfzig Jahren bin auch ich in erster Linie Amerikaner, vollständig mit amerikanischen Problemen und mit amerikanischer Politik verbunden.«

Mit seiner Frau hingegen, die er während des Studiums in Innsbruck kennen lernte und 1947 heiratete, sprach er zeitlebens Polnisch – sie war als Zwangsarbeiterin nach Grieskirchen bei Linz verschickt worden und ebenfalls im Westen geblieben. Zeitlebens hat sich auch ein spezielles Interesse für die alte Heimat erhalten. In Kansas City konnte er es nicht befriedigen, da gab es weder entsprechende Polen noch entsprechende Interessengruppen. Und so waren es ausgerechnet Deutsche, die ihn wieder näher an die alte Heimat heranführten.

1961, schon nach dem Mauerbau, erhielt er eine Einladung zu einem Treffen mit deutschen Professoren: Gotthold Rhode, Wenzel Jaksch, Alfred Domes – alles Vertriebene aus Polen und der Tschechoslowakei. Mit ihnen gemeinsam entstand die Idee, regelmäßige Konferenzen abzuhalten, auf denen amerikanische und deutsche Professoren und Politiker über die Rolle Amerikas und Deutschlands gegenüber Osteuropa diskutieren sollten. Im Januar 1962 stand Hauptmann erstmals nach Murnau wieder auf deutschem Boden. In seinem Bonner Hotel lag ein Begrüßungstelegramm von Karl Dedecius.

»Das waren herrliche Konferenzen«, schwärmt Hauptmann. »In Wildbad Kreuth, Kloster Banz, Wiesbaden, Deidesheim …«

Einmal, bei einem Ausflug auf die Loreley, begannen alle zu singen.

»Doch die Deutschen«, sagt Hauptmann triumphierend, »kannten nur die erste Strophe der ›Loreley‹. Ich aber kannte alle. Ich sang auch die deutschen Soldatenlieder aus dem Zweiten Weltkrieg: ›Heimat, deine Sterne‹ und ›Erika‹ … Und als sie mich fragten, wo ich die gelernt hätte, sagte ich nur: Wenn man einen Feind hat, muss man ihn auch kennen.«

Hauptmann sei Deutschlands Erbfeind, spotteten seine deutschen Kollegen. Und waren äußerst zufrieden über einen derart wohl temperierten Feind. Hauptmann dachte und fühlte anders als sie, aber er klagte nie an, bohrte nie in der Vergangenheit.

»Es gibt so vieles zu erinnern«, sagt Hauptmann. »Warum soll man das Negative hochholen, wenn es so viel Positives gibt?«

Und so diskutierten sie auf ihren fünfundzwanzig Konferenzen in gut dreißig Jahren selten über die Vertreibung. Weder auf den internationalen Konferenzen, die sich mit allgemeinen Problemen befassten, noch bei den auf Initiative von Professor Gotthold Rhode eingerichteten »Lindenfelser Gesprächen«, wo sich deutsche Intellektuelle mit polnischen Emigranten trafen.

»Wenn man die schlimmsten Punkte ausklammert«, so ist Hauptmann bis heute überzeugt, »kann man besser miteinander reden.« Kam einer der Deutschen beim Essen oder beim

Ausflug auf das Thema zu sprechen, entgegnete Hauptmann nur: »Auch wir sind vertrieben worden. Für euch beginnt die Geschichte erst 1944/45, für uns begann sie schon 1939. Ihr habt doch begonnen, nicht wir. Lasst uns nicht darüber reden, es gibt Wichtigeres.«

Wichtiger waren aktuelle Nachrichten aus den Ländern hinter dem Eisernen Vorhang, Besucher aus Warschau oder Prag, die unter Pseudonym vom Leben unter Zensur berichteten, wichtiger waren der Meinungsaustausch über den letzten Parteitag, die Neubesetzung der Posten, die Entwicklung der katholischen Kirche, die letzten oppositionellen Unruhen. Wenn sie sich bei den Diskussionen auf derartige Sachthemen beschränkten, konnte Jerzy Hauptmann sich einbilden, die Ressentiments spielten keine Rolle mehr. Dabei unterstellt er sie anderen noch bis heute und ist selbst nicht frei von ihnen.

»Wenn Herbert Hupka jetzt herumreist und von seiner großen Freundschaft zu Polen redet, dann sage ich: Lass ihn reden, ich glaube ihm kein Wort. Er ist doch antipolnisch eingestellt«, sagt Hauptmann und gibt aber auch zu, seinerseits ganz »tief innen« antideutsch zu sein.

Seit 1962 kommt er zwar fast jedes Jahr einmal nach Deutschland, in Nürnberg und Speyer verbrachte er mit der Familie sogar jeweils ein Jahr als Gastprofessor. Alle Familienmitglieder sprechen fließend Deutsch: die verstorbene Ehefrau mit österreichischem Akzent aus ihrer Zeit als Zwangsarbeiterin bei Linz, er selbst seit der Kindheit mit dem rollenden »r« aus Lodz, seine Tochter mit weichem fränkischen Akzent aus der Zeit in Nürnberg und sein Sohn ein reines Deutsch aus einer Zeit als amerikanischer Diplomat in Hamburg. Und doch:

»In Deutschland fühle ich mich als Außenseiter. Vor allem, weil ich die Grenze selber ziehe. Wegen der Vergangenheit. Die

Deutschen haben 1939 doch meine ganzen Zukunftspläne zerstört.«

Das sagt der Professor, dessen fünfzigjährige Treue und außerordentlichen Verdienste die Park University Graduate School of Public Affairs in Kansas City im Sommer 2001 bewogen, sich nach Jerzy Hauptmann umzubenennen. Ob sich in Polen eine Universität gefunden hätte, die einem ihrer Professoren eine solche Ehrung bereits zu Lebzeiten hätte zukommen lassen?

Ortsnamen

Allenstein	Olsztyn
Bad Reinerz	Duszniki Zdrój
Danzig	Gdańsk
Dolgensee	Jezioro Długie
Elbing	Elbląg
Frauenburg	Frombork
Gleiwitz	Gliwice
Gnesen	Gniezno
Hohensalza	Inowrocław
Kattowitz	Katowice
Küstrin	Kostrzyn
Landsberg	Gorzów Wielkopolski
Lodz	Lódź
Lötzen	Giżycko
Marienwerder	Kwidzyn
Myslowitz	Mysłowice
Oppeln	Opole
Preußisch Holland	Pasłęk
Ramsau	Ramsovo
Stettin	Szczecin
Stolberg	Kamień Mały
Stutthof	Sztutowo
Tiegenhof	Nowy Dwór Gdański
Vietz	Witnica